KB261379

정민철 판타지 장편 소설
FANTASY FRONTIER SPIRIT

오크마법사 3

정민철 판타지 장편 소설

초판 1쇄 찍은 날 § 2007년 11월 27일
초판 1쇄 펴낸 날 § 2007년 12월 7일

지은이 § 정민철
펴낸이 § 서경석

편집장 § 문혜영
편집책임 § 문정흠
편집 § 유경화 · 심재영

펴낸곳 § 도서출판 청어람
등록번호 § 제1081-1-89호
등록일자 § 1999. 5. 31
어람번호 § 제1-0918호

주소 § 경기도 부천시 원미구 심곡1동 350-1 남성B/D 3F (우) 420-011
전화 § 032-656-4452팩스 § 032-656-4453
http://www.chungeoram.com
E-mail § eoram99@chollian.net

ⓒ 정민철, 2007

ISBN 978-89-251-0768-4 04810
ISBN 978-89-251-0765-3 (세트)

ORC 마법사

정민철 판타지 장편 소설

FANTASY FRONTIER SPIRIT

3

[매크우드 가문]

도서출판 청어람

CONTENTS

Chapter 13

자존심(自尊心)

자존심 自尊心

아론은 그 자신이 만든 마법 화살을 기사가 아니면 사용하기 어려울 것이라 짐작했다. 자신의 분대원들처럼 마나석을 갖고 있지 않는 한 말이다. 하지만 아론도 미처 생각하지 못한 부분이 있었다.

어렵긴 하지만 미스릴처럼 마나에 반응하는 물질로 화살촉을 반응시켜 사용할 수 있다는 사실을 병사들 스스로 알아냈다. 아론은 뒤늦게 왜 그런 생각을 하지 못했는지 스스로에게 물었다.

"마법을 배움에 있어서 폭넓은 사고는 필수적인 요소라네. 뒤늦게 마법을 배우면 그러한 사고력이 부족하지. 마법을 활용할 수 있는 분야가 무한한데 스스로의 고정관념에 묶이게 되는 경우가 많아."

마법 아카데미 교수들이 뒤늦게 마법을 배우기 시작한 아론에게 자주 충고한 내용이 기억났다. 그때는 별로 실감하지 못했지만 졸업 후에 마법을 사용하게 되면서 절실히 느끼는 부분이다. 마법 화살의 사용 방법도 마찬가지이다.

'20개의 마나석을 나눠 줄 필요도 없었잖아!'

하나의 마나석을 깨뜨려 나눠 줘도 될 일이다. 분대원 모두에게 각각 마나석을 나눠 줄 필요도 없었던 것이다. 그것은 마나석에 대한 아론의 고정관념 때문이다. 어떤 미친 사람이 마나석을 깨뜨리겠는가 말이다.

마나석은 마나를 계속해서 축적하는, 영구적으로 사용이 가능한 자원이다. 그것을 깨뜨리면 깨어진 마나석 조각들은 100년도 채 못 되어 마나 축적의 기능이 소멸하여 아무짝에도 쓸모없는 돌로 변한다. 하지만 지금 상황에서는 그것을 깨뜨리는 게 효율적인 것임을 뒤늦게 알게 된 것이다.

아론은 분대원들에게 나눠 준 마나석을 모두 회수했다. 그리고 하나의 마나석을 20개의 조각으로 나누어 다시 분대원들에게 돌려주었다. 그리고 두 개의 마나석을 각각 100여 개의 조각으로 깨뜨려 100개의 분대에게 모두 나눠 주었다.

그 이후 어쌔신 부대의 활약은 마법 화살의 사용에 힘입어 높아졌다. 그동안 적의 진영까지 잠입하는 와중 숲에서 대형 몬스터라도 만나면 피해가 적지 않았다. 하지만 이제는 그 피해가 많이 줄어들었다.

마법 화살의 효과로 가장 좋아한 것은 에딘이다. 어쌔신 부대의 대장으로 활동하며 다른 비정규 부대 중 가장 공적이 높아졌기 때문이다. 물론 일만 이상의 병사를 보유한 정규적인 군단에 비할 바는 아니지만 말이다.

에딘은 아론이 방문하자 과하게 반겨주었다. 그를 남작으로 임명해 준데다 부대에 많은 공적을 쌓도록 한 인물이 방문했으니 당연한 행동이다. 하지만 그것만으로 에딘의 반응을 설명하기엔 부족했다.

'마나석을 빼돌렸군.'

아론은 마나의 흐름만으로 마나석의 존재를 감지했다. 오크의 심장에서 빼어낸 생명력으로 제작한 마나석이라 아론은 그것이 자신의 마나석인지 바로 알아챌 수 있었다. 마법 화살을 제작하는 곳에서 빼돌렸을 것이다.

'벌써 죽었겠군.'

화살을 제작하던 사람 중 한 명은 에딘에 의해 죽었으리라. 아론은 쉽게 추측할 수 있었다. 아마도 에딘은 화살을 제작하던 한 명이 마나석을 훔쳐 도주했다고 덮어씌울 것이다. 에딘의 변명이 사실일 가능성은 적다.

아론도 나름대로 마나석을 갖고 도주할 상황에 대비하여 간단한 결계를 설치했다. 그곳은 마나 유저가 아니면 출입할 수 없다. 그러니 에딘이 훔쳤든 다른 기사를 시켰든, 마법 화살을 제작하던 사람이 억울하게 죽었을 가능성은 무척이나 높다.

"마나석을 빼돌렸군. 이번 한 번은 그냥 넘어가지만 다음부터는 조심하시오!"

"그게……."

에딘은 당황한 표정으로 말을 더듬었다. 아론은 에딘에게 베푼 것이 많은데 이런 사건으로 배신을 하자 어이가 없으면서도 화가 났다. 에딘이 남작으로 된 것이며, 마법 화살의 효과를 차지했으면서도 말이다.

아론이 마음만 먹으면 진실을 밝혀내고 에딘에게 커다란 위협을 줄 수도 있겠지만, 작금의 상황에서 이런 작은 일까지 관여하기엔 겪어야 할 불편함이 너무 크다. 그렇다고 이미 죽었으리라 추측되는 사람이 살아 돌아오는 것도 아니고 말이다.

"검을 고치기 위해 잠시 정규 군단에 다녀오겠소."

'사람의 욕심은 끝이 없다더니.'

아론은 할 말만 하고서 에딘의 대답을 듣지도 않은 채 군단으로 발길을 옮겼다. 부대를 이탈하기 위해서는 허가서가 필요하지만 황궁에서 파견한 근위병이 있기에 특별히 제한한

구역만 아니라면 출입이 문제될 곳은 없었다.

현재의 상황에서 에딘의 행동은 거의 관례와 같다. 에딘이 잘못을 했지만 그만을 탓하긴 어렵다. 전장에서 적의 병사를 노예 상인에게 팔거나, 전리품 혹은 군부의 물품을 빼돌려 전쟁 상인에게 팔아 그 이득을 챙기는 게 관례처럼 굳어져 있다.

단지 아론은 배신으로 큰 고생을 한 탓에 감정이 남들보다 많이 격해진 것뿐이다. 아론도 귀족으로 그것을 모르는 바는 아니었기에 참았던 것이다. 근위병과 함께 걸으며 에딘을 향한 분노는 쉽게 가라앉았다. 지난번 겪은 경험에 비추면 이런 감정은 분노 축에도 끼지 못한다.

'그나저나 마나 소드를 해결해야 할 텐데.'

아론은 수리가 필요한 자신의 검을 바라보며 한숨을 쉬었다. 마나 소드를 생성할 수 있지만 제어는 하지 못하기 때문이다. 엄연히 따지자면 익스퍼트 초급의 경지라고 할 수도 없다.

강대한 마나로 마나 소드를 생성할 수 있지만, 깨달음이 부족하여 마나가 제대로 제어되지 못해 검에 손상을 준다. 그것이 누적되어 검을 꾸준히 수리해야만 한다. 그래서 아론의 검은 수명이 길지 않다.

아공간에 보관한 여유분의 많은 검도 꾸준한 검술의 수련으로 모두 수리가 필요한 상황이었다. 그래서 정규 군단으로 검을 수리하러 가는 것이다. 어쌔신 부대에는 미스릴이 약간 첨가된 검을 수리할 정도로 뛰어난 대장장이가 없기 때문이다.

아론이 굳이 검을 수리하는 번거로움을 자처하고 있는 이유가 있다. 미스릴만으로 제작한 검을 얻으려면 쉽게 구할 수도 있다. 그만한 자금을 보유하고 있으니 말이다. 하지만 기사의 자존심이 그것을 허락하지 않는다.

기사가 더 높은 경지로 가기 위해서는 마나 제어가 필수적이다. 마나 제어가 필요없는 검을 사용한다면 더 높은 경지로 가기 위한 세월은 무척이나 길어질 것이다. 어쩌면 기회조차 없을지도 모른다. 아론은 그것이 두려워 번거로움을 자처하는 것이다.

시간이 흐름에 따라 검술의 경지는 제자리를 맴돌지만 마법은 조금씩 익숙해지는 형편이다. 현실에 안주한다면 기사로서의 아론보다는 마법사로서의 아론이 더 익숙해지고 말 것이다.

이런저런 복잡한 생각으로 정규 군단에 도착한 아론이 마주한 모습은 장엄함이었다. 정규 군단은 이삼 일에 한번씩 군단 전체가 모여 전력을 다해 공격을 가하는데, 아론이 공격이 있는 당일에 방문한 것이다.

"돌진하라! 돌격!"

"모두 돌격하라!"

"바네 왕국을 위해서!"

군단 하나의 병력이 최소한 일만이다. 그러한 군단이 무려 세 개 이상이었다. 물론 기사단과 마법병단, 그리고 몬스터 군단과 같은 특별한 무력 단체를 제외한 병력이다. 가장 압권인 장면은 공성무기의 웅장함이다.

쿵! 쿵! 쿵!

착! 착! 착!

아론은 빠르게 돌격할 줄 알았지만 그렇지 않았다. 보통의 걸음으로 삼만 이상의 병사들이 천천히 발걸음을 떼고 있었다. 착용한 복장이나 일정하게 부딪치는 무구만으로도 강력한 기세를 뿜어내고 있었다.

아론도 귀족으로서 기사 아카데미를 졸업하고 의무적으로 군부에 복무한 경험이 있다. 몬스터를 토벌하기 위해서 일천여 명의 병사를 지휘한 경험도 있지만 눈앞에 펼쳐진 장면은 그에 비교할 수준이 아니다.

너무 장엄한 모습에 눈을 감지 못했다. 병사들이 향하는 곳은 피렌스 왕국에서 전선을 형성한 외성이었다. 그들은 방어를 위해 끊임없이 성을 구축하고 있으며, 시간이 지날수록 방어력이 높아지는 형세이다.

다행이라면 바네 왕국이 타국의 도움을 받아 엄청난 병력을 지원받고 있다는 사실이었다. 프레이스 제국에서 넘어온 용병만 10만을 넘어가고 있으며, 그 외 나라에서도 많은 용병이 넘어오고 있었다. 바네 왕국에서 받는 의뢰 금액과 전리품을 얻기 위해서이다.

바네 왕국에서는 그러한 용병들에게 막대한 자금을 쏟아붓고 있었다. 국경을 마주하지 않은 나라에서도 지원을 받는 바네 왕국에 반해 피렌스 왕국은 아무런 도움도 받지 못했다. 바네 왕국을 제외하고 유일하게 국경을 마주한 헤이렌 왕국과는 사이가 나쁘다.

동대륙 끝 쪽에 자리한 나라가 피렌스 왕국이다. 어쩌면 지금의 전쟁은 피렌스 왕국으로서 어쩔 수 없는 선택일지 모른다. 대륙에 진출하기 위해서는 바네 왕국을 통해야 하는데, 그것을 오랜 세월 허락하지 않으니 남은 선택이 전쟁밖에 없지 않겠는가.

"마나의 창을 쏘아라!"

"마나의 창을 쏘아라!"

지휘관의 목소리라 생각되는 명령이 크게 울려 퍼졌다. 소리를 높여주는 아티팩트를 사용했거나 마나를 이용하여 기사나 마법사가 내린 명령일 것이다.

'저것이 마나의 창을 장착한 발리스타로군.'

아론은 실제로 전장에서 사용되는 발리스타를 처음 목격했다. 발리스타에 장착한 '마나의 창'이란 무기도 처음이다. 발리스타는 두 가지의 형태가 존재한다. 하나는 석궁을 대형화시킨 것이고, 다른 하나는 돌이나 바위를 얹어서 투척하는 발석차를 말한다.

마나의 창을 쏜 발리스타는 석궁을 대형화시킨 공성무기이다. 마나의 창은 결계를 파괴시키는 아주 단순한 무기인데 창에다 마나를 많이 축적하는 보석이나 마나석을 매달아 그것을 폭주시켜 마나 파동을 발생시키는 것이다.

본래 마법이란 반발력이 없다. 강한 마법을 시전해도 마법사는 그 반발력의 영향을 받지 않는다. 즉, 앞으로 마법을 쏜다 해서 뒤로 밀리지 않는 것이다. 하지만 마법 시전의 실패와 같이 생겨난 마나 파동은 강력한 반발력이 생긴다.

마나의 창은 강력한 마나 파동으로 결계를 파괴시키는 결계 파괴용 공성무기에 속한다. 작은 전투에서라면 이러한 무기가 절대 사용되지 않는다. 몇 사람 죽이자고 최소 천 골드의 가치를 지닌 값비싼 마나석을 사용할 수는 없다. 그 가격에 하루 용병을 고용하자면 천 명도 구할 수 있을 것이다.

마나의 창을 많이 사용할수록 여분의 마법 인력을 전장에 직접 투입시킬 수 있다. 그래서 큰 전쟁은 재력이 많은 나라가 승리할 수밖에 없다. 아무리 마나의 창에 마나석이 아닌 다른 물품을 대체시켜도 그 비용이 만만치 않다.

"결계가 파괴되었다!"

"공격하라!"

"공격하라! 바네 왕국을 위해서!"

결계의 파괴가 전투의 시작을 알렸다. 대단위 결계가 파괴되었다고 모든 결계가 깨어진 것은 아니다.

콰아아아! 쿠우우웅!

꽈아앙!

마법병단의 공격이 시작되었고, 그 화려함이 전장을 밝게 물들였다. 작게 형성된 결계가 깨지거나 성벽이 무너졌다. 물론 그것은 제일 바깥쪽에 지어진 외성벽에 불과함을 모두가 알고 있는 사실이었다.

"죽어랏! 죽어!"

"크악!"

"살려줘! 나 좀 살려줘!"

외성벽에서 마주한 병사들끼리 죽고 죽이는 직접적인 전투가 시작되었다. 전체적인 상황에 비하면 직접 칼부림하고 있는 병력은 그리 많지가 않았다. 오히려 그 뒤에서 벌어지는 견제를 위한 전투가 더 화려했다.

"마법사를 죽여라!"

"마법사를 보호하라! 마법사를 보호하라!"

전장에서 마법사는 가장 위험한 존재이다. 아군이나 적군이나 마법사를 죽이거나 보호하기 위해 수단과 방법을 가리지 않고 있었다.

"공성무기를 사용하라!"

"돌덩이를 투척하라!"

여러 종류의 공성무기가 사용되고 있지만, 가장 압권은 발석차였다. 커다란 돌덩이를 성벽 너머로 투척하고 있었다. 물론 일부 돌덩이가 아군 진영으로 떨어지고 있지만 그건 사소한 피해로 무시된다.

"몬스터 군단이 돌격한다!"

"몬스터 군단의 자리를 마련하라!"

직접적으로 적과 칼부림을 하던 병사들이 전진하지 못하자 뒤에서 대기하고 있던 몬스터 군단이 투입되었다. 전장에서 가장 쓸데없는 짓거리가 바로 같은 병력을 서로 소진하는 고착현상이다. 그러한 병력 소진의 상황을 개선하기 위해 몬스터 군단이 투입되었다.

정신 마법으로 명령에 충실한 몬스터가 무너진 성벽을 통해 적의 진영으로 쏟아져 들어갔다. 적들도 바보가 아닌 이상에야 이미 준비한 대책으로 막아내고 있지만, 일시적으로 전선에 변화를 준 것은 사실이다.

약간의 변화에 불을 붙인 것은 기사단이었다. 기사단은 몬스터 군단을 뒤따라 적을 향해 뛰어들었는데, 아론이 보기에 그것은 죽음으로 향하는 지름길이었다. 적들은 외성벽이 무너질 것을 철저히 대비했으리라.

'저들 중 얼마나 살아올 수 있을까?'

아론 자신도 기사를 꿈꾸지만 눈앞에서 벌어지고 있는 기사단의 돌격은 매우 안타까웠다. 일반적으로 성벽을 가진 적이 방어 전략으로 맞서면 그 피해가 공격하는 측에 더 높다.

하지만 그것이 일만 이상의 군단으로 이뤄진다면 꼭 그렇지만도 않음을 지금 보여주고 있었다.

성벽에서 싸울 수 있는 병력은 한계가 있다. 성벽 위의 공간이 아무리 넓어도 성벽 아래에 줄지어 있는 것보다 많을 수는 없다. 더구나 성벽 아래에서의 공격이 무척 취약하다고 하더라도 그 수에서는 아래가 훨씬 많다.

수많은 궁병들이 성벽 위에서 쏘고 있지만 그에 몇 배나 많은 궁병들이 반격하고 있었다. 바네 왕국으로서는 병력의 우위로 전장을 대등하게 이끌어가고 있는 것이다. 작금의 전장은 아론이 생각한 이론적인 전략 전술에서 벗어나 있었다.

"궁병들은 석궁수부터 제압하라!"

"기사와 마법사들은 쿼렐을 조심하라!"

소드 익스퍼트 초급 이상이라면 눈에 보이지도 않을 만큼의 빠른 쿼렐도 충분히 막을 수 있다. 하지만 복잡한 전장에서라면 이야기가 다르다. 마법으로 보호되는 마법 무구가 아닌 이상에야 쿼렐은 갑옷까지 뚫는다.

굳이 쿼렐이 아니더라도 기사와 마법사는 저격의 목표이다. 특히 전장을 지휘하는 기사라면 더욱 그렇다. 아론은 그러한 기사가 종종 허무하게 죽어가는 모습을 보며 자신의 죽음까지 생각하지 않을 수 없었다.

지금이야 어쌔신 부대에서 자신의 의지대로 생활할 수 있지만, 특혜를 누리고 있는 것 같아 부끄러움을 감출 수 없었다. 전장이 갈수록 치열해지는 상황을 아론은 지켜볼 뿐이었다.

아론은 지금 지켜보고 있는 전장이 다른 곳에서도 수없이 펼쳐지고 있다 생각하니 과연 누구를 위한 전쟁인지 의문이 들었다. 전쟁이 어떻게 끝나든지 수십만 이상의 생명이 사라진 사실은 누구도 책임질 수 없다.

눈앞에 펼쳐지는 전투에 참여하고 싶은 마음도 있지만 자신의 처지가 그럴 수 없음을 모르지 않는다. 기본적으로 신분이 불확실하다. 어쌔신 부대에 배치된 사항도 군부의 인사를 담당한 사람을 통하지 않고 황실을 통해서 뚝 떨어진 경우이니 말이다. 또한 신분을 밝히려면 삼왕자와 엮인 사실까지 드러날 가능성이 있는 것이다.

전장이 마무리가 된 것은 어두워질 무렵이었다. 양측의 피해는 서로 엇비슷했지만 현재의 상황으로는 바네 왕국이 더 위급했다. 전선이 이대로 형성되어 몇 달이 흐른다면, 바네 왕국의 땅은 절반으로 줄어들 테니 말이다.

타국의 도움도 한계가 있는 상황에서 바네 왕국이 과연 얼마나 전쟁을 계속할 수 있을지 걱정이다. 아론은 그러한 전장을 모두 지켜보며 자신의 초라함을 느꼈다. 객관적으로 아론은 대단한 능력을 지닌 귀족이다.

완전하진 않지만 마나 소드를 생성시키는 소드 익스퍼트 초급에 해당하는 기사이자 4서클의 마법사이다. 한 가지만으로도 대단한데 둘 모두가 가능한 희귀한 마검사임을 생각하면 누구라도 그렇게 생각할 것이다. 하지만 방금 지켜본 전장에서는 그보다 위대한 인물들이 장렬하게 최후를 맞이했다.

아론보다 뛰어난 검술 능력을 지닌 익스퍼트 중급 혹은 상급의 기사들이 적의 쿼렐이나 마법의 집중 공격에 노출되어 죽거나, 4서클 이상의 고위 마법사도 비슷한 방법으로 죽음을 맞이했다.

전장만 아니라면 이렇게 대단한 인물들을 보기가 쉽지 않다. 큰 영지는 되어야 영지 마법사가 하나씩 있어서 겨우 볼 수 있을 테고, 익스퍼트 급 기사도 마법사만큼이나 귀해서 영주의 성에서만 지낸다. 평소에 보는 기사와 마법사라고 해봐야 고작 마나 유저 혹은 3서클 이하의 마법사뿐이다.

'기사의 자존심? 아니면 생존?

아론은 군단에 소속된 대장장이에게 손상된 여러 개의 검을 모두 수리하고 돌아오며 기사로서의 자존심에 대해 다시 한 번 생각하지 않을 수 없었다.

'명예도 살아서 누려야지, 죽으면 무슨 소용이야.'

아론은 기사의 자존심보다 생존이 더 중요하다고 스스로 결정을 내렸다. 그러자 자신이 앞으로 할 일을 쉽게 결정할 수 있었다. 스스로의 명예 때문에 하지 못한 일들이 떠오른 것이다.

가장 먼저 떠오른 것은 흑마법서이다. 네크로맨서라면 기본적으로 기초적인 흑마법을 배우게 된다. 파울도 네크로맨서로서 기초적인 흑마법을 보도록 권했지만 아론은 스스로 거부했다.

흑마법이라고 해서 모두 나쁘지는 않다. 그것은 백마법사도 인정한 것으로, 순수한 흑마법사의 경우에는 마족과 거래하지 않는다. 마족을 소환하여 스스로의 능력으로 제압하여 거래를 대신한다. 물론 마족을 소환하여 제압하기란 무척 어렵고 불가능에 가까운 일이다.

흑마법서에는 네크로맨서들이 중요하게 생각하는 생명을 다루는 것에 관련된 부분이 많은데, 그것을 살펴보면 많은 도움이 된다. 물론 흑마법서의 유혹에 빠져들어 흑마법사가 되는 경우가 적지 않다. 아론은 흑마법에 유혹될까 걱정되어 또 자존심을 지키기 위해 흑마법서에는 손도 대지 않은 것이다.

부대로 돌아오자 에딘이 아이작이 보내온 편지를 전해줬다. 편지와 함께 관처럼 생긴 두 개의 기다란 상자도 보내왔다. 황궁에서 풀려난 이후 아이작에게 안부 소식을 전했는데 이제야 답장이 온 것이다.

"감히 우리 형을 따돌려? 이것들을 그냥!"

아론은 편지에 적힌 내용에 화가 났다. 남쪽에 비해 북방지역이 안전한 것은 초반에 게르투드의 영지를 안전하게 지켜낸 덕분이다. 그때 가장 큰 역할을 한 것이 200여 기의 골렘과 함께 등장한 매크우드 가문의 골렘단이다. 그런데 그 가문을 이어받은 아이작을 따돌리고 있다는 소식이니 아론의 분노는 당연했다.

골렘이 대부분 파괴되어 몇 기 남지 않았다지만, 아이작은 아론과 다르게 진정한 익스퍼트 초급을 넘어서 중급의 경지에 올랐다. 만드라고라를 과용하지 않았고, 본래의 검술 실력이 뛰어난 영향으로 초급을 넘어선 것이다. 그러한 아이작이 외면받고 있으니 화가 나지 않겠는가.

소드 익스퍼트 중급의 기사는 엄청난 전력이다. 또한 소수의 골렘도 보유하고 있으니 전장에 무척 도움이 될 텐데 아무런 지휘권도 내주지 않고, 직접적인 싸움에만 나서도록 종용하고 있다는 내용이 담겨져 있었다.

'그럼 저 상자는 뭐지?'

아론은 편지를 읽다가 상자를 힐끗 쳐다봤다. 이상한 마나의 흐름이 상자에서 감지되고 있지만 정확한 정체를 알 수가 없었다.

'슈이와 휴이라고?'

편지 말미에 적힌 내용은 상자의 정체는 관이었고, 그 내부에 슈이와 휴이가 있다는 것이다. 슈이와 휴이를 보낸 이유는 아이작 자신의 불편함 때문이다. 아름다운 외모를 가진 슈이와 휴이는 가뜩이나 따돌림을 받는 아이작에게 도움이 되지 못했다.

아론은 형이 전장에서 안전할 수 있도록 남겨둔 것이지만,

지금은 그럴 필요가 없을 정도로 아이작은 강해졌다. 아론도 그것을 인정하며 아이작의 불편을 이해했다. 더구나 사고력이 낮은 가디언이라면 많은 사고를 냈으리라.

'그런데 슈이와 휴이라면 내가 알았을 텐데?

아론은 마나의 공명을 통해 가디언과 상당히 먼 거리에 있어도 인지할 수 있다. 하지만 지금은 슈이와 휴이의 존재가 느껴지지 않아 당황스러웠다. 가디언과 마나의 공명을 이뤘기 때문에 서로 인지할 수 있어야 정상이다.

관은 2서클의 록(Lock) 마법으로 잠겨져 있었다. 록 마법의 봉인을 제거하여 뚜껑을 열자 슈이의 모습이 드러났다. 다른 관에는 휴이였다. 슈이와 휴이가 느껴지지 않았던 이유는 매우 간단했다.

'귀족을 위한 최고급 관에 이러한 효과가 있었군.'

고위 귀족을 위한 값비싼 관에는 사체를 보호하기 위해 결계가 설치되어 있었다. 동물의 접근도 막을 수 있겠지만 마나를 사용하는 기사나 마법사의 사체가 네크로맨서 혹은 마법사들의 실험을 위해 도굴당할까 걱정되어 이러한 관이 귀족에게 사용되었으리라 추측했다.

슈이와 휴이가 죽은 듯 누워 있다가 아론의 명령에 일어나 움직이자 에딘은 기절하듯 놀랐다. 다행히 슈이와 휴이를 본 것이 에딘뿐이라 다행이다. 물론 에딘은 마나석을 숨긴 사건이 다른 누군가에게 밝혀질까 걱정되어 아무도 부르지 않은 것이지만 말이다.

"마나석 하나 정도는 그냥 선물한 것으로 생각하겠소. 아까 말했듯이 그냥 넘어갈 테니 신경 쓰지 마시오. 그리고 관에서 일어난 슈이와 휴이에 대해서는 신경 쓰지 않는 게 좋을 거요."

"걱정 마세요."

에딘은 슈이와 휴이에 대해 물어보고 싶어 입이 근질거렸지만 참았다. 아론의 협조를 계속 받아야만 자신이 승승장구할 수 있기 때문이다. 한순간의 욕심으로 마나석 하나를 가로챘지만 다시는 그럴 생각이 없었다. 지금까지 얻은 작위나 공적이 날아갈까 아론이 돌아올 동안 걱정한 것을 생각하면 끔찍한 하루였다.

부대로 돌아와서 아론은 부대원들에게 제한없는 자유를 선물했다. 적의 기사들을 물리치고 전쟁물자를 가져온 사실까지 알려졌으니 그만한 자유를 준다 해도 모두 납득할 것이다. 물론 아론은 방해없이 혼자 흑마법서를 보기 위해서였다.

장엄한 전장의 모습과 두려움이 머릿속에서 떠나지 않고 있었지만 슈이와 휴이까지 곁에 있자 마음이 편안했다. 루시와 함께 있을 때와는 차원이 다르다. 아론 자신과 세 명의 가디언이 함께하면 세 개 이상의 목숨을 지닌 것이나 진배없다.

흑마법서는 네크로맨서의 마법서와 비슷한 부분이 많았다. 언데드와 관련된 부분은 이용하는 마나만 다를 뿐 같은 마법이다. 네크로맨서의 언데드는 순수한 음의 마나를 이용하는 데 반해 흑마법의 언데드는 마기를 이용한다.

마기를 생각하면 흔히 마계와 관련된 마족이나 마수를 떠올리는데 꼭 그렇지는 않다. 굳이 마계가 아니라도 마기를 뿜어내는 지역이 대륙 곳곳에 존재한다. 가장 알려진 지역은 바네 왕국의 남쪽 국경선을 넘어서거나 프레이스 제국의 동쪽으로 가다 보면 나타나는 다크 지역이다.

'이건 금단의 마법이잖아.'

흑마법서에는 금단의 마법까지 담겨져 있었다. 생명을 이용한 마법은 대부분 금단으로 지정되어 있는데, 그 종류도 다양했다. 네크로맨서의 마법이 일반적인 마법에 비해 차이점이 많은 편이다. 그런데 흑마법서는 그 차이가 더욱 심해서 괴리감이 느껴질 정도였다.

괴리감이 느껴지지만 훌륭한 마법서였다. 매우 뛰어나거나 획기적인 방법이라 생각되는 마법이 적지 않게 담겨져 있었다. 오크 학파의 성과물들도 획기적이지만 흑마법은 그보다 더했다. 감히 상상도 할 수 없었던 마법이었다.

아론이 폭넓은 사고가 부족해 마법의 활용에 부족한 면모가 많다지만 평범한 마법사도 흑마법서를 본다면 아론 못지않게 놀랄 것이다. 왜 흑마법서를 보지 못하도록 하는지 아론은 알 수 있었다.

아론은 3서클 유저가 되는 데 고작 6년밖에 걸리지 않았

다. 흑마법서에는 반년 만에 3서클을 마스터할 수 있는 방법
도 있었다. 물론 그 과정의 끔찍함은 상상을 초월하지만 실제
로 가능하다는 사실에 놀라움을 금치 못했다.

'이래서 흑마법사가 되는 것이군.'

하위 마법사라면 흑마법서를 보는 것만으로 유혹을 당할
가능성이 크다. 하지만 이미 4서클 유저에 해당하는 아론에
겐 큰 유혹은 아니다. 흑마법도 네크로맨서와 마찬가지로 생
명을 다룬다. 그러한 부분에 있어서 아론에게 큰 도움이 되었
다.

흑마법서의 도움으로 아론은 4서클의 벽을 무너뜨릴 수 있
었다. 악마의 유혹과 같은 흑마법서지만 뛰어난 마법서임에
는 백마법사도 인정하는 사실이다. 사실 아론은 4서클의 마
법을 쉽게 사용하지만 진정한 4서클의 마법사는 아니었다.

뛰어난 기억력과 풍부한 마나, 그리고 뛰어난 마나 제어가
4서클을 쉽게 사용할 수 있도록 도움을 준 것이다. 하지만 흑
마법서의 도움으로 진정한 4서클의 벽을 깨뜨려 4서클의 마
스터가 되었다.

'다음은 5서클의 마법인가.'

3서클에 4서클의 마법을 사용했듯이 마찬가지로 좀 더 노
력한다면 5서클의 마법을 사용할 수 있다. 더 이상 4서클의
벽은 존재하지 않으니 깨달음을 얻을수록 5서클에 가까워지
는 것이니 너무 기뻤다.

마법 서클이 올라갈수록 그 차이는 엄청나다. 더구나 큰 노력 없이 한 단계 위의 마법을 사용했던 아론으로서는 5서클의 마법도 굳이 5서클에 올라서지 않더라도 어느 정도 사용이 가능하다. 마법진의 도움을 받고 약간만 무리한다면 6서클의 마법도 가능할지 모른다.

'이것이 진정한 4서클인가.'

아론은 마나 서클에서 뿜어지는 강력한 음의 마나에 취했다. 4서클에 해당하는 마나 서클이 1서클, 2서클, 그리고 3서클과 마찬가지로 확고히 자리를 잡으면서 5서클로 진입하려는 현상을 보였다.

5서클의 깨달음을 얻지 못한다면 지금의 상황이 평생 갈 수도 있겠지만 지금에서는 그것이 설사 불가능하더라도 무척이나 기뻤다. 마검사로서 4서클을 마스터한 경우가 그리 흔하지 않음을 알기 때문이다.

깨달음으로 말미암아 아론의 마나량은 큰 변화를 일으켰다. 아론에게는 세 종류의 마나가 육체에 존재했다. 첫째는 육체의 전반에 걸쳐 골고루 퍼져 있는 막대한 만드라고라의 마나이다. 둘째는 마법사의 마나로 심장에 마나 서클로 존재한다. 셋째는 기사의 마나로 만드라고라의 마나처럼 육체에 골고루 퍼져 있지만 마나 운용을 통해 언제라도 사용할 수 있다는 차이점이 있다.

지금까지 아론은 마검사가 지닌 치명적인 위험이 없었다.

마법사의 마나와 기사의 마나는 서로 반발하는 성질이 있는데, 뛰어난 마검사용 마나연공법을 익혀서 기사의 마나가 마법사의 마나와 반발이 거의 없었다. 또한 순수한 만드라고라의 마나를 기사의 마나로 전환시킨 것이라 설사 반발이 발생해도 아주 약하다고 할 수 있었다.

이러한 균형적인 상황은 마법사로서의 깨달음으로 마법사의 마나량이 곱절로 늘어나면서 무너졌다. 기사의 마나는 때때로 소모된 마법사의 마나를 대신해서 사용할 정도로 혼용하기 쉬웠다. 하지만 그 반대가 되는 것은 불가능하다.

아론은 당장 5서클의 마법에 심취하고 싶었지만 현재의 마나 상황에 적응하기 위해 검술을 수련했다. 마법의 깨달음을 얻었듯 검술의 경지를 빨리 익스퍼트 초급에 이뤄서 균형을 이루기 위해서이다.

"이거 왜 이러지?"

아론은 꽤 오랜 시간 기사의 마나를 소비하며 페르민 검술을 시전했다. 마법은 깨달음을 중시하지만 기사는 마나 소비와 마나 회복을 반복하는 육체로 얻어진 깨달음을 중시한다. 그래서 평소처럼 검술 수련을 통해 기사의 마나를 소비한 것인데 몸에 평소와 다른 반응이 일어난 것이다.

'음의 마나가 역류하다니!'

심장에 담겨진 마나 서클에 안정되어 있는 음의 마나가 몸 전체로 역류하기 시작했다. 평소였다면 만드라고라의 마나가 기사의 마나로 흘러들어 마나 회복을 도울 텐데 그 부족한 공간으로 음의 마나가 먼저 역류한 것이다.

'멈춰! 멈추란 말이야!'

아론의 의지가 마나 역류를 느리게 만들었지만 완전하게 멈추지는 못했다. 그 과정에서 아론은 점점 심해지는 고통을 느꼈다. 지금까지 심장의 마나 서클에서 회전하던 음의 마나가 제자리를 이탈한 경우가 없었다.

심장을 제외한 만드라고라의 마나와 기사의 마나가 활개 치던 육체에 음의 마나가 돌아다니며 파괴를 일삼기 시작했다. 음의 마나가 직접적으로 육체를 파괴시키는 것은 아니었다. 기사의 마나와 만나며 곳곳에서 반발을 일으키는 것이다.

음의 마나가 마나 서클로 돌아가기 위해서는 기사의 마나가 빨리 회복되어 밀어내는 방법밖에 없었다. 아론은 강한 고통이 엄습해 오는 과정에서도 끊임없이 기사의 마나를 회복시켜 음의 마나를 마나 서클로 되돌렸다.

음의 마나와 기사의 마나가 반발을 일으킨 곳에는 육체의 괴사가 진행됐다. 그 피해가 심각하지는 않았지만 심하면 죽을 수도 있는 상황이다. 아론은 음의 마나가 모두 심장으로 되돌아가자 쓰러졌다.

마나의 역류가 일어나기 직전에 아론이 한 일은 페르민 검술의 수련이었다. 아론이 가진 기사의 마나량은 엄청난 편이라서 꽤 오랜 시간 수련을 하고서야 마나를 소비한 것이라 지친 상황에서 마나 역류를 경험해서 탈진한 것이다.

만드라고라의 마나와 기사의 마나, 그리고 마법사의 마나가 금세 육체를 본래의 상태로 회복시켰지만 그 잠깐의 순간 아론은 생과 사를 오간 것이다. 마검사라면 기사의 마나와 마법사의 마나로 인한 마나 역류 혹은 마나 폭주를 대비하지만 아론은 그것에 대한 대비가 전혀 없었다.

마검사용 마나를 익혔으며 육체에 잠재된 만드라고라의 마나가 마검사로서 겪어야 할 위험을 충분히 막을 수 있다고 생각했기 때문이다. 하지만 아론이 마법사로서의 깨달음을 얻자 마검사로서의 위험에 노출된 것이다.

"이럴 수가!"

아론은 더 황당한 사실을 느껴야만 했다.

'음의 마나가 더 늘다니.'

마나 역류로 말미암아 약간의 깨달음을 얻어 4서클을 벗어나 5서클의 문턱을 밟은 것이다. 그로 인해 마나가 더 늘어나 위험의 수위가 더 높아졌다. 5서클의 유저라고 할 수 없지만 시간이 흐를수록 음의 마나는 늘어날 수밖에 없다.

마법사는 서클이 오르면 그 서클에 기본적으로 채워질 만큼의 마나를 깨달음과 함께 얻게 된다. 아론이 4서클을 마스터할 때 마나가 늘어난 것은 4서클에 해당하는 부족한 마나가 모두 채워진 현상이다. 하지만 마나 역류 때 늘어난 마나는 5서클의 기본적인 마나를 위한 준비 과정이다.

　5서클의 깨달음을 얻기라도 한다면 순식간에 5서클로 진입하면서 기본적으로 필요한 막대한 마나를 쌓게 된다. 그리고 그 순간에 아론은 마나 역류나 마나 폭주로 죽을 수 있는 위험성이 있다.

　'이럴 수는 없어! 이렇게 허무하게 죽을 수는 없는 거야.'

　마법사로서 얻은 깨달음이 아론을 죽음의 위험에 노출시켰다. 강제로 음의 마나를 억제하고 있지만 언제까지 그럴 수는 없다. 마나를 봉쇄하는 아티팩트도 내부적인 마나에 대해서는 큰 효과를 보기 어려웠다.

　아론이 처음 기사의 마나를 느껴서 마검사가 되었을 당시 지금의 상황과 같은 고민을 한 경우가 있다. 그때 찾았던 해결책은 그 종류가 많지 않았다. 가장 확실한 방법은 흑마법사가 되는 것이다.

　흑마법사가 되어 마족과의 계약을 통한다면 마기를 받아들여 쉽게 마나 역류나 폭주를 감당할 수 있다. 그만큼 마족의 마기는 의지에 강하게 반응한다. 하지만 죽어도 흑마법사로 살아갈 생각은 없다.

　다른 방법이라면 아티팩트가 있다. 이것도 아론에게는 해당사항이 없다. 3서클 정도라면 그 반발력을 아티팩트로 제어할 수 있지만 그것이 5서클이라면 이야기가 다르다. 적어도 7서클 이상의 마법사가 제작한 마나 제어 아티팩트가 필요하며 아론이 가진 마나량을 생각하면 그것도 불확실한 방법이다.

아론은 평범한 5서클의 마법사가 아니다. 일반적인 마법사의 최소한 2배 이상의 마나량을 보유하고 있다. 아론은 더 이상 아무런 수련도 하지 못한 채 거처에 틀어박혀 해결책을 찾기 위해서 마법서를 뒤적거렸다.

마법서를 살펴보며 마법의 또 다른 깨달음을 얻을까 걱정될 정도였다. 마검사에 관한 수많은 문헌을 찾아보았지만 아론의 고민에 도움이 되는 정보는 없었다. 그 이유는 마검사가 3서클 이상으로 올라간 경우가 거의 없었기 때문이다. 설사 있더라도 기록이 남겨진 경우가 없는 것이다.

'해결책을 찾아야만 해!'

서두른다고 해결될 일은 아니지만 아론의 마음은 급했다. 일단 지금의 상황을 늦추기 위한 임시방편의 대책이 필요했다.

'음의 마나가 빨리 늘어난 원인은 만드라고라의 마나니까 그것부터 없애야겠어.'

만드라고라의 마나는 아론의 삶을 바꿔준 중요한 것이지만 생명보다 소중하지는 않았다. 만드라고라의 마나만 없다면 마법사의 마나 증가를 약간이나마 늦출 수 있다. 물론 그로 인해 기사의 마나량 증가도 늦어지겠지만 어차피 똑같은 상황이라면 만드라고라의 마나를 없애서 빠르게 늘어가는 마법사의 마나를 막는 게 더 효과적이다.

아공간에 만드라고라의 여유분이 많아서 이러한 결정을 내릴 수 있었다. 아론은 흑마법서에서 육체에 소유하고 있는 특정 마나를 없애기 위한 방안을 찾아보았다. 의외로 방법은 많았다.

만드라고라의 마나는 만드라고라의 생명력 그 자체이다. 흑마법에 담긴 금단의 마법 중 상당수가 생명력을 소진해서 마법을 사용하는 것이라 종류가 다양한 것이다. 물론 아론은 자신의 생명력을 사용하지 않도록 주의해야 한다.

만드라고라의 마나를 없애기 위해 아론이 선택한 마법은 무척이나 기이했다. 흑마법서에서 찾아낸 방법이지만 흑마법은 아니었다. 자신의 생명력을 소진해서 그것을 영력으로 전환하는 방법이었다.

영력은 영혼의 힘을 말한다. 정신체와 같은 영체가 지닌 힘을 말하는 것이다. 영력과 같은 허무맹랑한 기록이 담겨진 것은 고대 마법서이기 때문이다. 과거에는 마나의 활용보다는 정신세계에 몰두한 마법사가 많았다.

아론이 납득할 수 없는 마법을 선택한 이유는 이 방법은 언제든지 중단할 수 있다는 장점 때문이다. 실수로라도 만드라고라의 마나가 아닌 엉뚱한 마나가 소비된다면 아론이 죽을 수도 있다. 그래서 실수했을 때 언제든지 중단할 수 있다는 장점이 있다.

아론은 마법이 성공했을 때 얻어지는 부차적인 문제에 관심이 없었다. 그저 만드라고라의 마나를 제거하는 것이 목적일 뿐이다.

아론이 이 금단의 마법을 성공했을 때 얻어지는 효과를 믿지 않은 이유는 간단하다. 그 효과가 얼토당토않기 때문이다. 쓰여진 대로라면 아론은 영력의 증가로 '드래곤의 기억력', '진실한 엘프의 눈', '트롤의 재생력', '영원불멸한 수명' 등을 가질 수 있다.

이 마법을 선택한 또 다른 이유 중 하나는 쉬운 방법에 있다. 특별한 준비물 없이 마나연공법과 비슷한 방법이었으니 말이다. 아론은 조심스럽게 만드라고라의 마나를 금단의 마법에 따라 영력으로 전환했다.

'정말 만드라고라의 마나가 사라진다!'

영력으로 전환되는 것은 아론의 관심사가 아니었다. 만드라고라의 마나가 사라진다는 사실이 너무 기뻤다. 한편으로 자신의 삶에 도움을 주던 만드라고라가 조금씩 사라지자 그 아쉬움은 이루 말할 수 없었다.

자식은 없지만 자신의 자식을 떠나보내는 느낌이었다. 당장 내일이라도 죽을 수 있기 때문에 임시방편으로 만드라고라의 마나를 없애야만이 그 죽음을 늦출 수 있다는 사실이 만드라고라의 도움을 배신하는 것처럼 느껴졌다.

'뭐지?'

아론은 갑자기 밀려오는 기억에 당황을 금치 못했다.

‘이건 누구의 기억이지?’

아론은 누군가 태어나서 겪어지는 기억들이 떠올려지고 있음을 자각했다. 약간의 시간이 지나자 아론은 그 기억들이 자신의 어릴 때 모습임을 알아챘다.

‘어째서 어릴 때 기억이 떠오르는 거지?’

아론은 물밀듯이 밀려오는 기억에 정신을 차릴 수 없었다. 더구나 사람이라면 절대 기억하지 못하는 기억이었다. 기사나 마법사라면 약간 기억할 수 있지만 일반적으로 사람은 6살 때부터 자신을 기억한다. 그 이전에 한 일들은 대부분 기억하지 못한다.

아론은 만드라고라의 마나를 없애가는 도중이라 처음에는 기억에 대해 별반 신경을 쓰지 않았다. 마나연공을 하다 보면 정신이 맑아져 자신이 잊었던 기억을 찾기도 한다. 지금의 상황이 그런 현상이라고 생각한 것이다.

‘이건 그러한 현상이 아니야.’

마나연공으로 인해 겪는 현상이 아님을 시간이 지남에 따라 알 수 있었다. 기억이 밀려드는 것은 태어난 순간부터 순차적으로 이루어지고 있었다. 지금은 6살 때의 기억이 밀려들고 있었다.

‘설마 이것이 ‘드래곤의 기억력’?’

아론은 고대 마법서에 적힌 영력의 증가로 발생할 수 있는 효과를 떠올렸다. 너무 허무맹랑한 기록이라 효과 부분에 대해서는 무시했었다. 만드라고라의 마나를 제거하는 것이 목적이었기 때문이다.

만드라고라의 마나를 제거하는 것과 비례해서 기억력이 밀려들었다. 아론은 그것을 알아채고 마나의 제거 속도를 조절하였다. 감당할 수 없는 기억에 지금의 작업이 중지될까 걱정한 것이다.

한 번도 시도해 보지 않은 방법이라 중도에 그만두면 다시 시도할 수 없을까 걱정했다. 만드라고라의 마나는 그 양이 엄청났다. 그 덕분에 아론은 자신의 삶을 다시 한 번 살아갈 수 있었다.

태어난 순간부터 현재에 이르기까지 수많은 일들이 있었건만 과거의 기억들이 오늘 있었던 일처럼 떠오르고 있으니 말이다. 그러기까지 엄청난 만드라고라의 마나가 사라졌고 지금도 사라지고 있었다.

'수많은 일들이 있었군.'

결국 오늘 있었던 일들까지 기억이 밀려오자 더 이상의 혼란은 없었다. 하지만 아론은 지금까지 밀려온 기억을 마음대로 떠올릴 수 있었다. 흔히 드래곤은 수많은 세월을 보냈음에도 그 모든 하루하루를 기억한다는데 아론이 꼭 그랬다.

'이제 끝났군.'

아론은 만드라고라의 마나를 모두 제거하자 한숨을 돌렸다. 하지만 그것은 또 다른 위험의 시작이었다. 그동안 밀려온 기억을 모두 떠올릴 수 있었던 현상이 아직도 사라지지 않고 있는 것이다.

"안 돼!"

드래곤의 기억이란 효과로 아론은 전혀 생각지도 않았던 깨달음을 얻었다. 음의 마나량이 늘어나는 것을 줄이기 위해 만드라고라의 마나를 없앴건만 그것이 5서클의 깨달음을 준 것이다.

드래곤의 기억은 엄청난 기억력을 선사했고 아론은 그동안 보아온 수많은 마법서의 기억을 무의식적으로 잠깐 떠올린 것을 계기로 5서클의 깨달음에 진입한 것이다. 그로 인해 마법 서클이 하나 생성되더니 그에 필요한 음의 마나를 축적하기 시작했다.

휘이이익.

푸스스스.

그동안은 육체에 보유하고 있던 만드라고라의 마나를 흡수하여 기사의 마나나 마법사의 마나로 전환했지만 이제는 만드라고라의 마나가 없으니 외부에서 마나를 끌어들이고 있었다. 아주 정상적으로 마나량이 늘어나는 상황이지만 아론에겐 익숙지 않다.

"주위의 접근을 막아!"

"네, 아론님."

아론은 잠깐의 순간에 자신의 처한 상황을 떠올리고, 가디언들에게 명령을 내렸다. 깨달음의 순간은 주변을 황폐하게 만든다. 간혹 멀쩡한 사람의 생명력까지 빨아들여 죽음을 선사하기도 한다.

마나를 사용하는 기사나 마법사는 자신의 마나를 제어할 수 있지만 평범한 사람에게는 재앙일 수 있다. 아론의 거처에서 발생하는 기현상이 많은 관심을 일으켰지만 가디언의 제지에 누구도 접근하지 않았다.

지난번 아론과 함께한 분대원의 입을 통해 루시의 잔혹함이 알려졌으니 접근할 리 만무하다. 더구나 아론이 마법사임을 알고 있으니 마법 실험으로 인한 현상으로 생각한 것이다. 깨달음의 중요한 과정임을 누가 상상이나 하겠는가.

'제발 역류하지 마라.'

깨달음의 효과가 끝나자 아론은 음의 마나를 억제하며 기사의 마나를 풍부하게 채우기 위해 노력했다. 기사의 마나가 자리한 곳에 조금이라도 틈이 보이면 음의 마나가 그곳으로 역류할 수 있기 때문이다.

'어디 시험 삼아 기사의 마나를 사용해 볼까.'

아론은 기사의 마나를 운용시켜 보았다. 마나를 운용해도 아주 소량의 마나만이 소비될 뿐이다.

"우욱!"

'망할 놈의 역류!'

시험 삼아 기사의 마나를 약간 소진했건만 그 보답으로 역류가 시작됐다. 정말 소량의 마나였음에도 이러한 사태가 벌어지자 아론은 눈앞이 캄캄했다. 지금이야 소량의 마나라서 스스로 해결했을 뿐이다.

"어떻게 해야 되지?"

아론은 정말 당황스러웠다. 아론에게 있어서 마나 운용은 숨 쉬는 것과 마찬가지이다. 검술의 경지를 높이기 위해 마나 운용을 습관화시켰다. 그런데 그렇게 움직이다가는 당장 죽을 수도 있었다.

'해결책을 찾자. 해결책을!'

드래곤의 기억력이 이 부분에 도움을 주었다. 책에서 해결책을 찾기 위해 아공간을 여는 것조차 마나를 사용하기 때문에 죽음을 각오해야 한다. 그런데 드래곤의 기억력이 그렇게 할 필요성을 잠재웠다. 과거의 기억을 방금 본 것처럼 떠올릴 수 있으니 말이다.

만드라고라를 복용했을 때에도 천재적인 재능을 타고난 마법사의 기억력에 버금갔다. 하지만 지금의 기억력에 비할 바가 아니다. 다른 효과도 떠올렸지만 지금은 그러한 것을 생각할 겨를이 없었다.

아공간에서 읽었던 수많은 책들의 기억을 떠올리며 해결책을 찾았다. 아론은 선천적으로 폭넓은 사고가 어려운 편이다. 하지만 이제는 수많은 책들의 내용을 한 번에 떠올리는 것으로 폭넓은 사고를 대신할 수 있다.

마법서에 적힌 수많은 기록을 한 번에 떠올릴 수 있으니 얼마나 대단하겠는가. 그 방법으로 해결책을 쉽게 찾았다. 왜 진작에 이러한 방법을 찾지 못했는지 억울할 따름이다. 그렇다면 이 고생을 하지 않아도 되었으니 말이다.

'물의 정령사가 되면 해결된다!'

아론이 찾아낸 해결책은 물의 정령사가 되는 방법이다. 정령사의 자질은 선천적인 재능을 타고나야만 한다. 하지만 후천적인 노력으로도 가능하다. 물론 높은 단계로 가기 어려운 한계가 있지만 말이다.

물의 하급 정령인 운디네와 계약하는 것만으로도 마나 역류는 해결된다. 정령 자체가 조화로운 성향을 지닌 데다 물의 정령은 속성상 회복력이 강하다. 그래서 서로 반발하는 마법사의 마나와 기사의 마나를 조화시키며 육체를 보호할 것이다.

마나 서클 자체에서 마법사의 마나가 역류하는 그 자체도 막아주지만 설사 역류해도 조화를 통해 반발력을 없애는 장점이 있다. 가장 좋은 내용은 아론이 보유한 기사의 마나가 특별해서 별도로 정령을 운용하기 위한 정령력을 따로 생성할 필요가 없다는 것이다.

아론의 마나는 만드라고라의 마나를 흡수해서 매우 순수하고 마법사의 마나로도 쉽게 변용해서 사용할 수 있도록 다양한 활용을 위해 순수성에 집중한 연공법으로 생성한 기사의 마나이다. 그 특성이 이러한 장점을 선사한 것이다. 물론 그로 인해 기사의 마나량 증가가 느리다는 고질적인 문제가 있지만 말이다.

"루시, 에딘 좀 불러와 줘."

"네, 아론님."

아론은 루시의 대답을 듣고 에딘에게 할 말을 떠올렸다. 실수로 움직여 마나 운용을 한다면 죽을 수도 있기 때문에 최대한 편안한 자세에서 움직이지 않도록 주의했다. 설사 움직여도 마나 운용이 되지 않도록 억제했다.

습관화된 마나 운용으로 의지와는 다르게 마나가 운용될 수 있어서 상당한 주의가 필요했다. 물의 정령과 계약하기 전까지는 지금의 상황을 벗어나기는 힘들다. 그것에 도움을 줄 사람으로 아론은 에딘을 선택했다.

아론에게는 선천적인 정령사 자질이 없다. 후천적인 노력으로 정령사로 등극하기 위해 필요한 것 중 하나가 바로 정령석이었다. 마법사에게 마나석이 있다면 정령사에게는 정령석이 있다.

정령석은 정령이 필요로 하는 정령력이 담긴 돌이다. 무척이나 희귀하지만 선천적인 정령사 자질이 없는 상황에서 정령과 계약을 맺기 위해서는 정령석의 도움이나 희생이 필요하다.

정령석의 도움으로 쉽게 정령과 계약을 맺을 수 있다. 그것이 불가능하다면 정령석을 이용해 강제로 정령과 계약을 맺을 수도 있다. 물론 그렇게 맺어진 정령은 소환에 잘 응하지 않을 가능성이 크지만 말이다.

"아론님, 무슨 일입니까?"

에딘은 엉망이 된 거처에 바른 자세로 앉아 있는 아론을 보자마자 질문을 던졌다. 깨달음으로 인한 마나 축적에 거처가 엉망이었다. 주변에 흩어진 물건들을 살펴보면 폭풍이라도 지나간 모습이다.

"지금 내리는 부탁을 들어주면, 그 대가로 10개 이상의 마나석을 선물로 주겠다. 지금 당장 나가서 수단 방법을 가리지 말고 '물의 정령석'을 구해와라. '물의 정령석'이 없다면 무속성의 '정령석'이라도 괜찮다. 두 개를 모두 구할 수 있다면 더 좋다. 필요한 경비는 마법 화살에 사용 중인 마나석을 모두 가져가서 이용해라."

아론은 에딘과 서로 존칭하는 관계이다. 하지만 아론은 자신의 처지를 에딘에게 알릴 수 없어서 존칭을 생략하고 강하게 명령하듯 부탁했다. 아공간을 열어서 넉넉히 재물을 꺼내주어 정령석을 구하는 데 도움을 주고 싶지만 최대한 움직이지 않으려 노력했다.

"하지만 그 마나석은 부대에 필요한 마법 화살을 제작하는 데 사용해야 합니다. 다른 방법은 없겠습니까?"

에딘은 마법 화살 제작이 그 자신의 공적에 관련된 부분이라 예민하게 반응했다. 에딘의 부대가 큰 활약을 펼치는 데 있어서 마법 화살은 가장 중요한 무구이기 때문이다. 마법 화살의 생산이 중단되면 에딘에게 있어서 그것은 큰 문제였다.

'저놈을 그냥!'

아론은 공적에 눈이 먼 에딘에게 화가 치밀어 올랐지만 참았다. 자신에게 닥친 지금의 상황을 설명하면 에딘은 마나석의 욕심 때문에 아론을 죽이려고 계획할지 모른다. 가디언들이 보호한다지만 아론은 모험을 하고 싶지 않았다.

"비용은 알아서 처리해라. 마법사로서의 내 자신과 마나에 대해 맹세하는데, 정령석만 구해온다면 그 대가는 약속한 것 이상으로 보답하겠다. 알겠나?"

"하하, 알겠습니다."

에딘은 아론의 맹세를 듣고서야 웃으며 대답했다. 마법사가 마나에 대고 한 맹세가 어떠한 것인지 에딘은 알고 있었다. 엘프가 진실만을 이야기하듯 마법사는 '맹세'란 말에 매우 집착한다. 귀족이 자신의 이름으로 한 맹세를 죽음으로도 지키듯이 말이다.

아론이 그다음에 한 일이라고는 에딘을 기다리며 검술에 대해 떠올리는 것뿐이었다. 드래곤의 기억력으로 마법의 경지를 올렸듯이 검술의 경지도 높이기 위해서이다. 기본적으로 기사의 마나가 많다면 작금의 상황을 지금보다 낫게 할 수 있기 때문이다.

'정말 가능할 줄이야.'

예상은 적중했다. 또다시 찾아온 깨달음에 아론은 기쁨을 금치 못했다. 드디어 그토록 바라던 소드 익스퍼트 초급의 경지를 깨달았기 때문이다. 또다시 아론의 거처는 외부에서 흡수한 기사의 마나로 엉망이 되었다.

만드라고라의 마나를 흡수해 쌓았던 마나의 영향 탓에 외부에서 흡수한 마나임에도 그 성질이 비슷했다. 기사의 마나가 곱절로 상승하자 상황이 좀 더 좋아졌다. 하지만 약간 좋아졌을 뿐 상황은 마찬가지였다.

심장에 담긴 마나 서클의 마나는 5서클에 진입하면서 그 양이 상상을 초월했다. 소드 마스터가 되지 않는 한 마법사의 마나량을 넘어서기 어렵다고 판단된다. 아론은 약간이나마 움직일 수 있는 것에 만족했다.

바네 왕국의 버클러 황제는 전쟁 이후로 쉴 틈이 없었다. 하루에 결정해야 할 문건이 무려 수백이다. 더구나 그 모든 결정을 내리는 데 있어서 대귀족들과 장시간의 논쟁까지 벌여야 한다.

"황제 폐하, 황궁의 재정이 바닥났습니다. 죄송합니다."

"더는 안 되겠느냐?"

앤지브 재상은 버클러 황제의 물음에 곤혹스런 표정을 지었다.

"지금까지 소모된 자금을 합치면 왕국의 10년치 예산을 넘었습니다. 그리고 그 비용을 감당하지 못해서 타국에 넘어간 이권이 너무 많습니다. 두 달 이내에 전쟁을 끝내지 못한다면 왕국의 미래는 어둡습니다."

앤지브는 차마 이권에 대한 상세한 내용을 말하지 못했다. 왕국을 지탱하는 철광산이나 여러 길드의 이권 등이 상당 부분 타국에 넘어갔음을 말이다. 전쟁이 끝나도 왕국은 큰 고통에 빠질 것이다.

"여기서 멈출 수는 없습니다. 영토를 회복하지 못하고 이대로 전쟁이 멈춘다면 왕국의 운명도 끝입니다."

대귀족 중 하나가 나서서 영토를 회복하기 전에는 전쟁을 끝낼 수 없다고 주장했다. 다른 대귀족들도 그 말에 호응했다.

"전쟁을 끝내더라도 영토는 회복시켜야 합니다."

"영토 회복은 당연하지요."

황궁에서 황제와 대귀족들이 편하게 대화만을 하는 것 같지만 전혀 그렇지 않다. 두 개 이상의 군단이 싸우는 장면은 일루전 학파의 마법사가 파견되어 실제 영상을 담아와 보고를 받는다.

각 군단에는 통신을 담당한 마법사가 존재한다. 그들을 통해서 전장의 상황은 매일 보고되며 결국에는 황궁에도 그 내용이 전해진다. 물론 지위의 특성상 중요하지 않으면 모두 누락된다.

“타국의 도움으로 전력은 우리가 앞서고 있지만, 피렌스 왕국 놈들이 방어 전략만 고수하니까 모든 전선이 고착된 상황입니다.”

“획기적인 해결책이 필요합니다.”

“그걸 누가 모릅니까? 지금까지 우리가 계획하고 실행한 전략만도 무려 수십 가지입니다. 거기다 현장에서 지휘하는 사령관이 직접 시도한 전략까지 계산한다면 수백 건은 될 겁니다.”

대귀족들은 황제 앞에서 대책 마련을 위해 자유롭게 대화했다. 몇 달째 같은 주제로 토론을 벌이고 있으니 황궁에서의 예절을 무시하고 자연스러운 토론이 진행되는 분위기가 된 것이다.

“황제 폐하, 마지막으로 남겨진 계획을 추진하시지요.”

“앤지브 재상!”

“이보시오, 재상!”

“재상!”

대귀족들이 앤지브 재상의 말에 깜짝 놀랐다. 재상이 무슨 말을 하려는지 모두가 알고 있기에 그것을 말리려는 것이다.

“앤지브 재상, 성공할 수 있겠는가?”

“저도 모르겠습니다.”

재상의 대답에 버클러 황제는 살며시 눈을 감았다. 대귀족들 대부분은 가문을 대표하는 만큼 뛰어난 전략가이다. 그들이 내어놓은 전략에 의해 그나마 지금의 전선이 유지되고 있는 것이다.

몇 가지 전략은 뛰어난 계획임에도 실행되지 못했다. 그중한 가지가 앤지브 재상이 '마지막으로 남겨진 계획'이라고 언급한 내용이다. 이 계획은 황궁이 위협받을 수 있기 때문에 중단된 전략이다.

전략의 내용은 무척 간단하다. 타국의 도움을 받아 전력이 우세한 상황이므로 전선을 유지하기 위한 최소한의 병력만을 남긴 채 피렌스 왕국의 최전방 병력을 우회하여 돌격하자는 것이다.

"재상, 그 계획은 다시 언급하지 않기로 약속했지 않소?"

"너무 위험합니다!"

"우리는 공격만 해왔기 때문에 방어전에 취약합니다. 적이 우리처럼 전선을 우회한다면 어떻게 할 생각입니까? 상상만으로도 너무 끔찍합니다."

대귀족들이 재상의 의견에 모두 반대했다. 이 계획은 황제는 물론 대귀족들의 생사까지 담보로 잡는다. 그렇다고 대귀족들이 죽음을 두려워하는 것은 아니다. 많은 귀족들이 왕국을 떠나 타국으로 망명해도 이들은 끝까지 자리를 지키고 있기 때문이다.

"우리 한 번 해봅시다!"

대귀족들은 버클러 황제의 말에 무릎을 꿇었다.

"폐하!"

"망극하옵니다!"

그저 망극할 뿐이다. 뛰어난 전략이지만 최후의 선택이다. 이 전략이 실패하면 바네 왕국은 멸망의 길을 향할 가능성이 크다. 차라리 이대로 전쟁을 끝내고 초라한 왕국으로 명맥을 유지하는 것이 좋을지도 모른다.

"재상, 이 최후의 전략을 북부와 남부 사령관에게 통보하게. 그리고 같은 이유로 보류된 전략이 몇 가지 있는 것으로 알고 있네. 그것도 모두 실행했으면 좋겠네."

"알겠습니다, 폐하."

재상은 최후의 전략과 함께 보류된 다른 전략의 내용을 떠올렸다. 실행되지 않았던 전략은 다 이유가 있어서 보류된 것이다. 그런데 그런 전략을 모두 실행하라니 앤지브는 씁쓸한 느낌이다.

그중 하나의 전략은 왕국의 모든 죄인을 피렌스 왕국에 보내서 암살자로 사용하자는 계획이다. 죄인을 도망가지 못하도록 할 방법도 있다. 마법으로 계획에 따르지 않으면 죽음에 이르도록 만들면 그만이다.

잔혹한 계획이라 생각하겠지만 전혀 그렇지 않다. 이미 간단한 죄목의 죄인들은 전쟁터에 병사로 차출되었다. 지금까지 남겨진 죄인들은 그 죄질이 너무 심해서 병사로도 징집하기 어려운 악독한 자들이다. 그러니 잔혹하다고 할 수는 없다. 단지 명예롭지 못할 뿐이다.

황궁은 최후의 전략을 실행하기 위해 군부에 수많은 명령을 하달했다. 여러 이유로 보류된 전략들도 차례차례 실행되기 시작했다. 최후의 전략은 한 달 정도의 준비 기간이 필요하다. 그때가 되면 왕국의 운명이 결정될 것이다.

에딘의 머릿속에는 오직 '정령석'에 대한 생각뿐이다. 아론은 항상 여유가 넘치는 사람이었다. 하지만 방금 에딘이 만났던 아론은 전혀 다른 모습이었다. 절제된 동작에 굳은 표정, 그리고 명령을 내리는 듯한 말투까지.

'무슨 일로 화가 나서 거처를 엉망으로 만들었을까?

루시의 부름에 방문한 아론의 거처는 엉망이었다. 에딘은 그것이 아론이 감정을 표출한 결과라고 착각했다.

'차라리 잘됐어. 빼돌린 마나석 때문에 찜찜했는데 말이야.'

에딘은 이 기회가 오히려 반가웠다. 부탁한 정령석을 구해 온다면 빼돌린 마나석 사건 정도는 잊으리라 생각한 것이다. 한번 넘어간다고 말은 했지만 서로 오고 가는 것이 사람과의 관계 아니겠는가.

"케이지 부대장!"

"네, 에딘 남작님!"

케이지가 에딘에게 아부를 떨었다. 에딘은 남작의 작위를 얻은 이후부터 대장이란 직함보다 남작이라 불리는 것을 더 좋아했다.

"며칠간 부대 밖에서 볼일이 있으니까 부대 내 일은 케이지 부대장이 알아서 처리하게. 알겠나?"

"걱정하지 마십시오."

평소에도 케이지 혼자서 하던 일이라 인수인계 과정은 필요가 없었다. 에딘은 지금의 부대에 관심이 없어서 모든 업무를 항상 케이지에게 맡겼다. 그리고 정령석을 찾기 위한 그의 고생이 시작됐다.

에딘은 각 군단을 방문하여 정령사와 만남을 가졌다. 첫 정령사와의 만남을 통해 에딘은 아론의 부탁이 쉽지 않은 일임을 깨달았다. 정령사 중 물의 정령사가 가장 희귀하다. 그러니 물의 정령석도 가장 희귀할 수밖에 없다.

또 다른 문제는 대부분의 정령사가 정력석을 가지고 있지 않다는 점이다. 귀족이거나 재물이 많은 평민이 아니고서는 가질 수 없는 물건이다. 더구나 정령사에게 있어서 정령석의 가치는 목숨에 비할 바가 아니다.

"지금 나보고 죽으라는 겁니까?"

"아니, 그게 아니라……."

에딘은 정령석을 보유한 정령사를 어렵게 만났지만 말을 꺼내자마자 퇴짜를 맞았다. 정령사가 보유한 정령석의 속성도 물어보지 못했다.

"도대체 몇 번째야."

에딘은 무척 짜증스러웠다. 지금까지 만난 정령사가 수십여 명이다. 돌아다닌 군단의 수만 열이 넘었다. 간혹 정령석을 가진 정령사를 만나도 대부분 불의 정령석을 가지고 있을 뿐이었다.

에딘이 만난 정령사 중 절반이 불의 정령사였다. 확률적으로 물의 정령석을 구하기란 하늘의 별 따기였다. 아론이 원하는 것은 무속성의 정령석이거나 물의 정령석인데, 물의 정령석은 아예 포기했다.

정령석은 마나석과 다르게 속성을 띠게 만들 수 있다. 정령사가 정령석을 자신의 속성으로 변화시켜서 쉽게 사용하기 위해서이다. 정령석의 속성을 없앨 수도 있지만 하루 이틀에 가능한 작업이 아니다.

에딘은 정령석을 구하려다 황당한 봉변도 당했다. 거래를 위해 준비한 마나석을 보여주었다가 그것을 욕심낸 귀족에게 위협을 받았다. 남작이란 작위와 한 부대를 책임진 대장이란 직함이 위협을 막아주었다.

"그건 불의 정령석 아닙니까?"

에딘은 정령사의 손에 들려진 정령석에서 괴리감을 느꼈다. 땅의 정령사가 불의 정령석을 가지고 있으니 부자연스러운 것이다.

"땅의 하급 정령사가 아니셨습니까?"

"맞지요. 저는 정령력이 부족한 편이라 정령석이 꼭 필요했는데, 지난번 전투에서 불의 정령사가 죽자 그의 품에서 얻은 전리품입니다. 불의 속성을 지녔지만 반년쯤 공을 들이면 땅의 속성으로 바꿀 수 있으니까 상관없습니다."

정령사의 답변에 에딘은 전리품을 넘겨받는 전쟁상인을 떠올렸다. 정령석이 워낙 희귀해서 전쟁상인을 통한 거래는 생각조차 하지 않았다. 하지만 전장에서 죽어간 수많은 정령사의 정령석이 전쟁상인에게 넘어갔다면 쉽게 구할지도 모른다.

전쟁상인에게도 이로운 거래이다. 정령석은 마나석보다 희귀하고 값지지만 그건 정령사에게만 해당한다. 정령사의 희귀성을 생각한다면 전쟁상인은 정령석을 처분하지 못하고 많이 보유하고 있을 가능성이 높다.

에딘은 전쟁상인에게 너무도 쉽게 정령석을 구했다. 무속성의 정령석과 물의 정령석 모두를 구할 수 있었다. 특별히 밀고 당기는 복잡한 거래의 기교도 필요하지 않았다. 전쟁상인은 정령석의 구매자가 많지 않아 쉽게 거래에 응했다. 고작 하급 마나석 두 개로 아론이 부탁한 물건을 모두 구한 것이다.

Chapter 14

전략(戰略)

전략 戰略

　　아론에게는 정령사의 재능이 없다. 그렇다고 정령사가 될 수 없다는 것은 아니다. 단지 후천적인 노력에는 한계가 있다는 것이다. 물론 그 한계를 극복하는 사람도 있지만 아주 극소수에 불과하다.

　　'운디네야, 모습을 보여라.'

　　에딘이 가져온 물의 정령석을 손에 쥐고서 물의 하급 정령인 운디네를 불렀다.

　　'제발 내 눈앞에 모습을 보여다오!'

　　아론은 정말 간절했다. 죽음을 피할 수 있는 최선의 방법이다. 에딘을 기다리는 동안 정령과 계약을 맺지 못할 경우도 고려해서 부차적인 방법도 찾았다. 하지만 절대 선택하고 싶지 않은 방법이었다.

목숨을 위협하는 근본적인 원인을 제거하면 된다. 바로 마검사의 길을 포기하고 기사의 마나와 마법사의 마나 중 하나를 제거하는 것이다. 그렇게 된다면 마나 역류나 폭주는 절대 일어나지 않는다.

'물의 정령아!'

'운디네, 나와 계약을 맺고 싶지 않니? 어서 나타나렴.'

'물질 세계를 구경하고 싶지 않니?

아론은 운디네의 부름에 강한 의지를 실었다. 하급 정령들이 장난꾸러기 같은 성향을 지녔다고 생각해서 좋아할 만한 이야기도 꺼냈다.

톡.

물이 가득 찬 용기 중 하나에서 한 개의 물방울이 바닥에 떨어졌다. 순간적으로 아론은 무척이나 긴장했지만 아무 일도 아니었다.

'인내를 가지자. 쉽게 정령사가 될 수는 없겠지.'

아론은 포기하지 않고 물의 정령석에서 정령력을 느끼며 운디네를 불렀다. 아론이 앉은자리를 중심으로 물이 가득 찬 용기가 둘러싸여 있지만 어디에서도 운디네는 모습을 보이지 않았다.

정령을 소환하기 위한 준비가 잘못된 것은 아니다. 에딘이

오기까지 며칠 동안 아론은 자신이 얻은 뛰어난 기억력으로 정령사가 되기 위해 완벽히 준비했다. 정령석 없이 계약을 맺기 위해서 시도까지 했었다.

'혹시 정령력이 부족해서 그런 걸까?'

아론은 마나 폭주가 두려워 정령석에서 소량의 정령력만을 받아들여 정령 소환을 시도했다. 정령사가 되기 위한 서적에는 소환에 필요한 정령력에 대해 자세히 기록되어 있지 않았다. 마법은 마나를 계산한 수식에 따라 배열하는 것이 중요하지만 정령사는 그렇지 않기 때문이다.

'최대한 받아들이고 시도해 보자.'

물의 정령석에서 많은 정령력이 아론에게 유입되었다. 며칠간 혼자 지내면서 마나 역류가 발생하는 한계치를 알아냈기 때문에 그 한계까지 정령력을 받아들였다. 많은 정령력이 아론의 몸속을 헤집고 다녔다.

'운디네야, 모습을 보여다오.'

'물의 하급 정령 운디네야, 여기에 물이 많단다.'

'나와 계약을 맺자.'

애타게 운디네를 불렀지만 정령은 나타나지 않았다. 결국 아론은 물의 정령석을 희생시켜 강제로 계약을 맺기로 결정했다. 정령사로서의 능력보다는 죽음을 피할 방법이 목적이기에 상관이 없었다.

하급 정령사라고 약한 존재는 아니다. 하급의 정령을 다수 소환해서 부리면 되기 때문이다. 하지만 아론은 정령사가 된다 해도 하급을 벗어날 수 없으며 강제로 계약을 맺은 정령만 소환할 수 있다. 많은 정령을 부리는 정령사와 다르게.

아론은 물의 정력석를 파괴시켜 근원적인 정령력을 받아들였다. 근원의 정령력은 그릇과도 같다. 그릇에 물이 담기듯 근원의 정령력을 통해서 정령력이 모여드는 것이다. 그런 만큼 정령력의 향기가 얼마나 강하겠는가.

근원의 정령력을 받아들인 것이 효과를 보이려는지 물의 표면이 파르르 떨었다. 물이 담긴 용기에 어떠한 충격도 없었는데 작은 물결이 생겨난 것이다. 아론은 정령과의 계약 내용을 다시 떠올리며 각오를 다졌다.

정령은 무척 이로운 존재이지만 정령사와 계약을 맺을 때만큼은 예외적이라 할 수 있다. 부정적인 측면에서 살펴보면 거의 마족과의 계약과 흡사한 부분이 있다. 다른 세계와 접촉할 수 있는 기회의 대가라고 말하는 현자도 있다.

정령사가 정령과 계약을 맺다 죽은 경우가 적지 않다. 계약 도중 정령에 지배를 받아 미쳐 버린 경우도 있다. 소환되어 나타난 정령은 자신과 정신적 교류도 없는 초면인 정령사에게 정령력을 공급받아 물질계에 모습을 드러낸다. 그러니 계약을 맺기 전에 정령사와 약간의 문제라도 생기면 정령도 큰 타격을 받고 제멋대로 날뛰는 것이다.

'네가 물의 정령 운디네니?'

아론은 물결치던 물에서 무엇인가 둥글게 뭉쳐서 떠오르려고 하자 성급하게 말을 건넸다.

'네, 맞아요.'

'정말?'

'그럼요.'

운디네를 확인한 아론은 너무도 벅찼다. 운디네와의 만남이 기뻐서라기보다는 평생토록 마나 억제 아티팩트를 찬다거나 기사의 마나와 마법사의 마나 중 하나를 제거하지 않아도 된다는 생각에 기쁜 것이다.

운디네는 손바닥 크기의 날개 달린 작은 요정의 모습으로 아론의 주위를 맴돌았다. 아론이 즐거워하자 물에 다가가 어린 개구쟁이처럼 물놀이를 즐겼다. 빛만 뿜어내면 페어리라고 착각할 모습이다.

'나와 계약을 하겠니?'

'네.'

운디네가 작은 날개를 팔락거리며 날아와 아론의 이마에 키스를 했다. 키스한 순간 아론은 자신에게 무엇인가 귀속되는 감정을 느꼈다. 가디언과 마나의 공명을 이룬 듯한 느낌과 비슷했다.

'우와, 여기도 물이네. 저기도 물이 있고. 정말정말 좋아요. 야호!'

운디네는 작은 몸에도 불구하고 사방으로 물을 튀겨댔다.

가뜩이나 지난 며칠간 두 번의 깨달음과 마나 역류로 엉망이
되었다. 이제는 운디네까지 합세해서 엉망으로 만들고 있었
다.

운디네의 사고력은 단순하다. 감정은 어린아이마냥 풍부
한 데 반해 인간의 언어를 잘 이해하지 못한다. 그래서 정령
사의 부탁을 무조건적으로 따르지만 그 부탁 내용을 이해하
지 못하는 어려움이 있다.

'운디네, 뭐 하니?'

'너무 즐거워. 물이 더 많았으면 좋겠다.'

아론은 운디네와 대화가 거의 불가능함을 깨달았다. 정령
에 관한 책에 적힌 대로 정령사의 말을 잘 이해하지 못했다.
하지만 운디네에게 구체적인 행동을 명령하면 이상없이 그대
로 따랐다.

물의 정령석을 파괴시켜 얻은 근원적인 정령력이 모두 소
진했지만 운디네는 사라지지 않았다. 기사의 마나를 대신 소
모시켜서 유지한 것이다. 아론은 운디네를 소환한 그대로 음
의 마나와 기사의 마나를 운용하며 죽음의 그림자에서 벗어
났는지 시험해 보았다.

기사의 마나가 꾸준히 소모되어도 음의 마나는 어떠한 역
류도 발생시키지 않았다. 음의 마나를 소진시키고 기사의 마
나로 회복도 시켰지만 아무 이상이 없었다. 운디네를 소환한
것만으로 해결된 것이다.

‘운디네, 정령계로 돌아가.’

‘더 놀고 싶은데.’

운디네는 슬픈 표정을 지으며 사라졌다. 운디네의 형체가 되었던 물은 다시 평범한 물이 되어서 용기에 담겨졌다. 아론은 운디네의 대답을 통해 약간의 답답함을 느꼈다. 가디언을 통해서 생각을 통한 대화에 익숙하지만 운디네의 생각을 이해하기가 어려웠다.

“휴, 다행이야!”

다행히 운디네가 정령계로 돌아갔어도 음의 마나는 어떠한 역류의 기미도 보이지 않았다. 마나에 대한 조화로운 능력은 정령이 정령계로 돌아가도 유지되고 있었다. 아론은 정령의 조화력에 감탄했다.

평생 운디네만 소환할 수 있겠지만 마검사 이외의 새로운 능력이 아론을 기쁘게 만들었다. 아론은 하급 정령사로서의 능력에 대해 생각하다가 뒤늦게 영력의 효력에 대해 생각하게 되었다.

‘맞아, 영력의 효과도 있었지.’

지금까지 경험한 것은 드래곤의 기억뿐이다. 지금 이 순간에도 정신을 유지하기 어려울 정도로 혼란을 주는 능력이다. 방금 전까지는 죽음에 대해 생각하느라 참아냈지만 이제는 그럴 필요도 없었다.

아론은 간단한 생각조차 쉽지 않았다. 특정 인물을 떠올리

면 그가 자신과 만났던 모든 일들이 기억나는 것이다. 좋은
일과 나쁜 일이 하나가 되어 방금 있었던 것처럼 생각나서 올
바른 정신을 유지하기가 어려웠다.

'멋진 작명 솜씨야.'

영력의 효능을 누가 기록했는지 몰라도 아주 제대로 된 표
현이다. 수천 년을 살아간다는 드래곤의 전설과 똑같은 기억
력이다. 아론은 다른 영력의 효과를 알아보려 했지만 자세한
설명이 없어서 확인할 수 없었다.

영력의 효능에 대해 생각하다 영력이 필요한 마법을 발견
했다. 마법사들 사이에서 암암리에 사용한 마법이 영력과 관
련되어 있었다. 그 마법은 바로 금단의 마법으로 지정된 '기
억전이 마법' 이었다.

기억전이 마법이 금단으로 지정된 것은 시전한 당사자의
생명력을 소진시키는 탓이다. 아론은 드래곤의 기억에 의해
자세한 사항을 알게 되었다. 마법을 시전하면 소진된 생명력
이 영력을 움직여 기억을 전이하는 것이다.

기억전이 마법이 금단의 마법임에도 암암리에 사용되고
있는 것은 유용성 때문이기도 하지만 자신이 가진 수명을 다
채우지 못하고 죽는 탓이다. 사람의 수명은 대략 100살이지
만 육체적으로 약해져 그것을 채우지 못한다.

마나를 사용하는 마나 유저라면 그 두 배인 200살이 수명
이다. 하지만 이 경우에는 육체적인 문제라기보다는 정신적

문제로 인해 150살 즈음에서 죽는다. 대륙에 유명한 소드 마스터들도 젊고 건강한 육체를 유지하지만 150살 전후에 죽는다.

마법사들 중 일부가 이러한 사실을 통해 여분의 50년 정도의 수명을 소진해서 자신의 자식이나 제자들에게 기억전이 마법을 시전한다. 물론 개인적인 성향이 강한 마법사라면 그럴 리 없다. 200년의 수명을 다 누리거나 그 수명을 극복한 경우도 적지 않으니 말이다. 물론 극소수만이 극복했지만.

'기억전이 마법을 마음껏 사용할 수 있잖아.'

아론은 신이 된 듯한 기분이었다. 자신의 기억을 타인에게 마음껏 전할 수 있으니 말이다. 금단의 마법으로 지정되어 있지만 마법 길드에서 어떠한 제재도 가하지 않으니 시전했다가 적발되어도 충분히 해결할 수 있다. 자신의 생명력을 소진했을 거라 생각할 테니 말이다.

아론은 무려 보름을 거처에 틀어박혀 마음을 정리했다. 드래곤의 기억을 억제하거나 활용하는 방법을 스스로 터득하는 시간이었다.

"모두 준비됐겠지?"

"예!"

분대원들의 대답에 힘이 들어가 있었다. 무려 보름이 넘는 기간을 자유롭게 지낼 수 있었기 때문이다.

"오늘 각오해야 할 거야. 몇 명을 생포할 계획이니까."

"예?"

"그게 무슨 말씀입니까?"

분대원들의 생기있는 표정이 어두워졌다. 아론의 능력을 분대원들도 겪어서 모르지 않지만 적을 생포하려면 그들의 장거리 공격 후 도주하는 전략을 사용할 수 없다. 근접해서 싸워야 하는 것이다.

근접전은 희생이 필요한 전투이며 분대원들 모두가 자신 없어하는 분야이다. 그동안 주로 사용한 무기도 장거리에 특화된 롱 보우이다. 근접전이라고 해봐야 숏 보우인데 그마저도 어느 정도 거리를 필요로 한다. 그렇다고 단검으로 싸울 수는 없지 않은가.

"아직 말하지 않았군. 나의 새로운 두 가디언을 소개시켜 주지. 이쪽이 슈이이고 저쪽이 휴이다. 이 두 명도 루시 못지 않은 실력을 가지고 있다."

"정말이십니까?"

단순하지만 용맹스러운 미첼이 놀라며 반박했다. 평소에도 미첼은 루시의 강함을 경외했다. 그런데 슈이와 휴이도 루시 못지않다는 실력자라고 하자 믿을 수 없어서 반문한 것이다.

"적의 생포는 나와 세 가디언이 맡는다. 너희들은 평소처럼 먼 곳에 숨어서 공격만 해주면 된다. 알았나?"

"그 정도는 문제없습니다."

불화살을 사용하는 것이 특기였던 마딘의 얼굴이 밝아졌다. 활 실력이 좋아 공격할 때는 모두들 마딘의 지시를 따르는데, 무거운 책임감을 어느 정도 벗을 수 있게 되어 표정이 밝아진 것이다.

분대원 전원의 반대에도 불구하고 아론이 결정한 공격 지점은 멀지 않은 장소였다. 어쌔신 부대는 전선이 형성된 위험한 지역을 우회해서 무작위적으로 습격을 시도했는데, 아론이 선택한 장소는 전선이 형성된 지역과 너무 가까웠다.

적당한 공격 대상을 정하느라 분대원들은 긴장의 연속이었다. 후방과 다르게 지나는 병력의 전력이 막강했기 때문이다. 마법사가 한 명씩은 포함되어 있었고, 기사의 실력도 뛰어나 보였다.

'실패한다면 도주하지 뭐.'

아론은 적당한 공격 대상이 없지만 생포 욕심에 공격하기로 결정했다. 아론은 세 명의 가디언이 제압할 수 있는 병력을 원했다. 하지만 지나는 병력마다 세 명 이상의 기사와 한 명의 마법사를 포함하고 있었던 것이다.

"저 병력으로 결정했어. 공격해."

메시지 마법으로 분대원들에게 공격을 명령했다. 가디언들도 한 명씩 흩어져 아론의 명령만을 기다리고 있었다.

퍼어엉!

"크윽!"

"적이다! 방패병은 앞으로……."

쿠웅!

분대원들의 공격에 적의 지휘관이 말에서 떨어졌다. 적은 100여 명에 불과하지만 기사의 수가 무려 10여 명으로 추측되었다. 지휘관의 명령 없이도 병사들은 침착하게 자리를 지키며 방어진을 형성했다.

분대원들이 사용한 화살은 아론이 제작한 마법 화살이라 효과가 상당히 컸다. 1서클의 공격 마법 정도는 되었다. 다른 분대와 다르게 아론의 분대원 각자가 깨어진 마나석을 보유하고 있어서 꽤나 위협적이었다.

"지금이야, 기사들을 처리해!"

아론은 가디언에게 공격 명령을 내리고 자신도 마법을 준비했다. 5서클의 유저가 되었지만 아쉽게도 4서클의 유저가 되었을 때와 너무 달랐다. 5서클의 마법을 시전하기가 생각만큼 간단치 않은 것이다.

4서클 유저가 되었을 때 만드라고라의 효과로 4서클 마법을 자유롭게 시전할 수 있었다. 하지만 5서클은 너무 달랐다. 각각의 마법에 대해 통달하고 깨달아야 시전할 수 있는 것이다. 마법사로서의 아론이 가진 한계였다.

드래곤의 기억이 아론에게 깨달음도 주고 폭넓은 사고력도 선사할 수 있지만 그 자신의 노력이 없이는 5서클의 마법사로 생활할 수 없는 것이다.

"월 오브 파이어(Wall of Fire)!"

기사들 앞에 아론의 4서클 마법이 시전되었다. 5미터 높이의 불이 울타리처럼 기사들의 진로를 가로막았다. 기사들이 분대원들에게 향하고 있어서 차단이 필요했다. 섞이기라도 한다면 아론도 손쓰기가 어렵다.

"고위 마법사다!"

"마법사부터 공격해라!"

기사들의 공격 대상이 분대원들에게서 아론으로 변경되었다. 하지만 그들의 외침은 가디언들의 난입으로 공격은커녕 자신들의 목숨을 지키내기도 벅찼다.

"적이다! 막아!"

"크억!"

"우욱!"

루시를 시작으로 슈이와 휴이의 학살이 시작되었다. 세 가디언이 합심해서 적을 유린하고 있었다.

"막으란 말이얏!"

"크윽!"

"지옥에나 가라! 커억!"

10명의 기사 중 절반은 마나 소드를 생성해 대항했지만 죽기는 매한가지였다. 가디언들도 몸이 성하지는 않았다. 간단한 가죽 갑옷만을 착용하고 있어서 피부 곳곳에 크고 작은 상처가 생겼다. 그러나 그 상처는 금세 회복되었다.

"퇴각하라! 퇴각!"

"모두 퇴각!"

기사들이 죽자 나머지 병사들이 도주하기 시작했다. 훈련이 잘되어 있어서 질서 정연하게 도주하고 있지만 이미 지휘할 능력을 가진 존재는 마법사 한 명뿐이었다. 나머지는 훈련이 잘된 평범한 보병들이다.

'분대원들을 위해 마법사를 데려가야겠군.'

아론이 적을 생포하려던 이유는 영력을 이용한 기억전이 마법의 실험을 위해서였다. 마법사를 생포해 데려가면 분대원들도 좋아할 것이다.

"마법사는 생포해야 돼. 그리고 열 명의 병사를 제외하고 그냥 보내줘."

"네, 아론님."

명령을 받은 가디언들이 퇴각하고 있는 병사들에게 뛰어들었다. 마법사가 마법으로 대항했지만 결국 루시에게 몇 대 맞고서는 쓰러졌다. 직접적으로 싸움을 한 것은 가디언들뿐이고, 아론과 분대원들은 그저 보조적인 역할만 했다.

"사우스, 이 마법사를 생포해서 돌아가라!"

"네, 아론님."

분대원을 대표하는 사우스가 돌아갈 준비를 마쳤다. 공격을 위해 마법 주머니에서 꺼내놓은 물자를 다시 담았다. 아론의 마법 주머니이지만 마나석의 기운을 감추기 위해서는 분대원에게 지급할 수밖에 없었다.

"너희들 먼저 돌아가라. 난 남아서 할 일이 있으니까."

"알겠습니다."

분대원들은 약간 불안한 마음으로 복귀하기 시작했다. 함께 지내온 시간은 짧지만 이제는 분대원 모두가 아론과 함께 있을 때 안정을 찾는다. 알게 모르게 분대원들은 자기 멋대로 행동하는 아론에게 의지하고 있는 것이다.

마법사의 손목에는 마나 봉쇄 팔찌가 채워졌다. 정령과 계약을 한 이후에 혹시나 싶어 구해놓은 마나 봉쇄 아티팩트이다. 제압하기 위한 아티팩트는 아니지만 아론만이 해제할 수 있어서 제압용으로 사용해도 된다.

"그럼 시작해 볼까?"

가디언들에 의해 쓰러져 도주하지 못한 10명의 병사가 두려운 표정으로 아론을 바라보았다. 하지만 그들의 두려움이 아론의 실험 정신을 막지는 못했다. 첫 번째 실험은 기억전이 마법이 정말로 가능한지 여부였다.

'성공한 것일까?

시전받는 상대자를 고려하지 않은 실험이었지만 마법은 진행되었다. 성공 여부는 천천히 알아봐야 할 부분이다. 영력을 움직여 기억전이를 시도했고, 아무런 이상 없이 완료할 수 있었다.

"갑자기 왜 이러지?"

마법을 마치고 잠시 후 아론은 갑작스런 이상 현상에 눈을 깜빡였다. 가디언과 병사들이 이상하게 보여지기 시작한 것이다.

'기억전이 마법의 부작용인가?'

금단의 마법이라서 숨겨진 부작용이 찾아온 것일까 걱정했다. 마법서에 기록되지 않은 부작용도 있을 수 있다. 이상한 증세는 시간이 지나자 점차 사라지기 시작하더니 결국에는 정상으로 돌아왔다.

아론은 걱정스러운 마음에 원인을 찾으려고 했지만 알아내지 못했다. 마음을 진정시키고 본래 하려던 실험을 진행했다. 도주한 병사들이 아군을 데려오기 전에 실험을 마치고 떠나려면 시간이 촉박하다.

"또 왜 이러는 거야? 영력만 운용하면……."

아론은 영력의 운용에 따라 자신의 눈에 이상이 발생함을 깨달았다. 눈에는 어떠한 이상도 없었다. 그 이상한 현상은 진실을 바라보는 영력의 효과 중 하나인 '엘프의 눈'이었던 것이다.

뒤늦게 영력의 운용 방법을 터득했다. 영력은 마나처럼 운용 여부에 따라 효과를 보인다. 드래곤의 기억에 관한 효과도 머리의 영력 운용을 억제하여 혼란에서 벗어났다. 보름이란 기간에 드래곤의 기억을 통제할 수 있다고 생각했는데 그것이 아니었다. 무의식적으로 머리에 영력 운용을 억제할 수 있게 된 것에 불과했다.

'정말 놀라워. 이것이 엘프의 눈이란 말이지.'

아론은 병사들에게서 뿜어지는 갖가지 색상을 바라보며 그들의 감정을 느낄 수 있었다. 왜 엘프들이 진실만을 말하는지 이해되었다. 그 자신은 물론이고 상대방의 진실을 보는 것은 축복이자 저주였다. 그 자신이 진실하지 못함을 항상 깨닫게 하니까.

짧은 시간이었지만 아론은 많은 것을 얻었다. 기억전이 마법은 성공했다. 아론이 피렌스 왕국의 병사에게 주입한 기억까지 확인할 수 있었다. 병사는 최근의 기억을 잃고 그 자리를 아론이 주입한 기억이 차지했다.

"여기가 어디야? 내가 왜 여기 있지?"

병사는 기억의 괴리감에 당황해서 어쩔 줄 몰라 했다. 아론은 기억전이 마법이 성공했지만 완전하지 않다는 것을 알아냈다.

'주입한 기억이 새로운 자리를 찾지 못하는 거군.'

기억전이 마법은 대상자의 기억에 어떠한 영향을 끼치지 못한다. 하지만 아론이 시전한 마법은 새로운 자리를 차지하지 못하고 본래의 기억을 잃도록 만들었다. 아론의 기억전이 실험은 계속되었다.

반복적인 실험을 통해 아론은 상대의 기억을 읽어오는 방법도 터득했다. 하지만 상대방이 지닌 이론적인 기억만을 가져올 뿐이다. 깨달음과 같은 정신적인 부분에 있어서는 가져오지 못했다.

'죽일 필요도 없겠군.'

본래 아론은 실험 후 병사들을 모두 죽일 계획이었다. 작금의 전쟁 중인 상황을 고려한다면 크게 문제될 것도 없다. 하지만 기억전이 마법을 통해서 상대의 기억을 지우는 방법을 알게 된 것이다.

아론이 터득한 기억 제거 방법은 엄밀히 따져서 기억의 회수였다. 주입된 기억을 영력으로 살펴보다가 다시 회수할 수 있게 되었고, 그 방법으로 최근의 기억을 찾아내 뽑아낸 것이다.

아무리 뛰어난 정신 마법이라도 사람의 기억을 조작하기란 어렵다. 아론도 기억전이 마법을 통해서 확실히 깨달았다. 기억전이 마법을 계속 실험하고 싶지만 너무 시간이 지체되어 병사들의 기억 중 오늘 있었던 일들을 없앴다. 물론 실험을 위해 주입된 기억도 말이다.

다음날 같은 방법으로 피렌스 왕국의 병사를 납치해서 기억전이 마법의 실험을 진행했다. 그때마다 기사나 마법사를 생포해 에딘에게 넘겨줬다. 매일같이 위험한 임무에 처한 분대원들은 불만이었지만 그에 따른 대가도 만만치 않았다.

전리품으로 얻는 재물도 상당하지만 공적에 대해서 공식

적으로 인정받았다. 그중 대부분이 에딘의 마음대로 처리되었지만 아론이 허락한 사항이다. 실험을 진행한 지 열흘 만에 아론은 자신이 원하던 것을 얻었다.

아론의 기억전이 마법이 완전하지 않았던 이유는 자신의 영력을 상대방에게 넘기지 않았던 탓이다. 그래서 새로운 자리를 찾지 못하고 본래 가지고 있던 기억에 덮여 쓰여지게 되는 것이다.

상대의 기억을 잃게 만들지만 주입받은 기억을 자신의 것으로 만들면 본래의 기억이 돌아오므로 대단한 마법이 아닐 수 없었다. 아론은 기억의 괴리감을 느끼지 않을 만한 방법도 알아냈다.

사람은 6살 때부터 자신을 기억한다. 그 부분부터 차례대로 기억을 주입하면 대부분 감당한다. 10년 이상의 기억도 소화한 것이다. 물론 그로 인한 정신적인 문제는 기억을 잃은 당사자가 스스로 극복할 수 있느냐에 따라 다르다.

가장 큰 결과는 정신적 깨달음도 주입할 수 있다는 사실이다. 타인의 깨달음을 가져올 수는 없지만 아론 자신의 것을 주입할 수 있었다. 물론 정신적 깨달음이 차지하는 기억 공간은 너무 커서 한번 시험했다가 상대를 미치게 만들었다. 물론 기억을 회수하자 정신을 차렸지만.

에딘과 케이지는 열흘간 바쁘게 보냈다. 아론이 하루에 한

번씩 적을 생포해 잡아왔기 때문이다. 일반 병사도 아니고 기사나 마법사를 꼬박꼬박 데려와서 그 뒤처리가 만만치 않았다.

아론의 분대원들 이름 모두가 공적에 기록되었다. 평민의 이름이 공적에 기록되기란 쉽지 않은 점을 고려하면 정말 대단한 사건이었다. 종전이 되면 그 기록에 의해서 크든 작든 대가를 받을 것이다.

열흘이 지나자 아론의 분대는 다시 활동이 멈추었다. 에딘과 케이지는 무척 아쉬운 마음이지만 지금의 공적에 만족했다. 에딘과 케이지는 아론이 잡아온 공적 중 절반을 차지할 수 있었다. 황궁에서 파견한 근위병에 의해 아론의 공적은 기록할 수 없기 때문이다.

그중 일부의 공적은 에딘과 케이지가 다른 기사들에게 넘겼다. 사람의 관계가 상부상조하는 것이 아닌가. 물론 에딘과 케이지는 그 대가로 적지 않은 뇌물을 받아서 챙겼다. 군부의 관례에 따라서.

"타아앗!"

"하압!"

아론의 분대원 모두가 한 장소에서 페르민 검술을 시전하고 있었다. 움직이는 자세가 정확한 것이 30년 이상 수련한 듯 보였다.

"사우스, 도저히 못하겠어! 후우. 후우. 후우."

"나도 그만 할래. 너무 힘들어."

"죽을 것 같아."

한 명이 수련을 멈추고 바닥에 널브러지자 하나둘씩 수련을 멈추었다. 평소에 분대에서 활약이 컸던 마딘, 미첼, 그리고 윌리안만이 계속할 뿐이다. 그들은 지금의 기회를 절대 포기할 수 없었다.

"너희들 내 말 똑똑히 들어! 평생에 이런 기회가 있을 것 같아? 성공만 한다면 비록 편법이지만 기사처럼 마나를 사용할 수 있어. 한순간의 고통만 참는다면 생존할 가능성이 백 배, 아니, 천 배는 높아질 수 있는 기회야. 알아들어?"

"에휴, 상관을 너무 잘 만나도 고생이야."

"그러게나 말이야."

사우스의 강력한 발언에 하나둘 다시 일어나 수련을 계속했다. 그들도 포기할 생각은 아니었다.

'제발 좀 움직여라.'

사우스는 검에서 받아들인 마나를 운용법에 따라 움직이려고 노력했다. 무려 5년의 기억을 잃는 것으로 얻은 대가이다. 아론은 분대원들에게 기억전이 마법을 시전했고, 기사에 버금가는 무력을 가질 기회도 주었다.

아론은 분대원 모두에게 30년 동안 수련한 페르민 검술을 주입했다. 30년 동안이나 수련했건만 주입된 기억이 차지한 공간은 고작 3년이었다. 그래서 분대원들은 6살에서 8살까지의 기억을 잃었다.

아론의 분대원들이 페르민 검술을 기사 못지않게 사용할 수 있었던 것은 주입된 기억의 효과이다. 자신의 기억처럼 선명해서 사용함에 있어서 불편함은 없었다. 단지 육체가 페르민 검술을 소화하지 못하는 것뿐이다.

정신은 페르민 검술을 완벽하게 시전하고 있지만 육체는 동작에 필요한 근력이 부족해서 엉뚱한 모습이 된다. 검술이 숙련될수록 그만큼 기억이 돌아오고 있어서 서로 도와가며 수련을 계속하는 것이다.

검술만으로 부족하다 생각한 아론은 마나 운용법에 관한 깨달음까지 주입했다. 분대원들은 마나에 대한 재능이 없다. 그럼에도 운용법을 주입한 이유는 그에 대한 해결책이 기사들이라면 모두 알고 있기 때문이다.

마나 운용법에 관한 깨달음은 무려 5년의 기억을 잃게 만들었다. 그래서 분대원들은 모두 8년의 기억을 잃은 상태이다. 하지만 모두들 크게 걱정하지는 않았다. 마나 운용이 성공하면 그 5년의 기억은 곧바로 돌아오기 때문이다.

'움직인다. 드디어 움직여.'

사우스는 검에서 받아들인 마나가 의지에 따라 운용되자 결국 잃었던 5년의 기억이 돌아왔다. 마나 운용법의 깨달음만으로 마나 운용이 가능한 이유는 아론이 그들에게 만들어 준 마법검에 있었다.

사람이 뛸 수 있으려면 먼저 걸을 수 있어야 한다. 마나 운용법의 깨달음도 마나에 대한 깨달음이 수반되어야 가능한 것이다. 하지만 마나의 깨달음은 없지만 마나 운용이 가능한 소수의 사람이 있다.

기사나 마법사가 마나 역류나 폭주 등의 충격으로 육체가 마나를 축적하지 못할 때 그들은 아티팩트의 도움으로 마나를 받아들여 사용한다. 물론 받아들일 수 있는 마나가 소량이라 큰 힘을 발휘하기 힘들다.

아론은 그 방법을 분대원들에게 적용했다. 그들은 페르민 검술을 수련하면서도 검에서 육체로 밀려오는 마나를 운용하기 위해 노력했다. 성공한 사우스는 마나에 취해 황홀한 기분을 만끽하고 있었다.

'6년의 기억이 돌아왔다.'

전우들을 위해 사우스는 자신의 성공을 알리지 않았다. 그저 기억이 돌아온 사실이 기뻤다. 사우스는 단 며칠 만에 10년 이상을 페르민 검술에 매진한 사람들을 따라잡았다. 이제는 나머지 2년의 기억을 찾으면 끝이다.

"성공이다! 내가 성공했어!"

미첼은 성공에 기쁨을 주체하지 못하고 전우들을 끌어안으며 소리쳤다. 미첼이 좋은 뜻으로 용맹하다고 평가받지만 나쁘게 말하자면 단순한 편이다. 잡생각 없이 머릿속에 주입된 기억대로 끊임없이 노력해 집중한 덕분에 빠르게 성공한 것이다.

"이것 좀 봐봐! 대단하지 않아?"

"와우!"

"이야, 대단하다!"

미첼이 한 손으로 동료를 번쩍 들어 올리자 감탄이 이어졌다. 미첼의 힘자랑은 한동안 계속되어 분대원들을 웃음 짓게 만들었다. 하지만 검에서 손을 뗀 상태로 시간이 흐르자 마나가 모두 소진되어 본래대로 돌아왔다.

"에이씨, 마나가 떨어졌다."

"후후후."

"하하하."

동료들의 웃음에 미첼은 아론이 선물한 단검을 손에 쥐어 봤다. 마나를 언제라도 운용할 수 있도록 같은 기능을 지닌 단검을 받았다. 물론 검에 비해서 받아들일 수 있는 마나가 더 적다.

단순한 미첼이 성공한 것을 시작으로 분대원들 모두가 차례로 마나 운용에 성공했다. 마나 운용에 성공하자 페르민 검술도 빠르게 받아들였다. 대부분 1년을 제외한 기억을 모두 찾았다.

분대원들은 1년의 기억을 잃었지만 지금에 만족했다. 6살부터 기억을 한다지만 그때의 기억을 갖고 있는 사람은 거의 없다. 기억을 잃기 전에도 분대원들은 6살 때에 무엇을 했는지 몰랐다. 그저 어렴풋이 몇 가지 강렬했던 추억만 기억할 뿐이다.

사우스를 비롯해 20명의 분대원들은 아론의 열렬한 추종자가 되었다. 분대원들은 마나연공법을 5년 정도 수련한 기사 정도의 실력을 갖추게 된 것이다. 아론이 없어도 가장 강력한 분대가 되었다.

그 후 아론의 분대는 인솔자도 없이 임무를 수행했다. 그들의 활약이 알려져 관심을 받았지만 분대원들 중 누구도 사실을 말하지 않았다. 사실 어떻게 강해졌는지 그들 자신도 몰랐기 때문이다.

어떻게 기억을 주입받았는지도 모른다. 기억을 주입받기 전에 객관적인 사실만을 알려줬고, 잠시 정신을 잃었다가 일어나니 머릿속에 들어 있었다. 아론이 철저하게 기억전이 마법의 존재를 숨겼던 것이다.

분대원들은 엄청난 기회였지만 아론에게는 기억전이 마법을 활용하기 위한 최후의 검증실험이었다. 실험은 성공 그 이상이었다. 그 어떤 부작용도 발생하지 않았다. 왕국은 큰 위기에 처했지만 아론은 대단한 능력을 얻었다.

어쌔신 부대에는 한 명의 근위병이 생활한다. 아론이 황궁에서 벗어날 때 붙은 보호자이자 감시자이다. 그가 아론에게 황궁에서 보내온 서신을 가져왔다. 마법으로 봉인된 특별한 서신이었다.

"바네 왕국을 위한 최후의 전략?"

아론은 서신에서 눈을 뗄 수가 없었다. 왕국의 사정이 멸망이란 단어를 언급할 정도로 심각할 줄은 몰랐다. 자신의 문제에 정신이 팔려 왕국 내 소식이 어두웠던 탓이다. 무관심했던 것이다.

'또다시 스승님의 덕을 보는구나.'

황궁에서 아론에게 중대한 전략을 알려온 것은 파울 때문이다. 정확히 말하자면 파울이 공급하는 막대한 오크 포션 덕분이다. 몇 달째 전쟁이 계속되었지만 포션만큼은 전장에 충분히 공급되고 있다. 그것이 바로 오크 포션인 것이다.

당장이라도 포션의 공급이 끊기면 바네 왕국은 곤란한 입장이다. 그래서 아론이 중요인물로 등재되어 대귀족과 동급으로 취급되어 서신이 보내진 것이다. 군부에서는 각 군단장이나 받을 만한 서신이다.

'비정규 부대들을 희생양으로 삼았군.'

최후의 전략에 관한 부분 중 비정규 부대들의 희생이 필요한 내용도 있었다. 왕국의 엄청난 병력들이 전선을 우회하려면 약간의 시간이 필요하다. 그 시간을 벌어줄 대상이 바로 비정규 부대들이다.

비정규 부대들이 이미 피렌스 왕국에서 차지한 지역을 지나서 전쟁 전 유지되던 국경 지역을 넘어 크레시온 보급 영지를 공격하라는 명령이다. 이 공격으로 피렌스 왕국이 정신없을 때 최후의 전략이 시작되는 것이다.

희생은 비정규 부대들만이 아니다. 바네 왕국의 악질적인 범죄인들이 비정규 부대들과 함께 움직여서 클레시온 보급 영지를 공격하는 흉내를 내다가 더 깊숙이 잠입해서 피렌스 왕국의 귀족들을 암살하는 계획도 있다.

범죄인들의 이탈을 막기 위해서 고위 마법사가 특정 조건이 수행되어야 해제되는 마법까지 준비했다. 마나 유저는 이런 저주 마법에 대한 저항력을 가지고 있지만 면죄받고 자유가 되려면 스스로 자청해서 받을 수밖에 없다.

'희생양이라 이거지?'

아론이 희생양은 아니지만 간접적인 영향으로 분노가 치밀었다. 왕국의 형편상 최후의 전략을 위해서 그 정도 희생이 필요한 것은 납득할 만한 일이다. 하지만 그것이 자신이라면 분노하지 않을 사람은 없을 것이다.

아론은 클레시온 보급 영지를 공격하는 전략에서 빠질 수 있다. 근위병에게 부탁만 한다면 해결된다. 굳이 근위병의 도움을 받지 않더라도 빠져나갈 구멍은 많다. 하지만 자존심이 이탈을 막았다.

병사들은 공격의 순간 제대로 싸워보지도 못하고 희생될 가능성이 높다. 클레시온 보급 영지는 역사가 깊은 곳이다. 전쟁이 발발하기 전부터 국경 지역의 모든 보급을 책임진 곳이라 대단위 결계를 비롯해 공성무기까지 준비된 완전무결한 곳이다.

'무의미한 희생은 안 돼. 뭔가 강렬한 것이 필요해.'

공격은 막을 수 없지만 비정규 부대들에게도 강력한 무기가 필요했다. 대단위 결계도 손쉽게 박살 낼 수 있는 것으로 말이다.

'마나의 창이 있었지!'

검을 수리하기 위해 갔다가 우연히 본 마나의 창에 큰 감명을 받았다. 마나석을 소모시켜야 하지만 그만한 결과를 보여주는 무기이다. 아론은 이번 전쟁을 통해 상식 이상의 모습을 목격했다.

흙골렘을 게르투드 영지에서 사용한 경험이 있어서 큰 전장에서도 유용하리라 생각했다. 하지만 마나의 창을 목격할 때의 전장에서는 골렘이 큰 위력을 발휘하지 못했다. 이론과 현실에는 큰 차이가 있었다.

골렘의 큰 덩치는 쉬운 목표가 된다. 기사가 마나 운용을 통해 투창용 무기를 사용하면 백발백중 맞는다. 그리고 행동에 제약을 받은 골렘은 어렵지 않게 심장이 파괴된다. 소규모 전투에서는 마나 유저도 만나기 힘들지만 큰 전투라면 돌멩이처럼 흔하다.

'스승님에게 마나석을 넉넉히 보내달라고 해야겠다.'

마나의 창을 제작하려면 마나석이 필요하다. 귀한 마나석이지만 파울과 아론에게는 쉽게 얻을 수 있는 마법 재료에 불과하다. 그래서 부담없이 파울에게 마나석이 필요하다고 부탁할 수 있었다. 더구나 귀한 만드라고라까지 선물했었으니 빚진다는 생각도 없다.

에딘과 근위병의 권력을 이용해 아론의 요청은 마법 길드를 통해 파울에게 전달됐다. 편지를 쓴 지 이틀 만에 파울은 아론에게 마나석을 보내왔다. 마법으로 봉인된 상자에 담겨져 있어서 아론만이 개봉할 수 있었다.

상자는 아공간 마법으로 제작된 아티팩트였다. 그곳에는 마나석이 무려 일만 개나 담겨 있었다. 일만 개의 마나석이라면 천만 골드가 넘는 값어치다. 왕국은 힘들겠지만 공국이나 소국을 구매할 수도 있는 가치이다.

상자에 담긴 것은 마나석 이외에도 많았다. 오크 학파의 성과물이라 할 물건들을 가득 보내왔다. 수백 상자의 오크 포션과 오크 가죽으로 제작된 가죽 갑옷 등 서너 개의 군단이 사용할 물품이었다.

'스승님은 내가 군단장이라도 되는 줄 아는가 보군.'

마나석을 제외하면 군단 병력에 맞춰진 물품이다. 아마도 직접 준비한 것은 파울의 재정을 관리하는 테오였을 것이다. 파울이 세밀한 것까지 신경 쓸 만한 성격의 소유자가 아님을 아론은 모르지 않는다.

"이것은 콘라드 제국에서 지인이 보내온 선물이다. 그 친

구는 내가 군단을 지휘하는 사령관의 직책이라도 가지고 있
는 줄 알았나 보다. 그러니 가져가서 착용하고 기사들에게도
하나씩 나눠 주도록 해라."

"네, 아론님."

분대원들은 본래 착용하고 있던 갑옷을 벗고 아론이 말한
가죽 갑옷을 착용했다. 병사라면 갑옷이 생명줄이라 자세히
살펴보고 선택했을 것이다. 하지만 아론의 분대원들은 마나
운용을 깨달은 이후로 달라졌다. 기사용 갑옷이 아니면 그다
지 도움이 되지도 않기 때문이다. 오히려 행동에 지장을 준다
고 생각한다.

쿼렐 정도의 빠름과 은밀함을 지닌 무기가 아니면 마나 유
저에게 위협이 되지 못했다. 그 때문에 분대원들은 부실하지
만 정든 갑옷을 주저없이 벗고 아론이 내민 가죽 갑옷을 착용
한 것이다.

"갑옷이 엉망이라 바꾸려고 했는데 잘됐네요."

"나도 마찬가지야. 어제 습격하다 마주친 기사한테 스쳐서
이 꼴이 됐어."

미첼이 움푹 패어서 찌그러진 갑옷을 가리키며 말했다. 아
론은 실험이 끝나자 조용히 지냈지만 분대원들은 자발적으로
매일같이 임무를 수행하고 있었다. 그리고 짧은 기간임에도
많은 공적을 거뒀다.

분대원들 모두가 기사급의 실력자들이니 두려울 것이 없

었다. 마법 주머니를 통해서 전리품 전부를 가져오기 때문에 그 양도 엄청났다. 종전되기 전까지 살아만 난다면 부자 소리를 들으며 생활할 수 있으리라.

"가죽 갑옷이라 무척 가볍네요."

"튼튼하고 좋네요."

가죽 갑옷의 특성상 착용감이 좋아 분대원들을 기쁘게 했다. 제작된 이후 아무도 사용한 흔적이 없는 새 가죽 갑옷이라 더욱 기뻐했다.

"아론님의 지인이 콘라드 제국민이에요? 역시 귀족 분들은 통이 크네요. 그 먼 곳에서 가죽 갑옷을 이곳까지 보내다니 말이에요. 소문에 의하면 콘라드 제국에는 유명한 가죽 갑옷이 있다던데 나중에 전쟁이 끝나면 그거나 구해서 착용해야겠습니다."

"아, 나도 그 소문 들어봤어."

"값이 싸면서 오우거나 와이번 가죽에 버금간다며?"

자신이 착용한 갑옷의 정체도 모른 채 분대원들은 그것에 대해 떠들고 있었다. 아론은 피식 웃었다.

"착용한 갑옷을 자세히 살펴봐라. 지금 너희들이 착용한 것이 그 가죽 갑옷이다."

"예?"

"이게 그거라고요?"

황당한 분대원들의 표정이 아론에게 즐거움을 주었다. 분대원들도 어이없는지 쓴웃음을 지었다.

"소문의 내용은 대부분 사실이다. 한 가지 추가할 사항은 30일에 한 번씩 오크의 피로 씻어야 한다. 그렇지 않으면 시간이 지날수록 가죽의 특성을 계속 유지할 수 없다. 그래도 일 년 이상은 본래의 특성을 유지하니까 알아서 하도록."

분대원들은 부대의 기사들에게 가죽 갑옷을 나눠 주었다. 하지만 그것은 큰 이슈가 되지 못했다. 며칠 전부터 전쟁 물자 상황이 무척 좋아졌기 때문이다. 비정규 부대에까지 물자 보급이 좋아진 경우는 근래 들어 처음이었다.

'에딘은 아직 아무것도 모르는군.'

최후의 전략을 위해서 지원되는 물자 보급이지만 에딘은 그 사실을 모르고 있었다. 왕국의 운명이 달린 전략이니 비밀 유지는 당연하다. 아마도 피렌스 왕국의 국경 지역을 넘어 클레시온 보급 영지를 공격하는 순간까지도 알지 못하리라.

아론은 자신의 거처에 처박혀 마나의 창을 제작하기 시작했다. 마나의 창을 제작하기란 그리 어렵지 않았다. 단지 제작함에 있어서 위험한 부분이 많아 신중하게 주의를 기울이며 만들어야 했다.

마나의 창에는 마법 화살처럼 어설픈 활성화 방법은 사용할 수 없다. 마법 화살이야 실패해도 그만이지만 마나의 창이 활성화되었다가 실패하면 그 파장은 막대하다. 마나의 창을 중심으로 반경 수십 미터 이내가 초토화될 우려가 있다.

'그건 재앙이지.'

아론은 마나의 창을 활성화시키는 스크롤까지 제작했다. 제작한 마나의 창을 자신이 모두 사용할 생각은 없다. 제작하는 물량이 무려 일천 개가 넘기 때문이다. 최대한의 희생을 막기 위한 아론만의 대책이었다.

보름이 훌쩍 지나갔다. 일천 개가 넘는 마나의 창이 완성되었다. 그리고 귀속 마법에 걸린 수천 명의 죄인들이 부대에 지원되었다. 그들이 바로 피렌스 왕국의 국경 지역을 넘어 귀족을 암살할 사람들이다.

'정말 잔혹한 귀속 마법이군.'

죄인들은 사람들의 눈을 피해서 아론에게 찾아왔다. 자신이 걸린 귀속 마법을 해제할 수 있는지 확인받기 위해서이다. 그래서 아론은 그 귀속 마법에 담긴 잔혹함을 알게 되었다. 그들은 암살에 성공해야 자유를 얻을 수 있다.

전쟁 전의 국경 지역을 넘어가서 피렌스 왕국의 귀족을 일정 수 이상 죽여야 귀속 마법이 해지가 된다. 죽여야 할 인원은 자신이 가진 죄의 무게에 따라 달라진다. 그들 중 과연 얼마나 생존할 수 있겠는가.

본래 귀속 마법은 아티팩트의 도난을 방지하기 위해 개발되었다. 주인이 아니면 사용할 수 없거나 저주를 걸도록 한 것이다. 그것이 발전되어 노예 마법으로 이어졌고, 지금의 상황처럼 계약 마법으로도 응용된다.

죄인들에게 씌어진 귀속 마법은 5서클의 고위 마법사가 시전했다. 적어도 7서클의 마법사가 해제하지 않는 한 풀어내기 어렵다. 마법진의 도움을 받으면 6서클의 마법사도 풀어낼 수 있겠지만 약간의 실수만으로 죽을 수 있다.

아론의 입을 통해서 죄인들은 피할 수 없는 운명을 받아들였다. 몇 명의 죄인들이 미치거나 스스로 목숨을 끊었다. 간혹 귀속 마법이 걸린 손을 잘라내고 도주한 경우도 있었다. 하지만 싸늘한 시체로 발견되었다.

손을 잘라내는 것만으로 귀속 마법이 해제된다면 웃긴 일이다. 그것이 가능했다면 자유를 갈망하는 수많은 노예들이 노예 마법에서 벗어나 자유를 찾았을 것이다. 죄인들이 부대를 혼란시키고 있는 상황에서 결국 에딘에게 명령이 내려졌다.

에딘의 명령서에는 최후의 전략에 대한 내용이 누락되었다. 그저 비정규 부대는 클레시온 보급 영지를 공격하라는 것뿐이다. 그것을 위해 전쟁 물자가 풍족하게 지원된 사실을 뒤늦게 에딘은 깨달았다.

"아론님, 언제 부대를 떠나시겠습니까?"

근위병은 아론에게 떠나야 할 순간임을 밝혔다. 기사들에게 명령의 내용이 하달되었고 병사들도 알게 되었다. 평소에도 탈영병은 있어왔지만 그 수가 기하급수적으로 늘어나고 있었다.

“이번 공격에는 나도 참가할 생각입니다. 그만 황궁으로
돌아가세요.”

“…….”

근위병은 아무 대답도 하지 않았다. 서로 껄끄러운 관계였
지만 황궁을 떠나 꽤 오랜 시간 함께한 사람이다.

‘더 이상 나를 보호할 필요는 없을 테니까.’

근위병이 나를 보호하고 감시한 이유는 여러 가지다. 삼왕
자의 음모에 대한 비밀 유지 혹은 파울이 지원하는 포션 때문
에라도 아론은 처치 곤란한 문젯거리였다. 하지만 이제는 그
러한 이유가 모두 사라졌다.

삼왕자의 음모는 조금씩 귀족들에게 알려졌고 파울이 지
원하는 포션도 더 이상 필요가 없었다. 최후의 전략이 시작되
면 그 이후에는 포션은 필요가 없을 테니. 더 이상 황궁의 보
호 겸 감시는 쓸모없는 짓거리이다.

근위병이 황궁으로 복귀하자 아론은 클레시온 보급 영지
를 공격하기 위한 준비로 바쁜 에딘을 불렀다. 모든 업무를
케이지 부대장에게 떠넘기는 그였지만 이번 경우에는 발벗고
나섰다. 얼마나 위험한 임무인지 알고 있기 때문이다.

“혹시 ‘마나의 창’ 이라고 들어봤소?”

아론은 본론으로 바로 들어갔다.

“물론입니다. 발리스타에 장착해서 사용하는 결계 파괴용
무기가 아닙니까?”

"이게 모두 마나의 창이라면 믿겠소?"

한쪽 구석에 투창용 창이 수백 개 쌓여 있었다. 아론은 제작을 끝내고 그중 800개를 200명의 기사들에게 나눠 주기 위해 에딘을 부른 것이다. 그리고 출처에 대한 거짓말도 미리 준비했다.

"정말 이것이 마나의 창입니까?"

"황궁에서 특별히 지원한 물품이요. 200명의 기사들에게 각각 4개씩 전해주시오. 창에 매달린 스크롤을 찢으면 활성화되어 투창해서 사용하면 됩니다. 마나의 창에 대한 위력은 기사들이 잘 알 테니까 주의해서 사용하라고 단단히 교육시키시오."

"알겠습니다."

"마지막으로 마나의 창에 대한 출처를 묻는다면 황궁은 물론 나도 모르는 일이라고 대답할 것이오. 설사 당신이 곤란한 지경에 처해도 말이오. 황궁으로서는 전략을 위해 마나의 창을 보급하지만 여타 귀족들은 형평성에 어긋난다고 생각할 테니까."

거짓말인지도 모른 채 에딘은 아론의 말을 믿었다. 아론은 에딘의 얼굴을 바라보는 것만으로 그가 믿고 있음을 확신했다. 영력을 운용하여 엘프의 눈으로 에딘의 감정을 엿보았기 때문이다.

에딘의 부대를 시작으로 바네 왕국의 모든 비정규 부대가 클레시온 보급 영지를 향해 출발했다. 우회한다고 한다지만 그 인원이 대규모라 적에게 발각될 수밖에 없다. 부대마다 각각 일천에서 삼천 정도의 병력에 불과하다.

에딘의 부대는 인원이 무려 5천이나 되었다. 3천의 죄인들과 함께 이동하는 탓이다. 에딘의 부대에 죄인들이 합류한 까닭은 그동안 쌓은 공적 때문이다. 뛰어난 성과가 있으니 성공률이 높다고 판단한 것이다.

군단만큼은 아니더라도 대규모 병력이다. 피렌스 왕국에서도 바네 왕국의 비정규 부대가 그들이 차지한 진영에 갑자기 난입하자 전선 전체에서 긴장감이 흘렀다. 소규모 잠입과는 차원이 다른 반응이었다.

에딘의 부대는 출발 후 하루 만에 발각되었다. 모든 비정규 부대가 하나의 목표를 향해 움직이는데 발각되지 않으면 이상한 노릇이다. 초반에는 비정규 부대 중 작은 병력들이 몰살당했다.

황궁에서 직접 내려온 지시라서 후퇴란 있을 수 없었다. 그래서 대부분의 비정규 부대는 지리멸렬되며 뿔뿔이 흩어졌다. 그들은 되돌아갈 부대도 없었다. 되돌아간 순간부터 탈영병이라는 굴레가 씌워진다.

탈영병들은 스스로 다른 부대에 합류해서 클레시온 보급 영지로 향했다. 피렌스 왕국은 비정규 부대의 진격에 당황스

러웠다. 피해가 누적되면 후퇴하기 마련인데 스스로 죽음을
향해 다가오니 말이다.

아론은 마나의 창을 200개나 챙겨뒀다. 클레시온까지 가는
데 수많은 적들이 진로를 방해할 것이라 생각해서이다.

꽈아아아앙!

아론이 던진 마나의 창이 폭발하며 엄청난 굉음을 발생시
켰다.

"모두 엎드려!"

"우아아아!"

"나무 뒤에 숨어!"

폭발과 함께 빠른 속도로 파편들이 숲에서 대기 중이던 사
람들에게 날아갔다. 다행히 우거진 숲이라 몇 사람만 중상을
당했고 대부분 가벼운 찰과상에 불과했다.

"다들 엎드려서 뭐 하는 거야? 돌격!"

"우리가 인원수가 많다!"

"내가 먼저다!"

비정규 부대임을 자랑하듯 지휘관의 지시도 어기고 병사
들은 스스로 돌격하기 시작했다. 마나의 창으로 적들이 대부
분 사라졌으니 무서울 것도 없다. 무려 일천여 명의 병력이
마나의 창 하나에 무너졌다.

오백여 명이 그 자리에서 즉사했고 나머지 병사들도 성치
않았다. 기사들도 병사들의 돌격을 굳이 말리지 않았다. 비슷

한 상황을 여러 차례 경험하며 이곳까지 올 수 있었기 때문이다. 그들의 사기는 무척 높았다.

아직 사용하지 않은 마나의 창이 많았다. 지금까지는 아론이 보유한 것만 사용했지만 기사들도 각각 4개씩 보유하고 있음을 목격했기 때문이다. 에딘의 부대는 오랜 시간 머무르지 못하고 다시 클레시온을 향해 진격했다.

"저기가 바로 클레시온 보급 영지이다!"

에딘이 일천여 명만 남은 자신의 병사들을 바라보며 소리쳤다. 피렌스 왕국은 뒤늦게 에딘의 부대를 경계하였지만 막지는 못했다. 그동안 마나의 창에 쓰러진 피렌스 왕국의 병력은 세 개의 군단에 가까웠다. 그러는 동안 에딘의 부대는 절반으로 줄은 것이다.

죄인들도 절반이 살았지만 그들은 자유를 위해 떠났다. 에딘의 부대가 임무를 수행하면 그 혼란을 이용해 더 깊숙한 후방으로 들어가 자유가 될 때까지 피렌스 왕국의 귀족을 암살할 것이다.

"내일 공격을 위해 오늘은 푹 쉬도록!"

"내일 공격한다!"

"내일이 결전의 날이다!"

절반이나 병력이 줄었지만 이곳에 오기까지 많은 전투에서 승리했기 때문에 사기가 높았다. 하지만 대부분의 병사들은 클레시온 보급 영지가 얼마나 무서운 곳인지 알지 못했다.

아무리 마나의 창이 강력해도 한계가 있음을 깨닫지 못하고
있었다.

강력한 대단위 결계 수십 개가 설치되어 있으며 그것은 소
규모 결계를 무시한 숫자이다. 또한 국경 지역에 잦은 전투로
도처에 함정이 설치되어 있다. 진격을 위해서 피해야 할 방해
물이 너무 많았다.

에딘의 부대만 공격하는 것은 아니다. 에딘의 부대가 도착
하기 전부터 클레시온 보급 영지는 공격을 받고 있었다. 먼저
도착한 병력에 의해서 말이다. 하지만 애들 장난과도 같은 전
투였다.

수시로 기사단이 크레시온에서 나와 속속들이 도착하고
있는 비정규 부대의 병력을 유린하고 다녔다. 에딘의 부대는
아론이 있기 때문에 안전한 것이다. 아론이 부대 전체를 결계
로 숨겼기 때문이다.

결국 결전의 날이 밝았다. 그들의 사기는 높았지만 상당수
가 죽음의 길임을 모르지 않는다.

"전우들이여, 우리 살아서 만나자!"

"살아서 만나자!"

에딘의 부대는 소규모 인원으로 분리되어 흩어졌다. 마나
의 창을 한곳에 집중하면 효과가 떨어진다. 클레시온 보급 영
지 전체에 피해가 가도록 분대별로 공격을 결정한 것이다. 물

론 중요한 부분은 집중 공격이 필수이다.

공격의 시작은 아론에게 맡겨졌다. 처음 공격자는 기사단의 공격을 회피할 수 있어야 하기 때문이다. 대단위 마법에 버금가는 공격이 시작되면 클레시온에서 차단하기 위해 수단과 방법을 가리지 않을 것이다.

기사단의 출동은 당연하고, 무수히 많은 마법사들이 아론의 흔적을 찾으려 시도한다. 마법사는 먼 곳에서도 공격할 수 있다. 위력이 약할지 몰라도 간단한 정신 계열 마법만으로도 마나 유저가 아닌 사람은 위험하다.

'난 강하다.'

마음을 가다듬기 위해 스스로에게 각인시켰다. 기사, 마법사, 그리고 정령사의 능력을 가진 능력자이다. 드래곤의 기억과 엘프의 눈을 가졌으며, 트롤의 재생력으로 팔다리가 잘려도 가디언처럼 회복시킬 수 있다.

육체에 영력을 운용하여 의지대로 재생력을 제어할 수 있다. 하지만 간단한 피륙의 상처는 확인했지만 팔다리가 잘려도 재생할지는 미지수이다. 과연 팔다리가 잘려도 고통을 참아내며 영력 운용이 가능한지 시험할 수 없었으니까.

"다들 후회하지 않나?"

아론은 분대원들의 모습을 바라봤다. 아론의 분대원도 절반으로 줄었다. 죽은 분대원들은 대부분 장렬하게 죽었다. 아론에게 얻었던 능력을 마음껏 발휘하다가. 죽은 자들은 생존할 수 있는 요령이 부족했다.

　본래부터 실력이 좋았던 사우스, 마딘, 미첼, 윌리안 등은 모두 살아남았다. 강함은 실력에서도 나오지만 오랜 시간 쌓아온 경험이 합쳐져야 제대로 사용할 수 있다. 그들은 그것이 부족했다.

　"걱정하지 마십시오."

　"기사단의 접근을 절대 용납하지 않겠습니다."

　"맡겨주십시오!"

　아론이 분대원들에게 부탁한 것은 기사단의 저지였다. 열 명 이상의 기사가 접근하면 아론은 아무것도 할 수 없다.

　'잘하겠지.'

　분대원들에게 기사와 싸워달라는 부탁한 것이 아니다. 단지 건네준 마나의 창을 사용해서 기사단의 기사들이 흩어지도록 만들라는 것이다. 열 명 이하의 기사라면 가디언들의 도움으로 충분히 처리할 수 있기 때문이다.

　'바네 왕국의 운명을 건 최후의 전략이 시작되었으려나.'

　잠깐의 시간을 벌기 위해서 비정규 부대의 많은 병사들이 죽었고, 앞으로도 죽어갈 것이다. 혼란의 수준이 낮은 편이지만 황궁에서도 명령을 내리며 큰 기대는 하지 않았을 것이다. 수많은 전략이 동시다발적으로 수행되며 최후의 전략을 위한 밑거름이 되고 있었다.

　"그럼 시작해 볼까! 운디네!"

허공에서 물방울이 응집하더니 운디네의 형체를 만들었다. 운디네에 필요한 마나 소모가 무척 작아서 가디언의 용도로 삼기 위해서 소환했다. 정령은 아론이 감지하지 못하는 기운까지 알아챌 수 있다.

'가디언을 제외하고 누구도 접근하지 못하게 만들어. 알았어?'

'네.'

운디네가 아론의 주위를 빙글빙글 돌아다니기 시작했다. 간단한 작업을 시키려고 운디네를 소환했다가 다시 돌려보낸 것이 여러 차례이다. 적어도 일 년 이상을 자주 소환해야만이 제대로 부릴 수 있다고 한다는데 아론은 그러려면 멀었다.

꽈아아앙! 꽈아아앙!

콰아아앙!

아론이 던진 마나의 창이 폭발을 일으켰다. 클레시온 방향을 가로막는 것들을 향해 던진 것이다. 폭발을 견디지 못하고 클레시온의 방향에 설치된 첨탑이 무너졌다. 그 주위에 작은 결계가 설치되어 있었지만 그것도 함께 파괴되었다. 무너진 첨탑은 클레시온에 접근하는 적을 감시하기 위해서 외부에 설치한 초소의 역할을 하던 곳이다.

'저것도 부숴야지.'

아론은 마나의 창을 남발하며 진로에 방해가 될 만한 것들을 파괴시켰다. 클레시온을 향한 공격 병력은 그들만이 아니다. 뒤늦게 올 수도 있는 병력을 위해 정리할 필요가 있다. 또한 공격을 준비하거나 이미 준비된 분대원들에게 기회를 주기 위해서 시선을 끌었다.

콰아아앙! 쿠우웅!

퍼어엉!

작은 방해물들은 직접 마법으로 해결했다. 계속해서 대단위 마법에 버금가는 폭발이 연속적으로 발생하자 클레시온에서 반응을 보였다. 강력하리라 짐작되는 결계가 활성화되어 투명한 보호막이 생성되었다.

'반응이 오는군.'

클레시온에서 날아온 마법이 아론의 주위에서 폭발하였다. 먼 지역에서 날아오는 것이라 위협적이진 않지만 연속적으로 날아와 많은 불편함을 주었다. 이 때문에 선제공격을 아론이 자처한 것이다.

팍! 팍!

화살이 실드에 부딪치며 튕겨졌다. 아티팩트에 의한 공격이거나 실드를 파괴시키는 특별한 무기일까 걱정되어 검까지 쥐고 대비했다.

"우아악! 저리 가!"

"이게 뭐야!"

숨어서 아론에게 화살을 쏘았던 병사들이 운디네에게 괴롭힘을 당했다. 다른 정령사의 운디네였다면 죽였을 것이다.

아론도 하급 정령사로서 노력한다면 가능하겠지만 오랜 연습이 필요하다.

'사방이 함정이군.'

클레시온 보급 영지가 저 멀리 보이지만 아론이 위치한 곳에도 수많은 함정이 설치되어 있었다. 함정은 아론의 뛰어난 오감에도 적발되지 않았다. 그것은 결계를 설치한 마법사가 상당히 뛰어난 실력자임을 뜻했다.

마나의 창을 남발했음에도 곳곳의 함정이 파괴되지 않았다. 하지만 그들도 위험을 스스로 깨닫고 안전한 클레시온으로 퇴각했다. 아론이 계속해서 마나의 창과 4서클의 마법으로 주위를 청소하고 있어서 겁을 먹었기 때문이다.

"본격적으로 시작해야겠군."

성에서 기사단이 나오자 본격적인 전투가 시작되었다. 아론의 분대원들이 기사단을 향해 마나의 창을 던졌다. 분대원들은 두 명씩 짝을 이뤄서 다섯 군데에 숨어 있었다. 클레시온의 주위에는 수많은 함정이 존재하지만 그들은 옆으로 접근했기에 안전했다.

"가라!"

아론의 손을 떠난 창이 하늘을 갈랐다. 발리스타를 사용해야 할 정도로 먼 거리였지만 아론에게는 마법이 있었다. 2서클의 레비테이트(Levitate) 마법으로 마나의 창이 멀리 날아갈 수 있도록 한 것이다.

기사의 마나를 최대한 운용해서 투창해도 되겠지만 쉬운 방법을 두고서 어렵게 투창할 이유가 없다. 더구나 레비테이트 마법은 던져진 창의 방향을 수직으로 조절할 수 있어서 방향이 잘못되어도 수정할 수 있다는 장점이 있다.

쿠우우웅 우우우웅 웅웅웅웅.

거리가 멀어서 그런지 폭발의 굉음이 메아리를 타고 울려 퍼졌다.

"타앗!"

아론은 또다시 마나의 창을 던졌다. 날아가는 방향을 약간 수정하고 다시 바닥에 놓인 마나의 창을 집었다.

"이얏!"

"제발 좀 깨져라!"

두 개의 창을 던지고 잠시 그 위력을 감상했다. 결국 세 번째 폭발을 견뎌내지 못한 결계는 깨지고 말았다. 그리고 지금까지 공격을 위해 기다렸던 에딘의 많은 분대가 공격을 시작했다.

콰아아앙! 쿠우웅! 퍼어어엉!

까아앙! 크아아앙!

결계가 깨진 순간부터 수많은 마나의 창이 클레시온의 보급 영지에 쏟아졌다. 마나의 창은 마나 유저인 기사만이 던졌다. 평범한 병사가 던지다가는 그 자신도 폭발력에 죽을 수 있기 때문이다.

‘대단하군.’

결계가 부서졌다고 클레시온의 방어 수단이 사라지진 않았다. 마법병단에 의해서 결계와 비슷한 보호막이 클레시온을 보호했다.

‘마나의 창을 막아낼 리 없지.’

고위 마법사에 의해 생성된 일시적인 보호막은 한 번의 폭발만 막아냈을 뿐이다. 대단위 마법에 버금가는 마나의 창을 누가 막겠는가. 그럼에도 클레시온의 성벽은 쉽게 무너지지 않았다.

클레시온은 역사가 깊은 곳이다. 역사가 깊은 곳일수록 마법사의 흔적이 많다. 성벽을 지탱하는 벽마다 마법진에 의해 보호되는 것처럼 말이다. 아론도 그것을 알지만 모든 성벽이 완벽하지는 않았다.

약한 성벽부터 무너져 내리기 시작했다. 클레시온 보급 영지의 내부는 하늘에서 떨어지는 창의 위험에 그대로 노출되었다. 한번 폭발할 때마다 그 주변에 커다란 웅덩이가 생기며 쑥대밭으로 만들었다.

“돌격하라!”

“성벽이 무너졌다!”

마나의 창에 의한 공격이 뜸해지자 흩어져 있던 바네 왕국의 병사들이 클레시온의 보급 영지를 향해 돌격했다. 그들은 에딘의 부대가 아니었다. 에딘의 부대를 뒤따라온 새로운 비정규 부대였다.

클레시온을 향하다가 뿔뿔이 흩어졌던 병사들이 하나둘 도착해서 전장이 형성되길 숨어서 기다렸다. 그들도 돌아갈 곳이 없기 때문에 전장이 형성되자 즐거운 마음으로 너도나도 합류한 것이다.

"에라 모르겠다!"

아론도 클레시온을 향해 달렸다. 본래 마나의 창으로 공격하고 분대원들을 수습해 최후의 전략이 진행되는 동안 숨어서 지낼 생각이었다. 적진에서 헤매었다고 한다면 누구도 탓하지 않을 테니.

'저기가 좋겠군.'

성벽이 무너졌지만 진입하기에는 무리였다. 무너진 성벽의 잔해물이 많아 그곳을 통과하려면 많은 시간이 필요했다. 더구나 그 너머에 병사들이 질서 정연하게 대비하고 있는 상황이다.

아론은 마나의 창을 한곳에 집중했다. 무너진 성벽 중 한곳에 연속해서 던졌다. 성벽의 잔해물도 치워지고 절벽처럼 깊게 파여진 해자도 흙으로 메워졌다. 그곳을 확장시켜 진입로로 만들었다.

콰아앙!

쿠우웅!

아론의 공격이 아니어도 마나의 창이 계속해서 클레시온

을 공격했다. 이곳까지 오느라 백여 개의 창이 소비되었지만 기사들에게 분배한 창이 무려 800개이다. 6서클 이상의 대단위 마법이 800번이나 쏟아지는데 그 무엇이 견딜 수 있겠는가.

"우와아아!"

"피렌스 왕국 놈들아! 죽어라!"

성벽을 넘어서 돌격한 병사들의 최후는 멋지지 않았다. 직접적인 전투에서는 피렌스 왕국의 정규군의 상대가 될 수 없었다. 생존해서 이곳까지 온 인물들이 대단한 실력자들이지만 정규 부대와의 맞상대는 무리였다.

콰아아앙!

적군과 아군이 뒤섞인 곳에서 마나의 창이 폭발했다. 적아를 불문하고 수십 명이 즉사하고 수백 명이 중경상을 입었다.

"어떤 미친놈이야?!"

아론이 화가 나서 소리쳤지만 그에 대답할 사람은 없었다. 마나의 창이 아군에게까지 상처를 입히자 당황스러웠다.

"돌격하라! 적을 죽여라!"

"피렌스 왕국 놈들을 죽이자! 죽이자!"

"죽이자! 죽이자!"

바네 왕국의 병사들은 이상한 분위기에 취했다. 겉보기에 대등한 전투지만 진실은 냉정하게도 드래곤에게 덤비는 형세다. 바네 왕국의 병사들은 전장의 외형에 속아서 자신들이 승리하고 있다 착각하고 있었다.

마나의 창으로 엄청난 피해를 준 것은 사실이다. 하지만 클레시온을 점령하기란 현실적으로 불가능했다. 적의 절반, 아니, 삼분의 일에 해당하는 병력만 있었어도 가능하겠지만 작금의 상황으로서는 무리이다.

그럼에도 바네 왕국의 병사들은 진실을 보지 못하고 무식하게 돌격했다. 비정규 부대의 전략과 상반되는 계획이다. 정규 군단에서도 지금과 같은 상황에서는 서로 싸우려고 하지 않는다. 쓸모없이 서로의 병력만 소진하기 때문이다.

'완전 미쳤군.'

또다시 마나의 창이 폭발했다. 이번에는 클레시온의 병사들 피해가 더 컸다. 계속해서 폭발하는 마나의 창이 전장을 광기로 물들였다.

'계속해서 클레시온으로 진입하네.'

아론은 아군의 병력이 허무하게 희생될까 두려워 그들이 진입하기 쉽도록 도움을 주었다. 한동안 싸우다가 클레시온의 병사들에게 밀려서 퇴각할 줄 알았다. 하지만 때때로 폭발하는 마나의 창이 병사들의 진격을 돕고 있었다.

결국 아론도 자신이 무너뜨린 성벽을 통해 진입했다. 광기에 휩싸인 바네 왕국의 병사들을 피해 병력이 더 많은 클레시온의 병사들이 퇴각하고 있었다. 피렌스 왕국의 병사들끼리 서문으로 퇴각하자며 서로 소리치고 있었다.

"황당하군."

병력에 있어서 클레시온이 몇 배 앞서고 있는 상황에서 그들이 성을 내주고 도주 중이다. 비정규 부대의 연합군이 피렌스 왕국의 클레시온 보급 영지를 점령한 것이다. 아론은 뜻밖의 결과가 황당했다.

클레시온에 머물던 기사단과 마법병단이 흩어져 각자 대응했다면 충분히 막아낼 수 있었다. 그들이 퇴각한 것은 강력한 마나의 창 때문이다. 병사들을 모아서 대응하면 그때마다 마나의 창이 폭발해 두려움을 선사한 것이 큰 효과를 발휘했다.

생존한 바네 왕국의 비정규 부대 병사들은 일만도 되지 않았다. 그러나 도주한 클레시온의 병력은 최소한 다섯 배 이상이다. 그나마 그 병력도 초반에 마나의 창 덕분에 절반으로 줄어든 것이라서 기적과 같은 승리였다.

Chapter 15

종전(終戰)

종전 終戰

　　월레스는 작금의 현실이 믿기지가 않았다. 바네 왕
국과의 전쟁을 지원하기 위해 대기 중이던 10개의 군단에게
보호받던 자신의 영지를 빼앗긴 것이다. 그것도 고작 1만에
불과한 적에게.

　　"적은 1만에 불과합니다. 기사는 300여 명으로 추측되며,
대부분 병력을 통솔하기 위한 지휘관으로 확인되고 있습니
다. 마법사에 대해서는 알아내지 못했습니다. 퇴각할 당시에
시전된 마법을 생각하면 소수의 고위 마법사가 있으리라 짐
작됩니다."

　　타드가 적의 규모를 보고했다. 타드는 월레스의 믿음직한

기사이다. 첩자 생활을 끝내고 자국에 돌아와 영웅으로 추앙받을 때 찾아온 기사이다. 60세의 나이에 검술의 경지도 무려 익스퍼트 상급에 이르는 실력자이다.

'대귀족들이 날 가만두지 않겠지?'

평민에 불과한 월레스가 백작이 된 것은 첩자로 잠입해 활동하다 바네 왕국의 삼왕자를 납치하고, 군부 사령관을 살해한 후 명령 위조로 반란에 버금가는 혼란을 야기시켰기 때문이다. 그것이 지금의 전쟁으로 발전한 것이다.

전쟁 초반만 하더라도 월레스는 귀족이나 평민 모두에게 존경받는 영웅이었다. 하지만 전쟁이 장기화되고 무차별적인 징집이 시작되자 평민의 존경은 사라졌다. 오히려 전쟁을 발발시킨 악마라고 불렸다.

'난 명령에 따랐을 뿐인데.'

월레스도 억울한 부분은 있었다. 자신의 첩자 활동은 군부의 명령에 따라 진행된 것이다. 야망이 있어서 좋은 결과를 유도하긴 했지만 그 자신도 전쟁이 이렇게 확대되어 통제불능의 사태까지 갈 줄은 몰랐던 것이다.

즐거운 것은 귀족들이다. 바네 왕국의 영토를 무려 절반이나 빼앗았다. 전장의 상황이 좀 더 나빠져도 희생한 대가는 충분했다. 일부 평민들도 귀족의 주장에 어느 정도 수긍하고 있었다.

"탈환할 수 있겠나?"

“물론입니다, 백작님.”

타드의 대답에는 힘이 넘쳤다. 하지만 월레스는 병력의 우세에도 불구하고 퇴각해야만 했던 이유를 떠올리며 재차 물었다.

“마나의 창은 어떡하고?”

“확인 결과 마나의 창은 에딘 남작의 휘하 기사들에게만 지급되었습니다. 모두 800개가 지급되었지만 대부분 사용되고 많아야 100여 개 정도입니다. 싸움이 소규모로 진행된다면 마나의 창을 아무리 사용해도 우리를 막을 수 없습니다.”

“2개 군단을 희생시켜도 좋다. 당장 탈환해야 한다. 이것은 우리만의 문제가 아니다. 전방의 수십만 군단에게 물자 보급이 끊길 수 있다.”

물자 보급이 하루만 늦어도 전장의 상황은 변한다. 월레스는 지금의 상황이 전장에 큰 여파가 될 수 있다는 사실을 알고 있었다. 그래서 타드에게 2개 군단을 희생시켜도 된다는 명령을 내렸다.

“어쩔 수 없는 선택입니다, 백작님.”

타드도 월레스의 선택을 이해했다. 타드는 5개 군단의 병력을 최소한의 병력인 분대로 나누어 탈환을 위한 싸움에 돌입했다. 마나의 창이 무한하지 않은 이상에야 탈환은 어렵지 않다. 병력이 다섯 배나 되기 때문이다.

비정규 부대의 연합군이 클레시온을 점령한 사실은 알려지지 못했다. 국경 지역에 설치된 수많은 결계가 통신을 막았다. 텔레포트와 같은 이동 마법도 불가능하다. 그래서 비정규 부대의 연합군은 고립되었다.

"북문에 또 적이다!"

"북문을 지원하라!"

"북문이다!"

병사들이 북문을 향해 우르르 몰려갔다. 그들의 손에는 레인저가 주로 사용하는 크로스 보우가 두 개 이상씩 들려 있었다.

'또 시작이군.'

아론은 그 모습을 지켜봤다. 한번 시작되면 외곽 성벽을 따라 모든 곳에서 시도 때도 없이 싸움이 벌어진다. 고위 마법사가 나타나면 그에 대응하기 위해서 힘을 아껴두는 것이다.

클레시온을 탈환하기 위한 적에게는 마법사가 많았다. 아론은 고위 마법사가 나타날 때마다 도움을 주는 형편이었다. 4서클의 마법으로는 적의 접근을 막아내는 것이 최대한의 결과였다.

5서클 유저로서 5서클의 마법을 사용하고 싶지만 불가능하다. 5서클의 마법은 하나를 이해하는 데 최소한 석 달의 기간이 필요하다. 더구나 그 마법을 시전하기 위해서는 최소한 일 년 이상이다.

"아론님, 남문에 고위 마법사입니다. 허억. 허억."

남문에서 한 명의 병사가 기진맥진한 모습으로 아론에게 말했다. 전력으로 질주했는지 숨이 차서 당장 쓰러질 듯 보였다.

"텔레포트(Teleport)!"

아론은 텔레포트 마법으로 순식간에 도착했다. 아론이 유일하게 시전할 수 있는 5서클 마법이다. 하지만 완벽하지는 않았다. 텔레포트 마법은 아론이 4서클 때에도 시전하던 마법이다. 단지 한번 시전하는 데 10일 이상의 준비 기간이 필요했지만 말이다.

'좌표를 미리 계산했으니 단번에 가능한 거지.'

침입이 잦은 지역은 미리 텔레포트 좌표를 계산해 두었다. 그래서 쉽게 사용할 수 있었던 것이다. 지금도 장거리 텔레포트를 위해서는 장기간의 준비 과정이 필요하다. 물론 예전만큼은 아니지만.

퍼어엉! 퍼엉!

틱! 틱!

남문 옆에 무너진 성벽으로 마법과 화살이 날아들고 있었다. 병사들이 쿼렐로 대응하려고 하지만 적들은 그럴 틈도 내주지 않았다. 기사와 마법사를 상당수 포함하고 있는지 공격이 정확했다.

"아론님!"

“아론님이 오셨다!”

병사들이 아론을 발견하고 소리쳤다. 아론은 비정규 부대의 유일한 마법사이다. 하위 마법사가 몇 명 있지만 일반 병사만도 못한 실력이다. 비정규 부대의 마법 화살 공급원이라 모르는 병사가 없다.

‘운디네, 저기에 물 좀 뿌려줘.’

‘네.’

운디네는 성벽 너머로 물을 잔뜩 뿌렸다. 해자에 가득 채워져 있던 물이 잔뜩 뿌려졌다. 아론이 원했던 정확한 지역에서 약간 벗어났지만 그것으로 만족했다. 이마저도 많이 노력한 결과였다.

“아이스 스톰(Ice Storm)!”

운디네가 뿌리던 물은 우박이 되어 떨어지고 적셔진 바닥은 빙판이 되었다. 파괴력이 강한 불 계열의 월 오브 파이어만 사용했다가 몇 번 막히자 다른 마법을 사용한 것이다. 새로 익힌 물 계열의 4서클 마법이다.

‘효과 좋은데.’

적에게 직접적인 피해를 주지는 않았지만 효과는 좋았다. 일부 옷까지 젖은 적들은 움직임에 지장까지 받았다. 마나 유저가 아닌 병사들은 추위와도 싸워야 할 것이다.

“지금이다! 공격!”

“공격!”

공격도 못하고 성벽 위나 뒤에서 대기하고 있던 병사들이 크로스 보우를 쏘기 시작했다.

퉁! 퉁! 퉁!

퉁! 퉁!

쿼렐이 연속으로 쏘여졌다. 병사들은 개인당 두 개 이상의 크로스 보우를 보유하고 있어서 그 위력은 상당했다. 그것이 가능한 이유는 클레시온이 전쟁 물자 보급을 위한 보급 영지이기 때문이다. 그래서 쿼렐을 마음껏 쏠 수 있는 것이다.

"크아악!"

"크억!"

"퇴각하라! 퇴각!"

병사들은 퇴각하는 적에게도 쿼렐을 쏘았다. 어차피 남아도는 쿼렐이라 조금이라도 적을 죽여야 도움이 된다고 생각하기 때문이다.

꽈아아아앙!

북동 방향에서 커다란 굉음이 들려왔다.

'오늘만 25번째 사용이군.'

아론은 마나의 창이 폭발하는 소리에 기분이 가라앉았다. 어제 사용한 마나의 창은 50개가 넘는다. 오늘 사용한 것까지 고려한다면 내일이면 마나의 창을 모두 소비하고 말 것이다.

"아론님! 서문에 기사들이 떼로 나타났습니다!"

"텔레포트!"

아론은 또다시 지원하기 위해 서문으로 향했다. 그 후에도 무리가 오지 않는 선에서 도움을 주었다. 바네 왕국의 한 사람으로서 계속 도움을 주려는 것이다. 물론 생존의 위협을 느끼면 도주할 생각이다.

클레시온은 한 개 군단이 지키기엔 너무도 크다. 점령한 지 고작 4일이 지났을 뿐이지만 오늘을 포함한 이틀간 이천여 명의 병사가 중경상을 입었고 일천여 명이 죽었다. 하루를 버텨내기도 어려운 상황이다.

"퇴각한 적들은 이틀 만에 정비를 마치고 공격했습니다. 그리고 이틀이 지났을 뿐입니다. 하지만 우리는 적들을 막아낼 무기마저 대부분 소진했습니다. 앞으로 어떻게 했으면 좋겠습니까?"

에딘의 발언이 냉엄한 현실을 알려주었다. 비정규 부대의 지휘관들이 모여서 대책을 마련하는 회의이다. 에딘의 부대가 총 병력의 십분지 일이라 대표자 역할을 맡았다. 대부분의 부대가 괴멸된 상태에 비한다면 대단한 것이다.

"마나의 창은 정확히 얼마나 남았습니까?"

"20여 개 남짓입니다."

지휘관들의 표정이 어두워졌다. 첫날에는 제대로 대처를 못해서 50여 개를 사용했다. 그리고 둘째 날인 오늘 20여 개를 사용한 것이다. 최대한 긴급할 때만 사용했는데도 그렇게 되었다.

적들에게는 기사단과 마법병단이 있지만 아군에게는 그 둘 모두 부족했다. 기사는 병력을 통솔하는 데도 부족하고, 마법사는 아론이 유일하다. 지원 병력이 없는 한 클레시온을 지켜내기란 불가능하다.

"더 구할 수는 없습니까?"

"본래부터 지원 물자에 없는 품목입니다. 비정규 루트로 지원된 물품인데다 그 사실조차 비밀입니다. 지금 마나의 창에 대해서 떠들고 있는 것 자체도 문제가 될 수 있습니다. 알겠습니까?"

에딘이 말하면서 아론을 힐끗 바라보았다. 지휘관 회의에 아론이 참관한 이유는 그들이 초대한 까닭이다. 고위 마법사라면 지휘관 회의에 참석할 자격이 충분하다고 생각했기 때문에.

"마나의 창이 없다면 퇴각해야 합니다. 아니, 20여 개라도 남았을 때 퇴각해야 안전한 퇴로를 확보할 수 있습니다."

"명령에 따르지 않고 퇴각하자는 말입니까?"

군인에게 있어서 명령 불복종은 어떠한 죄보다 무겁다. 모든 지휘관들이 흠칫 놀랐다. 분위기도 폭풍이라도 치는 듯 차가워졌다.

"솔직히 명령이 뭡니까? 바로 '클레시온의 공격' 입니다. 위에서도 우리가 클레시온을 점령할 수 있다고 생각하지 않았을 겁니다. 만약 가능하다고 생각했다면 지원 병력에 대한 계획도 있었어야 합니다. 우리는 명령대로 클레시온을 공격했습니다. 그러니 퇴각을 결정해도 문제가 없습니다. 더구나 통신도 불가능하지 않습니까.”

“그건…….”

퇴각에 대해 불만을 표시하던 지휘관은 할 말을 잃었다. 퇴각을 주장하던 지휘관의 언변이 그보다 좋을뿐더러 주장도 타당했다.

“그러고 보니 우리가 받은 명령은 ‘클레시온을 공격’ 하는 것뿐이잖아.”

“틀린 말은 아니네.”

공격을 위한 장문의 계획서가 첨부되어 있지만 결과적으로 공격에 대한 내용이 전부이다. 그 이후에 대한 명령은 아무것도 없었다. 그들은 최후의 전략을 위한 거름에 불과했기 때문에 방치된 것이다.

“그만!”

에딘은 지휘관들의 시간만 소비하는 쓸모없는 대화를 막았다. 대놓고 말은 못하지만 모두들 퇴각하고 싶은 마음이 쉽게 보였다.

“퇴각합시다! 퇴각을 하려면 오늘 밤이 유일한 기회입니다. 그리고 퇴각하기 전에 병사들을 모아서 창고를 개방하십시오. 병사들이 식량과 무기, 그리고 전리품을 마음껏 챙겨가야 합니다. 그리고 늦을수록 위험할 수 있으니 알아서들 서두르기 바랍니다."

"먼저 일어나겠습니다."

"그럼 살아서 봅시다."

"흠흠, 그럼."

에딘이 그들을 대신해 퇴각을 선택했다. 에딘이 과감히 선택할 수 있었던 이유에는 그가 일궈놓은 공적 때문이다. 다른 부대와 다르게 에딘의 부대는 비록 마나의 창을 이용했지만 클레시온을 점령하기 직전까지 무수한 전공을 기록했기 때문이다.

"후우, 후련하다!"

"후후."

에딘의 시원한 숨에 아론이 웃었다. 에딘은 지난 4일간 하루하루를 가슴 졸이며 살았다. 무수한 전공을 쌓고 죽기엔 억울하다 생각한 것이다. 과감히 퇴각을 결정한 것도 전공을 버리더라도 살아남기 위한 선택이다.

병사들에게도 소식은 알려졌다. 더구나 전리품을 챙기라는 명령까지 내려져서 여기저기를 들쑤시고 다녔다. 첫날부터 무기와 식량 창고를 개방했었기 때문에 새삼스러울 것도 없었다.

"아론님은 저와 함께 퇴각하시겠지요?"

"난 분대원들과 함께할 생각이오."

에딘은 아론의 대답에 당황했다. 고위 마법사가 함께한다면 퇴각해도 위험에 대처하기 쉬울 것이기 때문이다.

"예? 그게 무슨 말씀입니까?"

"난 더 이상 자네와 함께하기 어렵네. 자네도 알다시피 내 존재는 비밀이었어. 그런데 마나의 창까지 대량으로 사용했으니 그 출처를 누군가 밝히려고 하지 않겠나? 자네에게 설명하지는 않았지만 내 정체가 밝혀져서 좋을 게 없네."

아론은 자신의 정체가 밝혀지지 않길 바랐다. 아론의 정체를 가장 많이 알고 있는 인물이 바로 에딘이었다. 비록 아론의 이름밖에 알지 못하지만 근위병을 통한다면 알아낼 가능성이 높다.

'후회하진 않지만 씁쓸하다.'

마나의 창을 제작해 사용했던 사실이 후회스럽지는 않다. 하지만 마나의 창에 대한 출처가 발각되길 원하지 않았다.

'에딘만 사라진다면 되겠지만 그놈의 양심이 뭔지.'

에딘만 사라진다면 아론의 존재는 미궁 속에 빠진다. 아론의 존재는 황궁에서만 알고 있고 그 연결 고리는 감시자였던 근위병이지만 그가 복귀했기 때문에 마나의 창이 아론과 관련있음을 알아내지 못할 것이기 때문이다.

"할 수 없지요. 그럼 다음에 뵙겠습니다."

에딘도 퇴각하기 위해서 나갔다. 아론은 마지막 순간에 클레시온을 빠져나갈 생각이다. 그도 전리품을 챙길 계획이기 때문이다. 그런데 그 물량이 차원이 달라서 마지막까지 남을 생각인 것이다.

'팔찌에 얼마나 들어갈까?'

아공간 팔찌의 최대 용량은 아론도 모른다. 오크 학파가 유명하던 시대의 것이라 8서클 마법사가 제작한 것으로 짐작되는 아티팩트이다. 영구적인 투명 효과만 보더라도 7서클 이상의 마법사가 제작했음을 알려준다.

"아론님, 죄송합니다!"

아론이 밖으로 나오자 사우스가 뜬금없이 말했다.

"무슨 일이야?"

"미첼과 윌리안이 마법 주머니 2개를 가지고 자취를 감췄습니다. 아무래도 퇴각 명령을 듣고 동료들을 회유시켜 함께 도주한 것 같습니다."

"뭐, 그럴 수도 있지."

미첼은 모르겠지만 윌리안은 골드맨이란 별명이 있을 정도로 돈에 환장하는 인물이다. 윌리안이라면 분대원들을 회유시킬 정도의 언변까지 있으니 있을 법한 일이다. 그리고 운도 좋았다고 할 수 있다.

'내 눈에 띄기만 했어도 잡았을 텐데.'

떠나기 직전에 아론과 한 번이라도 마주쳤다면 알아챘을 것이다. 엘프의 눈을 통해서 그들의 몰염치한 감정을 엿볼 수 있었을 테니 말이다. 아론은 분대원들의 마음을 충분히 이해했다.

"사우스, 그들의 행동이 바보 같지 않나?"

"예?"

"내가 복귀해서 그들을 탈영자로 처리할 수도 있다는 것을 모르나? 마법 주머니에 재물을 담으면 얼마나 담겠는가. 지금까지 쌓은 공적을 버려가면서까지 재물을 차지할 가치가 있을까?"

마법 주머니는 가방 하나의 분량만을 담을 수 있다. 그 이상부터는 무게가 늘어나서 가지고 다니기 곤란하다. 결과적으로 다른 분대원들의 몫까지 합하면 고작 가방 하나의 재물을 얻기 위해서 목숨 바쳐 얻었던 공적을 내던진 것이다.

"그렇군요. 정말 바보 같은 행동이네요."

"검술과 마나 운용법까지 전수한 게 아까워. 언변에 속아서 자신의 인생을 구렁텅이로 몰아넣다니. 자초한 일이니 스스로 책임져야겠지. 그동안의 정을 생각해서 탈영자로 보고하지는 않겠지만 스스로 도망자로 생활하게 될 거야."

사우스도 자신의 분대원에게 배신당했으니 그 마음이 어떻겠는가. 그에게 남은 부하는 마딘 하나였다.

"앞으로 어떻게 할 생각이지? 난 에딘의 부대를 떠나기로 했어. 자네 둘이 나를 따라오면 좋겠는데 말이야. 천천히 생각해 보고 결정을 내렸으면 식량 창고로 와."

"……."

사우스와 마딘은 아론이 창고로 향하는 뒷모습을 멍하니
바라보았다. 그들이 어떠한 선택을 하든지 아론에게 큰 의미
는 없었다. 단지 주변에 가디언들만 있다는 것이 삭막해서 제
의한 것이다.

창고에는 곡물 포대가 차곡차곡 쌓여 있었다. 하나의 포대
면 한 명의 병사가 반년 이상을 먹을 수 있는 분량이다. 그런
포대가 산을 이루고 있었다. 지난 4일간 일만의 병사가 풍족
히 먹었지만 흔적도 나지 않았다.
　'귀족 입맛에는 맞지 않겠지만.'
　곡물의 정체는 '디글'이다. 디글은 척박한 환경에서도 잘
자라는 곡물로 바네 왕국의 북방에 살던 아론에게 익숙하다.
귀족이 애용하는 쌀과 밀에 비할 바는 아니지만 평민에게는
최고의 곡물이다.
　"빨리 기름을 날라라!"
　"서두르지 못해!"
　백여 명의 병사들이 기사의 호통을 받으며 기름통을 아론
이 있는 곡물 창고로 가져오고 있었다. 퇴각하기 전에 기름을
뿌려뒀다가 마지막 순간에 불을 질러서 쓸모없게 만들기 위
해서이다.
　"마법사님?!"
　"여긴 내가 알아서 하겠네. 기름통은 저쪽에 쌓아두도록

하게."

　병사들이 기름통을 창고 입구에 쌓았다. 그들이 떠나자 아론은 주위에 아무도 없음을 확인하고 팔찌의 아공간에 곡물을 넣었다. 대충 헤아려도 수십만 포대를 훌쩍 넘긴다. 다행히 대부분을 넣을 수 있었다.

　'탈취한 흔적을 없애야겠지?'

　생존을 위해 남겨둔 마나의 창을 창고 가운데 놓아두었다. 그리고 그곳을 중심으로 기름통을 적절히 배치했다. 기름통에 불이 붙으면 마나의 창에 붙은 스크롤까지 불태워서 창이 폭발하도록 할 것이다.

　아론은 확신이 서지 않아서 여러 개의 트랩을 설치했다. 시간이 지나든 창고에 누군가 출입하든 폭발이 발생하도록. 창고를 닫아두고 지나는 병사들에게 이 사실을 알렸다. 실수로라도 열까 걱정되어 잠시 자리를 지켰다.

　"아론님!"

　사우스와 마딘이 아론을 불렀다. 선택하기가 무척 어려웠는지 이제야 나타났다. 지금까지 쌓은 공적이면 기사로 추천받을 가능성도 있다. 마나 유저 못지않은 실력까지 가지고 있으니 선택이 쉽지는 않았으리라.

　"어떻게 하기로 했나?"

　"아론님을 따르기로 했습니다. 부귀영화도 살아남아야 누릴 수 있지 않겠습니까. 아론님의 곁에 있는 것이 오래 사는 지름길이라 생각합니다."

"그래? 틀린 말은 아니군. 후후."

아론은 솔직한 사우스의 대답에 웃었다. 사우스와 마딘의 소속을 생각하면 귀찮은 뒤처리가 필요하겠지만 그럴 만한 가치가 있었다.

'내가 어디 가서 이런 부하를 얻겠어?'

능력있는 사람이야 기억전이 마법으로 얼마든지 구할 수 있다. 하지만 신뢰할 수 있는 사람을 구하기란 어렵다. 사우스와 마딘은 죽음을 앞둔 전투가 있을 때마다 한번도 분대원들을 실망시키지 않았다. 그것이 아론의 마음을 움직인 것이다.

"나를 따르기로 한 기념으로 선물을 하지. 마법 배낭인데 마음에 들어?"

"……."

사우스의 마딘은 할 말을 잃었다. 아론은 각각의 마법 배낭에 귀속 주문을 걸어두어 타인이 사용하지 못하도록 하였다.

"마차 한 대 분량의 물건까지는 무게에 영향을 끼치지 않으니까 필요한 물건이 있으면 모두 챙겨. 하다못해 물까지 말이야. 한동안 숨어서 지내야 하니까 필요한 물건이 많을 거야. 어서!"

"네, 아론님."

사우스와 마딘은 마법 배낭을 가지고 사라졌다. 아론은 여러 창고를 돌아다니며 가치가 높은 것은 아공간에 쓸어 넣었다. 10개 군단의 병력을 무장시킬 수 있는 무기도 챙길 수 있었다.

아론은 중요한 창고에 어김없이 마나의 창을 트랩으로 설치했다. 해제할 것을 대비하여 하나의 창고가 폭발하면 다른 창고도 반응하도록 만들었다. 그러는 동안 많은 시간이 흘렀고 병사들은 모두 퇴각했다.

아론의 일행이 마지막으로 클레시온을 떠났다. 아침이 밝아오면 피렌스 왕국으로서도 황당할 것이다. 어렵게 점령한 영지를 순순히 내주고 퇴각했으니 말이다. 보통은 한 사람이 남을 때까지 저항하기 마련이다.

비정규 부대의 특성상 퇴각에 있어서는 신출귀몰하다. 습격과 도주를 전략으로 삼아 밥 먹듯이 한다. 아마도 그들을 추격해 잡으려고 하겠지만 뿔뿔이 흩어져 쉽지 않을 것이다.

아론은 적당히 서쪽으로 퇴각하다 울창한 숲에 오두막을 짓고 숨었다. 일루전 계열의 결계를 설치해서 흔적을 지웠다. 실드 계열의 결계는 몬스터까지 막아낼 수 있지만 기사나 마법사에게 발각될 우려가 있었다.

"루시, 가서 처리하고 와!"

루시가 오두막을 떠나 사라졌다. 그와 동시에 레인저의 비명 소리가 들려왔다.

"오늘 거처를 옮기니까 준비해."

"네, 아론님."

아론은 이틀 만에 거처를 발각당했다. 마음만 먹으면 충분히 숨어 지낼 수 있었지만 레인저들이 바네 왕국의 병사들을 잡아가는 모습을 발견하고 도움을 주었다가 거처가 알려진 것이다.

두 번째 거처도 오두막을 지었다. 마나 소드로 통나무를 자르고 대충 끼워 맞추면 간단히 완성된다. 부실한 부분은 마법으로 해결했다. 하지만 두 번째의 거처도 똑같은 이유로 길게 머물지 못했다.

열 번째가량의 거처를 옮기고서야 숲이 조용해졌다. 숲에 남겨진 병사들은 극소수인데다 중요 인물도 아닌 탓에 레인저들이 추격을 포기하고 돌아간 것이다. 그리고 아론은 평화를 찾았다.

아론은 사우스와 마딘에게 최후의 전략을 알려주었다. 그들은 자신의 부대가 미끼였다는 사실을 심각하게 생각하지 않았다. 그보다는 전장이 조만간 끝난다는 사실을 기뻐하고 있었다. 무려 반년간이나 지속된 전쟁이다.

최후의 전략은 클레시온의 점령과 함께 시작되었다. 비정규 부대의 연합군이 클레시온을 점령한 사실은 전혀 알려지지 않았다. 그것은 최후의 전략을 위한 수많은 전략 중 하나에 불과했기 때문에 중요하지 않았다.

피렌스 왕국의 후방에서 혼란이 야기되자 바네 왕국의 엄청난 병력이 방어진을 형성한 적의 진영을 우회하여 진격했다. 피렌스 왕국에서는 황당할 따름이지만 바네 왕국을 멸망시킬 절호의 찬스였다.

바네 왕국은 우세한 전력으로 공격만을 취해왔다. 피렌스 왕국에서는 그 점을 너무도 잘 알고 있었다. 전략을 담당하는 전략가들이 그대로 진격해 바네 왕국을 멸망시키자고 주장했다.

우회한 바네 왕국의 병력이 피렌스 왕국으로 진격해도 상관이 없었다. 그보다 먼저 바네 왕국의 수도를 점령할 자신이 있었기 때문이다. 피렌스 왕국은 이미 바네 왕국의 절반을 차지한 상황이니까.

피렌스 왕국이 진격을 가지고 고민할 때 뜻밖의 소식이 뒤늦게 전해졌다. 클레시온이 바네 왕국에게 점령당한 소식이었다. 일개 군단에 불과한 병력이 수백여 개의 마나의 창을 사용했다는 사실까지 알려졌다. 물론 그들이 소식을 접했을 때는 이미 클레시온이 탈환된 이후였다.

피렌스 왕국이 진격하느냐를 가지고 고민할 때 후방에서 또다시 안 좋은 소식이 들려왔다. 바네 왕국이 최후의 전략을 위해 진행한 계획이다. 특히 피렌스 왕국의 진영에 깊숙이 잠입한 암살자들의 이야기는 유명했다.

전쟁에 전혀 노출되지 않았던 지역에까지 바네 왕국의 암살자들이 찾아와 귀족들을 마구잡이로 죽였다. 특히 기사나 마법사에 의해 보호되지 않는 귀족들이 죽었다. 어른과 아이를 가리지 않았다.

피렌스 왕국이 우물쭈물한 사이에 바네 왕국은 승리를 거듭해 본래의 국경 지역까지 진격했다. 우세한 전력이었으므로 전투에 승리하는 것은 당연했다. 그동안 승리하지 못했던 것은 피렌스 왕국이 철저한 방어 전략을 고수했기 때문이다.

전선에서 용감히 싸우던 피렌스 왕국의 병력이 고립되었다. 물자 보급은 이뤄지지 않았고 진격은커녕 퇴각도 할 수 없는 상황에 처했다. 생존을 위해 그들은 퇴각을 선택했고 바네 왕국은 가만두지 않았다.

전선에서 용감히 싸우던 병력이 퇴각하며 허무하게 죽어 갔다. 기사의 로망 중 하나는 이왕 죽는다면 전장에서 장렬히 전사하는 것이다. 하지만 퇴각하는 피렌스 왕국의 병력은 그렇지가 못했다.

고립된 데다 물자 보급이 이루어지지 않아서 전략을 제대로 펼치지도 못했다. 도주하다 죽은 경우가 태반이다. 바네 왕국은 이 기세를 이용해 피렌스 왕국의 병력을 잔인하게 학살했다.

최후의 전략은 성공을 거두었고 바네 왕국은 영토를 회복했다. 하지만 피렌스 왕국에 복수할 힘은 남아 있지 않았다. 피렌스 왕국도 그건 마찬가지였다. 종전에 대한 협상은 진행되지 않았지만 잠정적으로 전쟁은 끝났다.

적어도 수십 년 동안은 바네 왕국과 피렌스 왕국은 전쟁을
하지 않으리라. 작은 규모의 국지전이면 모를까 지금까지 얻
은 피해가 너무나 컸다. 바네 왕국은 영토의 절반이 초토화되
었으며 나라의 전력이 절반 이상 사라졌다. 또한 재정이 바닥
난 데 이어서 타국에 넘어간 이권이 너무도 많았다.

전쟁은 끝났다. 하지만 전쟁을 지속할 수 없다는 양국 간의
암묵적인 동의에 의한 결과였다. 그 때문에 신속한 마무리가
이루어지지 않았다. 전쟁이 끝났음에도 병사들은 반년이 지
나서야 고향으로 돌아갈 수 있었다.

결과적으로 바네 왕국민에게 있어서 전쟁은 반년이 아닌
일 년이었다. 징집된 대부분의 사람이 죽었으며 생존한 사람
도 일 년이 지나서 돌아왔다. 전쟁 이전의 상황으로 회복하려
면 많은 세월이 필요할 것이다.

매크우드 가문은 자작가가 되었다. 전쟁 초기 골렘단을 이
끌고 게르투드 영지의 방어에 지대한 공헌을 한 아이작의 공
적이 인정된 덕분이다. 북부 사회에 있어서는 큰 이슈가 된
사건이다.

평귀족이 두 단계의 작위를 건너뛰어 자작이 되기란 이례
적이다. 본래 아이작의 공적은 자작으로 승격될 만한 조건을
갖추고 있다. 하지만 관례적으로 북부 귀족이 받는 차별 대우
를 고려한다면 기적과 같은 것이었다.

기적에는 그만한 대가가 주어졌다. 작위가 승격되면 그에 준하는 권력과 재물이 따른다. 황궁에서 지원을 하기 때문이다. 하지만 두 단계나 작위가 승격된 매크우드 가문에는 그러한 지원이 없었다. 그것이 기적의 내막이었다.

'내가 죽인 것일까?'

아론은 에딘을 죽이지 않았지만 일말의 책임이 있었다. 마나의 창에 대한 비밀이 드러나지 않길 바랐기 때문이다. 에딘은 클레시온을 벗어난 후 레인저의 추격을 따돌리지 못하고 죽은 것이다.

'밝혀져도 그것이 죄가 될 수는 없지.'

마나의 창에 대한 것이 밝혀져도 문제인 것은 아니다. 단지 자신의 삶이 의도와 다르게 진행될 수 있음이 걱정인 것이다. 삼왕자와 엮인 사건으로 지금의 처지가 된 사실처럼 말이다.

'나빴던 점만 있었던 것이 아니라서 다행이야.'

즐거운 점도 있었다. 죽음의 고난을 연속해서 겪으며 새로운 능력도 얻었다. 비록 영원히 하급에 머물겠지만 정령사가 되어 마검사의 고질적인 문제를 해결했다. 검술은 그토록 바랐던 익스퍼트 초급의 경지를 밟았고, 마법은 5서클에 올라섰다. 특히 영력으로 인한 능력은 감당하기 어려울 지경이다.

아론은 종전 직전 사우스와 마딘과 함께 정규 군단에 영입되었다. 황궁에 연락을 취해서 새로운 부대를 배정받을 필요가 없었다. 모든 군단에게 비정규 부대의 병력을 받아들이라는 명령이 내려졌었기 때문이다.

종전 직전이 되어서야 아론은 자신의 이름을 떳떳하게 군부에 기록할 수 있었다. 그 이전의 기록은 황궁의 허락을 받아야 기록할 수 있을 것이다. 왕자의 치부와 관련되어 있으니 주의가 필요하다.

반년이 지나자 사우스와 마딘은 전역했다. 하지만 아론의 곁을 떠나지 않았다. 돌아갈 집도 가족도 없는 데다 아론을 따르기로 했기 때문이다. 두 사람은 피렌스 왕국이 점령했던 동부 지역 출신이라 모든 것을 잃었다.

아론의 전역이 늦어진 것은 잘못된 군부의 기록 탓이다. 종전 직전 정규 군단에 합류한 날이 아론의 참전 날짜가 된 것이다. 황궁에 갇혀서 가뜩이나 늦게 참전했건만 그마저도 누락이라니 환장할 따름이다.

아론은 일 년을 더 복무했다. 그 시간이 무의미한 것은 아니었다. 완전한 소드 익스퍼트 초급의 실력을 갈고닦았으며 5서클 마법도 수련했다. 또한 사우스와 마딘을 대상으로 기억전이 실험도 진행했다.

"에로우(Arrow)!"

사우스의 옆에 마나를 머금은 화살이 생성되어 아론에게 날아갔다.

퍼엉!

화살은 바닥과 부딪치며 작은 폭발을 일으켰다. 아론을 향해서 시전한 것이지만 근처도 가지 못한 것이다. 에로우 마법은 폭발력은 약하지만 직진성이 강해서 땅을 깊숙이 패이게 만든다.

"사우스, 그만!"

아론은 마법 대련을 멈추었다. 사우스에게서 발견한 문제점을 지적하고 고치도록 알려주기 위해서이다.

'일 년 만에 이 정도면 대단하지.'

아론은 일 년 전 사우스와 마딘에게 만드라고라를 복용시켰다. 전역을 하고도 곁에 남아준 보답이기도 하고, 자신의 기사로 부리기 위해서였다. 기억전이 마법을 시전해 마검사용 마나연공법과 3서클의 마법을 전수했다.

마나연공법은 두 가지로 나뉜다. 축적법과 운용법이 그것이다. 축적법은 마나를 받아들여 쌓기 위한 것이고, 운용법은 마나를 사용하기 위한 방법이다. 운용법은 이미 전수했었기 때문에 축적법만 전해주면 되었다.

마법은 아론이 6년 만에 3서클이 될 수 있었던 편법을 이용했다. 3서클에 필요하지 않은 지식을 모두 배제한 것이다. 그 덕분에 고작 3년의 기억을 잃은 것만으로 3서클에 필요한 지식을 전해줄 수 있었다.

아론과 사우스와 마딘의 차이점이 있다면 마법사의 마나에 있었다. 아론은 네크로맨서로서 음의 마나를 쌓는 반면에 사우스와 마딘이 익힌 마법 사용 마나연공법은 무속성의 계열이었다. 무속성은 여러 계열의 마법을 두루 사용할 수 있는 장점이 있다.

사우스와 마딘이 만드라고라를 복용하고 마검사가 되기 위한 지식을 전수받은 지 일 년이다. 예전처럼 8년의 기억을 잃었지만 5년의 기억은 마나 축적 성공 후 곧바로 찾았으며 2서클의 마법까지 시전하는 지금 일 년의 기억만을 잃은 상태이다.

현재 사우스와 마딘이 잃은 기억이래 봐야 고작 일 년 반이다. 예전에 잃은 일 년에 지금의 일 년을 더하면 이 년이어야 하지만 만드라고라 복용 후 검술에 진보가 있어서 반년의 기억을 찾은 것이다. 물론 몇 개의 추억밖에 없는 6살과 7살의 기억에 불과하다.

"마법의 시전 능력은 완벽해. 하지만 싸움에 적용하는 데는 아직 무리인 것 같아. 지난번에 설명했듯이 에로우는 적이 정면에 다가올 때 사용해. 직진성이 강하고 관통력이 좋으니까 한번에 적을 죽일 수도 있을 거야. 하지만 방금 전 나처럼 곡선적인 움직임이 많은 적에게는 미사일(Missile)을 사용해야 돼. 미사일 마법은 목표를 따라 스스로 움직이며 너의 의지로 방향도 조종할 수 있으니까."

"고치도록 하겠습니다."

"기죽을 필요까지는 없어. 일 년 만에 해낸 것치고는 대단하니까. 그리고 내 주장이 옳지 않을 수도 있어. 나만 하더라도 마법에 더 치우친 특이한 경우잖아.”

“네, 아론님.”

사우스와 마딘이 수긍했다. 둘 다 검술 실력은 비슷한데 마법은 그렇지가 못하다. 마법의 시전 능력은 사우스가 우수하지만 검술과 자연스럽게 혼용하여 사용하는 것은 마딘이다. 기회를 포착하는 활의 특성이 발휘된 탓인지 마법의 시전 기회를 찾는 데 탁월하다.

꿀꺽, 꿀꺽.

꿀꺽, 꿀꺽, 꿀꺽.

사우스와 마딘은 아론이 넘겨준 마나 증가제를 억지로 삼켰다. 만드라고라의 영향으로 마나를 느끼자 아론이 복용시키고 있는 것이다. 빠르게 실력을 향상시키기 위해서는 어쩔 수 없는 선택이다.

“으으으… 크으으으.”

“후우우… 후우우.”

사우스와 마딘이 고통을 참아내고 있지만 입에서는 저절로 신음 소리가 나왔다. 마나 증가제가 가진 독성의 영향이었다.

‘저 정도의 고통이면 괜찮을 듯싶은데.’

아론은 사우스와 마딘의 고통을 바라보며 독성에 대한 연구를 중단하기로 결정했다. 본래 네크로맨서의 오크마법사를 위한 것이라 마나 증가제의 독성을 중화시키는 마나연공법이 따로 존재한다. 사우스와 마딘은 네크로맨서가 아니라서 중화제를 섞어 복용시킨 것인데 완벽하지 않아 고통을 겪는 것이다.

"큐어 포이즌(Cure Poison)!"

"큐어 포이즌(Cure Poison)!"

마나를 모두 흡수했다고 생각한 사우스와 마딘이 2서클의 큐어 포이즌 마법을 자신에게 시전했다. 한번의 마법으로 독성은 사라졌다. 독성을 제거하면 마나 증가제의 효능도 사라지기 때문에 마나를 흡수한 후 시전한 것이다.

처음에는 고생이 심했다. 중화제가 제대로 발휘되지 않아 아이가 물 먹듯이 찔끔찔끔 먹어가며 마나를 흡수했다. 소량의 섭취만으로 지금의 몇 배나 높은 고통을 겪었다. 그때마다 아론이 마법으로 해독했으며 급하면 포션으로 해결했다.

'조금만 더 복용하면 되겠군.'

사우스와 마딘의 마나량은 일 년 사이에 많이 늘었다. 이제는 마나 증가제가 가진 한계에 도달해 있었다. 콘라드 제국에서 고생했던 아론과 다르게 그들은 만드라고라를 복용한 효과와 뛰어난 마검사용 마나연공법이 있었기 때문이다.

아론이 사우스와 마딘을 통해서만 기억전이 마법을 실험한 것은 아니다. 타인이 가진 깨달음을 얻기 위해서 군부의 죄수를 이용했다. 죽음이 확정된 죄수에게 깨달음을 주입하는 실험을 한 것이다. 아론이 원하던 성과는 없었지만 엉뚱한 장점을 발견하기도 했다.

바네 왕국은 남부 귀족, 동부 귀족, 그리고 북부 귀족 이렇게 세 개의 세력으로 나뉜다. 남부 귀족은 약간의 군부 세력과 프레이스 제국과의 교역을 독점하는 상인 세력이다. 그들이 바네 왕국의 정권을 장악한 실세이다.

동부 귀족은 피렌스 왕국과 오랜 세월 싸워온 군부 귀족이다. 피렌스 왕국과 싸워야 했기에 왕국의 지원이 계속된 탓에 무력적으로 강하다. 그렇지만 이번 전쟁으로 완전히 무너진 세력이기도 하다.

북부 귀족은 두 세력에 비하면 조족지혈이다. 과거 북서쪽에 위치한 에이워드 제국과의 해상 교역으로 남부 귀족 못지않았지만 수백 년 이전의 일이다. 지금은 척박한 곳으로 유명하다. 그래서 세력적인 다툼이 없는 곳이기도 하다.

"바네 왕국은 이제 우리의 손아귀를 벗어나지 못한다!"

타우스 백작은 두 단주에게 선언했다. 타우스는 프레이스 제국의 백작으로 두 개의 대상단을 거느리고 있다.

"리드, 우리가 바네 왕국에게 넘겨받은 광산이 몇 개지?"

"철광산만 무려 100여 곳이 넘습니다. 우리 제국의 국경과 가까운 남서 지역의 광산이며 중소 규모의 광산을 제외한 숫자입니다."

"정말 대단하지 않나? 하하하!"

타우스는 호쾌하게 웃었다. 그에게는 그럴 만한 이유가 있었다. 타우스 백작의 가문은 북동 지역에 위치해서 바네 왕국과의 교역으로 막대한 부를 쌓았다. 그런데 바네 왕국에 전쟁이 발발하여 막대한 광산의 이권을 얻은 것이다.

어떤 나라든지 특별히 보호되는 것이 있다. 국가의 전력에 영향이 큰 기사나 마법사 같은 사람처럼 말이다. 광산이나 식량도 이에 포함된다. 그래서 그 물품의 교역은 막대한 세금이 부과된다. 국내에서는 상관없지만 나라 간에는 대부분 그렇다.

타우스 백작의 바트리아 가문은 바네 왕국과의 광산 교역권을 올해 얻었다. 광산 교역권은 상대 나라에서 강력히 보호하는 것이라 관례상 교역 능력을 지닌 백작 이상의 가문들이 순번을 정해 돌아가며 차지했다. 그런데 바네 왕국이 전쟁 자금의 조달을 위해 광산의 이권을 제국에 판매한 것이다.

광산 교역권은 독점 품목이다. 바네 왕국이 제국에 판매한 광산은 모두 바트리아 가문에서 권한을 행사하는 것이다. 모든 광산을 운영하지 못한다면 위임해서 운영할 수도 있다. 그에 따른 이득을 상상하는 것만으로 타우스는 즐거웠다.

"이 광산이면 바네 왕국에 많은 영향력을 행사할 수 있다. 생산된 철을 모두 제국으로 유입하느냐 아니면 그곳에서 처리하느냐로 말이다. 우리야 어떤 선택이든 상관없지만 바네 왕국으로서는 절대 아니지."

철은 나라를 이루는 근간과 같은 것이다. 아무리 작은 마을이라도 대장간이 있듯이 말이다. 농사를 짓기 위해서는 철로 된 쟁기라도 있어야 하며, 몬스터의 위협을 피하려면 검이나 창이라도 있어야 한다.

"다른 상단과도 연합할 생각이다."

"연합이요?"

"광산의 교역권만으로도 강한 영향력을 행사할 수 있겠지만 우리에 버금가는 이권을 차지한 곳도 많다. 그러니 다른 곳에서 제의하기 전에 우리가 먼저 협상을 시도해 유리한 고지를 차지해야 된다."

타우스의 선택으로 바트리아 가문에 속한 두 개의 상단은 본격적으로 바네 왕국에 진출했다. 에이본 상단으로 광산 교역권을 담당하기 위해서이고, 트리엘 상단은 광산 이외의 교역을 처리했다.

전쟁 발발 이전에도 프레이스 제국의 영향력은 강했다. 하지만 막대한 바네 왕국의 이권이 제국에 흘러들어 가면서 상황은 돌이킬 수 없는 지경에 처했다. 바네 왕국의 이권을 가진 프레이스 제국의 가문들은 타우스처럼 서로 연합해서 진출해 막대한 이득을 창출하기 시작했다. 그리고 일 년의 세월이 흘렀다.

아론은 종전되고 일 년이 지나서야 전역할 수 있었다. 황궁의 담당자를 찾아가 따지고 싶은 마음이지만 참았다.

"우리 왕국 수도가 맞아?"

"이게 어떻게 된 거지?"

사우스와 마딘의 말에 아론도 동의했다. 바네 왕국의 독특한 문화가 이상하게 변질되어 있었다.

'전쟁의 후유증인가.'

아론은 전쟁으로 인한 부작용이라 생각했다. 너무도 피해가 큰 전쟁이라 예전의 상황으로 돌아가려면 10년가량은 필요할 것이다.

아론의 착각은 너무도 쉽게 깨졌다. 사람들이 한탄하며 내뱉는 말만으로 상황을 짐작할 수 있었다. 어이없게도 타국의 영향으로 바네 왕국이 가진 특성이 변화된 것이다. 이런 변화는 속국에나 있을 법한 일이다.

'자랑스러운 우리 왕국이 어떻게!'

바네 왕국민으로서 아론은 화가 치밀었다. 수도에 거래되는 상당수의 물건들이 제국에서 건너온 것이었다. 자국의 물건은 언뜻 보기에도 좋지 않았다. 제국의 물품이 좋다 해도 교역된 물품은 세금 때문에 경쟁력으로 밀리지 않아야 정상이다.

'프레이스 제국과의 교역 세금이 10년간 폐지?'

'남부 지역의 광산이 프레이스 제국에 귀속되었다고?'

몇 개의 소식을 들은 것만으로도 바네 왕국이 처한 현실을 직시할 수 있었다. 어처구니없게도 교역 세금 폐지로 프레이스 제국의 물품이 아무런 세금도 붙지 않고 넘어온 것이다. 공정하지 못하게도 반대의 경우에는 세금이 붙으면서 말이다.

제국의 각종 길드까지 수도에 진출해 활동하고 있었다. 마법 길드, 용병 길드, 상인 길드 등 이루 말할 수 없을 만큼 종류도 다양했다. 아론이 조용히 생활하고 있을 때 왕국은 속국의 길을 걸어가고 있었던 것이다.

아론은 먼저 황궁에 들렀다. 전역과 동시에 영지가 하사되기로 결정된 탓이다. 바네 왕국 곳곳에 주인 없는 영지가 많았다. 담당자는 아론이 선택할 수 있는 몇 개의 영지를 보여 주었다.

'아무래도 가족과 가까운 영지가 좋겠지.'

아론은 담당자가 선택하도록 알려준 영지를 포기했다. 매크우드 영지에 인접한 초라한 영지를 달라고 요청한 것이다. 이번 전쟁으로 영주를 잃은 영지로 영지민이 천 명 이하에 불과했다.

황궁을 나선 후 향한 곳은 마법 길드이다. 앞으로 마법 길드를 이용할 일이 많을 듯싶어서 3서클로 등재된 사항을 5서클로 변경하기 위해서이다. 고위 마법사로 등재될수록 길드의 혜택을 많이 누릴 수 있다.

'사우스와 마딘도 등록이 필요하고.'

조만간 3서클에 오를 듯 보이지만 아직은 2서클이다. 사우스와 마딘의 등록은 별로 어려울 것이 없었지만 아론은 고역을 치렀다. 5서클의 고위 마법사인데다 흔치 않게도 네크로맨서 계열이기 때문이다.

그것만이 전부라면 다행이겠지만 정령사만큼이나 희귀한 마검사에다 특이하게도 콘라드 제국에서 마법을 배워온 경력을 가지고 있다. 또한 부인이 프레이스 제국의 백작 가문 출신이자 4서클 마법사인 것이다. 어느 것 하나 평범하지 않았다.

'이그니스에 대한 기록까지 있다니.'

마법 길드에 기록된 아론의 정보는 그동안 많이 갱신되어 있었다. 그중 일부는 담당자도 볼 수 없도록 봉인이 되어 있었다. 이그니스에 대해서는 아론도 잊고 있었다. 그녀와는 계약처럼 결혼했기 때문이다. 그녀는 마법서를, 아론은 든든한 신분을.

길드의 마법진을 통해서 북부에 도착했다. 수도처럼 타국의 문화에 영향을 받지 않았지만 도저히 눈뜨고 보기 어려웠다. 피폐하고 굶주린 사람이 많았다. 풍족하진 않지만 평화로운 북부가 거지로 들끓었다. 이건 노예만도 못한 생활인 것이다.

'아공간의 곡물을 나눠 주고 싶건만.'

클레시온에서 탈취한 곡물이면 북부 전체의 식량 사정을 많이 회복시킬 수 있다. 곡물을 나눠 줄 수 없는 상황이 안타까웠다. 아론은 자신에게 주어진 영지로 가지 않았다. 영주를 잃은 순간부터 행정관이 대리 운영하고 있을 테니 늦게 간다고 달라질 것은 없다.

"아론!"

아이작이 다가와 아론을 끌어안았다.

"큰형, 잘 있었어?"

"나야 잘 있었지."

"자작이 되었다며? 정말 축하해!"

아론은 아이작의 작위 상승을 축하했다. 아이작 개인뿐만 아니라 가문으로서도 무척 대단한 성과였다. 비록 아이작의 직계만이 세습을 받겠지만 그 영향력은 매크우드 가문 전체에 영향을 준다.

"네 덕분이지! 그나저나 아버지와 어머니부터 뵈어야겠지? 그리고 그동안 식구들에게 말하지 못했던 너의 비밀도 밝히고 말이야. 네가 온 다음 밝히려고 아직까지 입을 다물고 있었거든."

"당연히 그래야지."

자신을 아론이라 밝히지 못했던 과거는 지나갔다. 떳떳하게 밝히거나 누군가에게 말할 성질의 비밀은 아니지만 밝힐 수 있게 되었다. 물론 삼왕자와 엮인 사건 같은 것은 알아도 쉬쉬해야 할 사항이겠지만 말이다.

"아버지, 어머니, 다녀왔습니다."

"정말 고생했다."

"살아 돌아와 다행이야."

로란드와 주디스는 건강했다. 만드라고라의 영향으로 오히려 약간 젊어져 기운이 넘쳐 보였다. 아론의 가까운 친척들은 대부분 무사했다. 하지만 먼 친척 중 많은 사람이 돌아오지 못했다.

아론은 그동안 있었던 사건들을 풀어냈다. 가족들에게 고민을 안겨줄까 걱정되어 함부로 말할 수 없는 내용들을 제외한 이야기였다. 사우스와 마딘을 소개하며 자신에게 필요한 인재라고 소개했다. 그리고 영지를 받은 소식도 밝혔다.

"네가 화이트 영지를 받았다고?"

"맞아. 동부나 남부의 더 좋은 곳도 있지만 난 이곳이 더 좋거든."

아론이 콘라드 제국에서 돌아오기 전만 하더라도 매크우드 영지나 화이트 영지나 비슷한 규모이다. 북부에는 그보다 작은 영지가 많기 때문에 첫 영지로서는 괜찮다. 더구나 자신의 노력만으로 얻은 영지이니 대단한 것이다.

"아론, 축하한다!"

"우리 가문에 이런 날이 오는구나!"

로란드가 가장 좋아했다. 첫째인 아이작에게 영지를 물려준 데다 가문의 힘이 약해질까 걱정되어 다른 형제에게는 아무것도 해주지 못했기 때문이다. 아이작의 동생이자 아론의 작은형 레슬은 다른 귀족가의 데릴사위로 들어가기까지 했다.

'작은형에게 주는 것이 좋겠지? 후후.'

아론은 레슬에게 자신의 영지를 주기로 결정했다. 가족을 보기 전까지는 생각하지 못했지만 부모님을 만나자 레슬이 떠올랐다. 로란드와 주디스에게는 세 명의 아들이 있는데 레슬만이 없어서 허전했을 것이다. 엘프의 눈을 통해서 그것이 보였다.

"축하해 줘서 고마운데, 화이트 영지는 작은형 레슬에게 선물할 거야."

"아론, 그게 무슨 말이니?"

아이작이 곧장 반문했다. 아무리 형제라도 영지는 함부로 주고받는 것이 아니다. 귀족에게 영지는 생명과 같기 때문이다.

"아까 내가 5서클의 마법사가 되었다고 말했지? 내게 있어서 영지는 큰 의미가 없어. 오히려 귀찮은 애물단지야. 나는 마법사의 탑을 갖는 게 더 좋아. 이 근처에 커다란 마법사의 탑이라도 짓지 뭐."

"5서클의 마법사? 그런데 전쟁 전에는 3서클이었잖아!"

"전쟁이 발발한 시기에 4서클 유저가 되었어. 종전이 될 때가 되어서 4서클을 마스터하고 5서클의 문턱을 밟은 거지. 5서클이지만 5서클 마법은 거의 못해. 그리고 내 실력이 빠르게 늘어난 것은 스승님이 와주신 덕분이야. 형이 복용한 그것도 스승님이 만들어주신 거야. 정말 대단한 분이지?"

아이작은 아론의 말에 수긍했다. 가족들 모두가 마나를 느끼게 만들었으며 아이작은 그 도움으로 소드 익스퍼트 중급의 경지에도 올랐다. 그만한 인물이라면 아론을 5서클에 이르도록 만들 수 있다고 생각한 것이다.

"우리 가문에 큰 은인이니까 잘하도록 해."

"알았어. 걱정하지 마."

아론은 가족들과 많은 이야기를 나눴다. 매크우드 영지는 주변의 다른 영지에 비해 좋은 편이다. 골렘사로 전장에 나선 400여 명을 제외한 추가 징집도 없었을뿐더러 10여 명을 제외하고 모두 살아왔기 때문이다.

'지금처럼 견제가 없을 때 가문의 발전을 꾀해야 되겠지?'

아론은 매크우드 가문의 발전을 바랐다. 지금처럼 혼란한 순간이 아니면 다른 가문의 견제로 발전하기 어려웠다. 더구나 자작 가문이 되었지만 영지민도 일만이 되지 않는 데다 기사단도 없다.

"형, 내게 마법을 배워볼래?"

"마법?"

"쉽게 마법을 배울 수 있는 방법이 있어서 그래. 우리가 사용하는 마나연공법은 본래가 마검사를 위한 것이야. 쓸데없이 공부를 하지 않아도 되는 방법이야. 니콜을 위해서라도 형은 배워야 돼."

매일 조금씩의 기억을 주입하면 기억전이 마법을 사용해도 기억을 잃는 부작용을 겪지 않는다. 가족에게는 그 작은 부작용도 용납할 수 없는 아론이다.

"마법을 배울 동안 영지는 내가 책임질게. 몇 년만 고생하면 형도 마검사로 활동할 수 있을 거야. 물론 함께 배우게 될 니콜도 마찬가지이고."

"그러지 뭐."

언제든 그만둘 생각인지 아이작은 쉽게 허락했다. 아론은 기억만 매일 주입하면 된다. 그리고 아이작과 조카 니콜은 주입받은 기억으로 마법을 익혀가리라. 그동안 영지는 빠르게 발전할 것이다.

Chapter 16

발전(發展)

발전 發展

　　로란드와 주디스는 아론의 귀향을 축하하는 자리에서 중대한 비밀을 털어놓았다. 아론을 둘러싼 몇 가지 비밀들을 밝힌 것이다. 가까운 친척들은 아이작에게 귀띔을 받았겠지만 대부분은 그렇지 못했다.

　　지금의 아론을 로란드가 콘라드 제국의 여인과 바람난 결과물로 착각하고 있었기 때문이다. 그런데 그것은 거짓이었고, 사실은 헤이렌 왕국에 파견하여 죽었다고 알려진 아론이 진정한 정체였던 것이다.

　　마검사가 되어 젊어진 모습은 놀랄 만한 축에도 끼지 못했다. 아론이 그렇게 할 수밖에 없었던 이유에는 무서운 음모가

있었고, 그 이후 황궁에까지 갇힌 기가 막힌 사연에 모두들
할 말을 잃었다.

자세한 사항은 밝히지 않았다. 음모자가 삼왕자이고 그것
이 전쟁과 연관되었다는 사실을 어떻게 밝히겠는가. 그저 아
론이 매크우드 가문의 일원으로 살아가기 위해서 밝혀야 할
최소한의 비밀이었다.

'고맙다, 아론!'

레슬은 마차의 뒤로 보이는 매크우드 영지를 바라보며 동
생에게 마음속으로 외쳤다.

"레슬, 무슨 생각을 하세요?"

"아론에 대해서 생각했어. 그냥 고마워서. 난 영주가 될 줄
은 꿈에도 몰랐거든."

"저도 마찬가지예요."

필리스가 레슬의 말에 동의했다. 레슬은 차남으로 태어난
죄로 아론처럼 아무것도 가지지 못했다. 매크우드 가문의 모
든 것은 가문을 승계하게 될 아이작의 것이었다. 몰락하던 가
문이라 나눌 형편이 아니었던 것이다.

레슬은 가문의 형편을 너무도 잘 알았다. 그래서 프리에일
가문에서 혼처가 필요하다고 연락이 왔을 때 주저없이 결혼
할 수 있었다. 가문과 형제를 위해 영지 승계의 다툼을 포기
한 것이다.

"아저씨, 빨리 가! 빨리 보고 싶단 말이야!"

"알겠습니다, 소영주님!"

"푸훗! 나보고 소영주래! 히히히!"

스캇은 마부가 부르는 호칭에 웃음을 터뜨렸다. 여덟 살에 불과한 스캇이지만 소영주가 뭔지는 안다. 그래서 좋아 어쩔 줄 몰라 했다.

"스캇, 마부 아저씨 귀찮게 하면 안 된다."

"헤헤헤!"

레슬과 필리스는 스캇을 바라보며 미소를 지었다. 그들의 첫째 딸 헬렌과 둘째 딸 로즈도 즐거워하긴 매한가지였다. 마부도 눈치가 있는지 서두르는 편이었지만 가족들의 속마음을 만족시키지 못했다.

화이트 영지는 매크우드 영지와 가까워서 마차로 반나절 만에 도착했다. 마차로 지나며 지켜본 영지의 사정은 무척 나빴다. 하지만 북부 영지 모두가 비슷한 상황이므로 새삼스러울 것은 아니었다.

"안녕하세요? 대리 영주를 맡고 있는 브라운입니다."

"레슬 매크우드입니다."

브라운이 레슬의 가족을 환영해 주었다. 브라운은 황궁에서 주인 없는 영지에 파견된 행정관이었다.

"피곤하신 줄은 알지만 아론님께서 부탁한 물건이 있어서 인수인계를 하셔야 합니다. 괜찮으시겠습니까?"

"아, 물론입니다."

　브라운은 레슬의 가족을 내성으로 안내했다. 가족들이 편히 쉬도록 방까지 안내하고 나자 레슬만을 동행하고 지하실로 향했다. 레슬은 지하실에서 매크우드 영주성의 영지 마법사로 지내는 에나미와 아가사를 만났다.

　"저희는 아론님의 부탁으로 한동안 이곳에 머무를 예정입니다. 매크우드 영지와 연결되는 이동 마법진이 설치되면 떠나겠습니다. 그리고 여기 레슬님께서 인수받아야 할 목록입니다."

　"이게 다 뭡니까?"

　레슬은 목록을 바라보며 당황스러웠다. 대리 영주인 브라인이 인수인계를 하는 줄 알았건만 엉뚱하게도 매크우드 영지의 영지 마법사로 활동하던 그녀들이 나서서 목록을 주자 상황을 이해하지 못한 것이다.

　"아론님께서 레슬님을 위해 준비한 물품입니다. 먼저 돈부터 확인하시지요. 마법 배낭에 담긴 상자들을 꺼내서 헤아리시면 됩니다. 귀속 주문이 걸린 마법 배낭이라 레슬님만이 사용할 수 있습니다."

　'그래서 내게 마법을 사용한 것이군.'

　레슬은 떠나기 직전 아론이 자신에게 마법을 시전하고 그냥 몸에 좋은 거라 설명한 기억을 떠올렸다. 아론은 레슬에게 영지를 준 것으로도 부족했는지 에나미와 아가사를 시켜서 여러 물품을 보내온 것이다.

레슬은 마법 배낭에서 10개의 상자를 꺼냈다. 각 상자마다 골드로 가득했다. 하나의 상자를 헤아리자 일천 골드나 되었다. 모두 합산하면 무려 일만 골드다. 레슬에게는 어마어마한 돈이 아닐 수 없었다.

"도난에 대한 걱정은 하시지 않아도 됩니다. 5서클 유저이신 아론님께서 귀속 주문을 시전하셨으니 7서클의 마도사가 아닌 이상에야 훔쳐 가도 사용할 수 없습니다. 그리고 저희가 이곳에 결계를 설치할 예정이니까 염려하지 마십시오."

"다행이네요. 후우."

레슬은 너무 큰 거금이라 부담이었는데 도난 걱정이 필요 없다는 설명을 듣고 안심했다. 마법 배낭에 담긴 돈의 확인이 끝나자 에나미와 아가사는 내성의 큰 창고로 레슬을 안내했다.

"모두 디글입니다. 일천여 포대로 짐작되지만 정확한 개수는 저도 모릅니다."

"허억! 어떻게 이걸?"

"아론님은 무려 5서클 마법사이십니다. 이까짓 정도야 아 공간 마법으로 옮기면 간단하지요. 레슬님이 보유한 마법 배낭도 마차 한 대 분량의 물건이 들어갈 수 있는데 뭐가 그리 놀랍습니까?"

에나미의 설명을 듣고서야 레슬은 현실을 납득했다. 아론이 5서클 마법사임을 들었으면서도 그것이 얼마나 대단한 존재인지 망각했던 것이다. 두 번째 창고에는 일천여 명을 무장시킬 수 있는 무구로 가득 차 있었다.

첫 번째 창고에서 너무 놀란 탓인지 두 번째 창고에서는 놀라지 않았다. 하지만 세 번째 창고에는 의외의 물품이 등장해서 레슬을 놀래켰다. 매크우드 가문을 빛나게 만든 주인공이 있었던 것이다.

"흙골렘?!"

"아론님이 돌아오신 후 새롭게 제작한 흙골렘 중 10기입니다. 내일 화이트 영지의 병사 10명을 차출하여 골렘사 교육 준비를 진행시켜야 할 겁니다."

"……."

"그리고 도움이 필요하면 저희에게 말씀하십시오."

에나미와 아가사는 할 일을 마치자 얼른 머물기로 한 방으로 돌아갔다. 그리고 그녀들은 3서클의 마법에 빠져들었다. 2서클에 불과했던 그녀들은 아론이 준 만드라고라를 섭취하고 3서클이 된 것이다. 물론 그녀들은 섭취한 것이 만드라고라인 줄 모른다.

아론은 진실의 눈으로 그녀들의 진실됨을 엿보았다. 그래서 주저없이 만드라고라를 섭취시켜 마법 성취를 앞당긴 것이다. 그것이 매크우드 가문에 도움이 될 것이기 때문이다. 물론 그녀들의 진실됨이 일시적일 수 있음을 아론도 모르지 않는다.

아론이 가장 먼저 한 일은 흙골렘 제작이었다. 전쟁에서 파괴되지 않은 골렘은 고작 6기였다. 영지의 안전을 위해서도 흙골렘을 제작해 기본적인 무력을 형성할 필요가 있다고 생각한 것이다.

194기의 흙골렘을 제작해 예전의 골렘단을 다시 재구성했다. 그리고 10기를 추가로 제작하여 화이트 영지에 두었다. 레슬이 영지를 받는다면 최소한의 무력이 필요할 것이 틀림없기 때문이다.

귀향을 축하하는 자리에서 아론은 자신의 비밀 일부를 밝혔다. 상당히 큰 충격이었지만 모두들 이해하는 분위기였다. 친척들이 돌아가자 가족들에게 영지 발전의 필요성을 역설했다. 그리고 그것이 받아들여져 아이작의 영주 권한을 일시적으로 위임받았다.

아론은 가족들에게 마법을 가르쳤다. 기억전이 마법의 효과로 말미암아 가족들은 마법을 쉽게 배워갔다. 가족들은 그것이 마법의 효과인 줄도 몰랐다. 그저 아론의 교육법이 특별하다고 생각했다.

매크우드 영지의 생활이 낫긴 하지만 타 영지에 비교해서일 뿐이다. 아론은 가문의 영지를 발전시켜 자생력을 갖도록 만들 계획을 세웠다. 방치해도 스스로 발전하는 도시처럼 말이다.

'도시화를 진행시키며 차차 생각해야겠어.'

도시화는 그리 큰 문제가 되지 않는다. 막대한 자금을 퍼붓다 보면 사람이 모이고 영지의 규모가 커져서 도시의 모습을 갖추는 것이다. 하지만 자생력을 갖추기란 쉽지가 않다. 북부는 너무도 척박한 곳이기 때문이다.

'영지 발전은 전문가에게 맡겨야겠지.'

아론은 행정관에게 영지 경영을 맡길 계획이다. 전체적인 발전 방향을 직접 정하고 그것을 행정관이 실행하도록 하는 것이다. 아론이 생각하는 영지 발전의 규모는 상당히 커서 행정관의 도움이 꼭 필요하다.

행정관의 영입은 도둑 길드에 의뢰했다. 평민 출신이면서 행정학을 제대로 배운 아카데미 졸업자이어야 했다. 평민 출신이 필요한 이유는 귀족일 경우 이권에 개입해 문제를 야기할 소지가 있기 때문이다.

영입 조건은 간단했다. 그 자신은 물론이고 가족의 입는 것, 자는 곳, 먹는 것, 부쳐 먹을 땅, 그리고 세금 면제를 보장한다는 조건이다. 가족이 있다면 돈으로 고용받는 것보다 이득이므로 충분한 조건이었다.

도둑 길드에 의뢰한 행정관의 인원은 무려 백 명이다. 도시화를 위해서는 각 분야별로 관리자를 두어야 한다. 그래서 백 명이나 의뢰한 것이다.

'침체된 경기부터 활성화시켜야겠지?

아론은 영지민의 고달픈 사정부터 해결할 계획이다. 영지민들의 생활이 나빠진 것은 별다른 수입이 없기 때문이다. 할 일만 생긴다면 굶주림도 해결될 것이고 더 나아지기 위해 노력할 것이다.

"조디, 잘 있었어?"

"아론님!"

대장장이 조디가 아론을 반겼다. 그는 흙골렘 제작에 도움을 주었고, 흙골렘의 갑옷과 무기를 제작했었다. 매크우드 영지의 훌륭한 대장장이이다.

"오랜만에 보니까 반가워. 그나저나 내 소문은 들었지?"

"아, 예."

"내가 콘라드 제국에서 마법을 배우고 돌아온 아론이야. 마검사가 된 이후로 젊어져서 가짜 신분으로 지냈던 거지."

가짜 아론의 신분을 없애기 위해 이 정도는 영지민에게도 밝혔다. 사생아란 가짜 신분으로 생활하는 동안 영지민에게도 알려졌기 때문에 이 정도 번거로움은 당연했다.

"아론님, 그런데 대장간에는 무슨 일로?"

"아, 사실 큰솥을 여러 개 만들어달래려고. 한 500명의 음식을 조리할 수 있는 크기로 말이야."

"예? 500명이요?"

"조만간 영지민에게 시킬 일이 많아질 거야. 행정관이 머무르게 될 집을 한 백 채쯤 지어야 하고, 도시에나 있는 상하수도도 만들 계획이지. 그래서 영지민에게 일을 시키려면 능률을 위해서도 두 끼 정도의 배식과 함께 약간의 돈을 주고 사람들을 고용할 생각이거든."

아론은 조디에게 영지에서 벌어질 계획을 넌지시 밝혔다. 이렇게 밝혀두어야 영지민에게 소문이 퍼져서 나중에 혼란이 적어진다.

영지 발전 이전에 기본적으로 무력을 갖추기 위해서 세 개의 아카데미도 지을 계획이다. 기사, 마법사, 그리고 마검사를 양성하기 위한 아카데미이다. 무력은 영지 발전으로 인한 타 영지와의 마찰에 대한 최후의 해결책이 될 것이다.

"죄송합니다만, 쇠가 부족해서 어려울 듯싶습니다."

"아공간 오픈!"

아론은 아공간에서 철괴로 가득 찬 100여 개의 상자를 꺼냈다. 조디는 철괴로 가득 찬 상자에 정신을 빼앗겼다. 전쟁을 위한 무기 제작용 철괴라서 최고급 선철이었다. 솥으로 만들기 아까운 철괴인 것이다.

"걱정하지 마십시오. 골렘의 무구를 만들며 쌓은 노하우가 있습니다. 며칠만 시간을 주십시오."

"그럼 부탁할게."

조디는 흙골렘의 무구를 만든 경험이 많았다. 골렘에 맞는 수백여 개의 무구를 만든 경험자라 큰솥의 제작은 아무것도 아니었다. 며칠 후 조디는 10개의 대형 솥을 완성시켰고 이에 아론은 만족했다.

10개의 솥을 이용하면 무려 5천 명도 먹일 수 있는 음식을 장만할 수 있다. 지금은 영지민이 고작 3천여 명에 불과하지만 나중을 위해서 필요했다. 매크우드 영지민의 수는 빠르게 늘어날 것이기 때문이다.

'내가 영지민을 늘릴 테니까.'

지금과 같은 혼란한 시기가 영지민을 늘리기 가장 적격인 시기이다. 무력만 갖추고 있다면 매크우드 영지의 변화를 감히 관여하지 못할 것이다. 아론이 자신의 마법 서클을 당당하게 밝힌 것도 그 무력의 효과를 보기 위해서이다.

'이런, 형평성에 어긋나잖아.'

영지민을 동원해 외부에서 받아들일 행정관의 거처를 짓도록 할 예정이었으나 병사들에 대한 처우가 문제였다. 영지의 병사는 무려 400여 명이다. 두 가정당 한 명 이상이 영지의 병사로 채용되고 있는 것이다.

병사들은 한 달에 1골드 정도를 받는다. 영지의 사정이 나빠지면 그마저도 받지 못한다. 그들이 영주를 탓하지는 않는다. 그나마 매크우드 영지가 타 영지보다 사정이 좋음을 그들도 알기 때문이다.

'병사들의 처우를 행정관하고 맞춰야겠어.'

아론은 영지에 고용된 모든 인력에 대해 행정관하고 비슷한 대우를 하기로 결정했다. 400여 명의 병사가 모두 골렘사이기 때문에 대우받을 자격이 있다. 골렘단은 매크우드의 자랑거리가 아닌가.

"아론, 너 제정신이야?"

아이작이 아론의 결정에 펄쩍 뛰었다.

"영지 발전을 위한 결정이야."

"그것이 가능하리라 생각해? 400여 명 병사의 가족들에게 입는 것, 자는 곳, 먹는 것, 부쳐 먹을 땅, 그리고 세금 면제까지 해주는 것이 가능하리라 생각하냐고?"

"나도 장담할 수는 없어. 하지만 형도 알다시피 나는 부자잖아. 돈이 떨어지면 아티팩트라도 제작해 팔 수도 있고 말이야. 안 그래?"

"에휴, 네 마음대로 해라. 네 돈 네가 쓴다는데 누가 말리냐."

아이작도 아론의 과감한 영지 발전 계획에 할 말을 잃었다. 아론의 결정대로라면 영지민 중 절반 이상이 세금 면제에 해당한다.

'영지민이 많아지면 해결될 일이야.'

아론이 바보라서 그런 혜택을 주는 것이 아니다. 그에 걸맞는 이득을 볼 수 있기에 추진하는 것이다. 단지 장기적인 계획이라서 몇 년간 적자가 계속될 것이지만 그 이후에는 영지의 세금만으로 충분히 해결될 수 있다.

병사들은 아론이 발표한 처우에 대한 내용에 어이가 없었다. 병사로만 있는다면 그 가족들까지 일하지 않고 먹여준다는 황당한 내용이니 그럴 만도 했다. 영지민 사이에서 영주의 동생이 미쳤다는 소문까지 나돌았다.

그 후 며칠이 지나 도둑 길드에서 반가운 소식을 가져왔다. 북부에서 생활하던 행정관 네 명을 영입해 데려온 것이다. 그들은 필요에 따라 잠깐씩 영지에 고용되어 일하던 자들이었다.

아론은 행정관이 도착하자 곧바로 일을 시켰다. 여러가지 일들을 계획했지만 맡길 만한 전문가가 없어서 기다리고만 있던 상황이었다. 그들은 비록 평민이지만 사람을 부리는 데 익숙한 행정관들이었다.

데비스는 영지의 창고 관리를 맡았다. 그는 영지의 창고를 세밀히 조사하고 기록하여 출입을 철저히 통제했다. 아론이 영지의 각 창고를 가득 채워준 상태라 데비스의 할 일은 무척 많았다. 각 창고마다 파악할 물량이 산더미처럼 쌓여 있었기 때문이다.

밀러는 영지에서 정식으로 고용한 병사와 행정관 등에게 다섯 가지의 약속 조건을 이행하는 책임을 맡았다. 그는 병사들의 가족을 철저히 조사했다. 그리고 곡물 창고에서 한 달 동안 먹을 만한 분량을 지급했다. 또 영지민을 고용하여 낡은 병사의 집을 보수하고, 빈집을 수리해 행정관의 거처도 마련했다.

모어는 일꾼들의 배식을 책임졌다. 다른 행정관이 많은 영지민을 고용할 경우 그들의 끼니를 해결하는 작업이었다. 몇 명의 영지민을 고용하여 대형 솥에 음식을 만들어 배식하는 것이다. 대형 솥을 마차에 싣고 이동하느라 골렘의 도움까지 받아야 했다.

테이로어는 일꾼들의 고용 비용 지급을 처리했다. 창고 관리를 맡은 데비스에게 필요한 비용을 받아서 그날 행정관들이 고용한 영지민에게 지급하는 것이다. 고용 비용은 일의 강도나 시간에 따라 달랐다. 주로 돈이나 곡물로 지급되었다.

아론은 행정관들에게 일 처리 사항을 모두 기록하라고 명시했다. 하나라도 누락된다면 죽인다는 협박도 서슴지 않았다. 아론이 서슴없이 행정관들에게 일을 맡겼던 것에는 그 자신의 능력을 믿기 때문이다.

드래곤의 기억으로 행정관이 기록한 많은 사항을 단번에 확인할 수 있으며 엘프의 눈으로 그들이 진실을 말하는지도 알 수 있다. 행정관 중 누군가 아론을 속인다면 커다란 대가를 치를 것이다.

영지가 바쁘게 돌아갈 때 드디어 행정관이 하나둘 도착하기 시작했다. 도둑 길드에 거금을 들여서 의뢰한 결과였다. 전쟁 이후에 많은 행정관들이 자리를 잃었다. 그들은 당장 먹고살기 힘들어 매크우드 영지로 오게 된 것이다.

아론은 도착하는 행정관에게 간단한 이력을 듣고 그들이

할 일을 정해주었다. 영지 경영에 대한 전문가들이라 어떤 일을 맡겨도 잘 처리했다. 아론은 행정관들이 잘하자 너무 즐거웠다.

영지 발전을 위한 수십여 개의 작업들이 함께 진행되고 있었다. 세 개의 아카데미가 건설되고 있었고, 도시에나 있을 법한 상수도와 하수도 건설을 위해 영지 전체 곳곳의 땅이 파이고 있었다.

상수도와 하수도는 마법까지 적용될 예정이다. 각 가정마다 물을 공급하기 위해서는 낙차가 필요한데 현실적으로 불가능했다. 그래서 높은 외성벽 위에 거대한 물통을 여러 개 만들어 이용할 예정이다.

마법이 적용되는 곳이 바로 외성벽 위의 물통을 채우는 부분이다. 마법 길드에 우물의 물을 빨아 올려 성벽 위로 올릴 수 있는 아티팩트 제작을 맡기면 해결되는 것이다. 많은 비용이 들겠지만 아론은 상관하지 않았다.

하수도 작업에도 마법이 사용된다. 흙벽을 돌벽으로 바꾸는 5서클의 월 오브 스톤(Wall of Stone) 마법을 적용하려는 것이다. 본래 던전을 짓기 위해서 고위 마법사들이 애용하는 마법이다.

마법사 던전은 대륙 곳곳에 존재한다. 고위 마법사가 던전을 쉽게 만들 수 있는 것이 월 오브 스톤 마법 때문이다. 흙만 파내고 돌벽으로 만들면 간단하기 때문이다. 더구나 골렘을 이용한다면 며칠 만에 던전을 완성할 수 있다.

아론은 가족들에게 마법을 가르치는 틈틈이 사람을 시켜서 자신만의 던전을 영주성 내부에 만들었다. 가족들이 출입할 수 없는 자신만의 실험실이 필요했던 것이다. 특히 오크 학파의 성과물에 대한 것은 그 누구에게도 보여줄 수 없기 때문이다.

해리는 광장에 모여든 사람들을 바라보았다. 이른 아침인데도 많은 사람들이 모여서 이야기를 나누고 있었다. 일거리 소식이 알려져 타 영지에서 찾아온 사람들이었다. 그 수가 일천여 명이 넘었다.

'내일이면 더 많아지겠지?

해리의 업무는 영지에 필요한 인력의 고용이다. 행정관들의 요청에 따라 광장에 모인 사람들을 선별해서 고용하는 것이다.

"해리님, 여기 행정관님들의 인력 요청서를 받아왔습니다."

"고마워요."

해리는 병사가 건네주는 요청서를 받아 들었다. 필요한 인력의 수가 백 단위 아래로는 보이지도 않았다. 인력이 모자라면 작업에 방해되지 않도록 최소한의 인력을 균등히 배정해야 하므로 까다로운 작업이었다.

‘오늘은 장기 계약자를 많이 받아야겠군.’

인력 요청서의 내용을 모두 숙지하자 병사들의 도움을 받아 조용히 시켰다. 사람들이 해리를 뚫어지게 바라보았다.

“지금부터 제게 지적당한 사람은 나와서 줄을 서세요!”

“당신! 당신! 당신!”

“당신도!”

모두 100명이 지적당하여 따로 줄을 섰다. 그들은 영문도 모른 채 다른 사람들과 떨어지게 되었다. 대부분 선택을 받으면 좋은 경우지만 그렇지 않은 경우도 있었다. 가끔은 영지에서 추방당하기까지 한다. 물론 그만한 이유가 있다.

“방금 선택당한 분들은 보름 동안 어두컴컴한 굴속에서 땅을 파게 됩니다. 고된 작업인만큼 보수는 다른 작업의 두 배입니다. 곡물 2포대와 2골드가 지급됩니다. 거부하실 분들은 줄에서 나오시면 됩니다.”

“아싸!”

“거부라니 당치도 않습니다! 어서 갑시다!”

해리의 설명을 듣고 100명 모두가 기쁨을 주체하지 못했다. 보름에 한 번씩 100명의 사람을 뽑아 눈을 가린 채 알 수 없는 곳에서 작업한다는 사실은 이미 사람들에게 알려져 있다. 일에 비해서 보수가 높아 모두들 원하는 작업이기도 하다.

‘아론님의 던전 작업에 필요한 인력은 해결했군.’

병사들이 100명의 사람들을 영주성으로 데려갔다. 영주성에 들어가면 아론의 던전에 들어가기까지 눈을 가린다. 입구가 봉해지면 그들은 보름간 던전에서 햇빛도 보지 못하고 작업만 한다.

"하수도 장기 작업에 지원할 분 300명을 뽑겠습니다. 기간은 한 달이고 보수는 곡물 2포대에 2골드입니다. 우측으로 줄을 서주시면 됩니다."

"내가 먼저야!"

"저리 비켜!"

사람들이 서로 밀치며 약간의 다툼이 벌어졌다. 하지만 병사들이 나서서 통솔하자 곧바로 조용해졌다. 사람들은 병사의 권위가 행정관과 비슷함을 안다. 그래서 병사에게 함부로 못하는 것이다.

병사의 권위가 올라간 것은 그들이 받는 혜택 덕분이다. 영지에 정식으로 고용된 사람들은 누구를 막론하고 다섯 가지의 동일한 혜택을 받는다. 그래서 영지민 중 상당수가 영주에게 정식으로 고용당하고 싶어한다.

장기 작업에 뛰어들고 싶지만 절반 이상의 사람들은 멀뚱히 바라만 보았다. 보수는 작업 기간이 모두 끝나야 지급받기 때문에 가족을 가진 사람에게는 곤란했다. 물론 일하는 동안 식사가 지급되기에 혼자라면 장기 작업도 문제없다.

하나둘 인력 요청서에 따라 사람들을 고용했다. 그리고 광장에는 노인과 여자, 그리고 아이들이 남았다. 전쟁으로 가장을 잃은 사람들이 일거리를 찾아 매크우드 영지에 찾아온 것이다.

'저들이 할 만한 게 뭐가 있을까나?'

해리는 고되지 않은 일거리를 찾아보았다. 그가 살펴보는 것은 행정관들이 여분의 인력이 생기면 처리하도록 넘겨준 업무 기록이다.

'텃밭 조성이라. 이거 괜찮군.'

행정관과 병사의 집에 텃밭을 가꾸는 작업이 있었다. 밀러가 요청한 작업으로 각 집마다 작은 텃밭을 만들어주는 작업이다. 반나절이면 해결되는 것이라 허약한 노인과 여자에게 알맞은 일이다.

"모두 세 명씩 줄을 서세요. 여러분이 할 일은 마당에 텃밭을 만드는 작업입니다. 고용 비용은 며칠간 먹을 만한 곡물을 지급할 겁니다. 모두 저를 따라오세요."

해리는 그들을 이끌고 행정관과 병사의 집을 방문해 텃밭을 만들었다. 울타리를 보수하거나 마당을 쓰는 간단한 작업도 병행했다. 영주가 약속한 다섯 가지의 혜택을 누리는 자들의 특권이었다.

하루가 지나고 어둠이 다가오자 사람들은 테이로어 행정관에게 몰려들었다. 열심히 일한 대가를 받기 위해서이다. 사람들은 테이로어가 내민 종이에 표시를 하고 자신의 일당을 받았다.

　사람들 대부분이 글을 모르지만 자신의 이름 정도는 알아본다. 몰라도 행정관이 가리키는 곳에 표시하고 가져가면 된다. 일당은 사람마다 달랐다. 어떤 경우에는 조별로 편성되어 다른 일당을 받는다.

　행정관의 업무 처리는 매우 엄격했다. 일의 능률에 따라 일당도 차등 적용할 정도로 말이다. 그렇게 처리되지 않으면 아론의 경고를 받아 행정관의 자리를 내놓아야 하기 때문이다. 그들은 그것이 무서웠다.

　매크우드의 영지 업무가 빡빡한 편이지만 조건에는 만족했다. 더구나 비슷한 동료가 많다는 사실이 그들을 기쁘게 했다. 행정관들이 이렇게 모여서 생활하기란 정말 어려웠다. 대부분 영지에 한두 명씩 고용되기 때문이다.

　아론의 마법 교육은 일상이 되었다. 두 달이 지난 지금은 가족들 대부분이 1서클의 마법 시전이 가능했다. 아론이 가족들에게 가르치는 방법은 파울에게서 배웠던 3서클에 필요한 지식만을 배우는 편법이었다.

　마법은 너무도 광범위하다. 3서클에 필요하지 않은 부분을 제외했어도 아론은 무려 6년을 배워야 했다. 그에 반해서 아론의 가족들은 그날 배웠던 내용을 그 자신도 모른 채 기억전이 마법으로 주입받아 너무도 쉽게 배웠다.

아론의 가족들은 한번 배운 내용이 머릿속에서 떠나지 않고 기억나자 마법사로서의 재능이 있는 줄 알았다. 하지만 그것이 아론이 가르친 내용에만 국한된다는 것을 알고서 착각임을 깨달았다.

"오늘로써 1서클의 23가지 마법을 모두 배우셨습니다."

"수고했어, 아론!"

"수고했다, 아론."

가르침이 끝나자 가족들이 고마움을 표시했다. 매크우드 가문의 일상은 아론의 마법 교육으로 시작한다. 아침에 잠깐 가르치는 것에 불과하지만 그 덕분에 가족들은 마법에 심취하고 있었다.

"숙부, 그럼 나는 1서클 마스터가 된 거야?"

"후후. 아직은 아니란다. 23가지 마법은 단지 기초적인 것에 불과한 것이야. 거기서 파생된 1서클의 마법만 수백여 종류는 된단다."

"허억! 그렇게나 많아?"

니콜이 설명을 듣고 눈이 동그래졌다. 니콜은 자신이 23가지 마법을 모두 시전할 수 있으면 1서클 마스터라 생각한 것이다. 하지만 마스터란 경지는 그렇게 간단하게 결정되는 것이 아니다.

"니콜, 내가 어제 가르친 에로우 마법을 시전할 수 있지?"

"응."

"에로우 마법은 마나를 화살 모양으로 쏘아내는 것이지만 4가지 속성을 적용하여도 시전할 수 있다고 말했을 거야. 불, 땅, 바람, 물 그리고 기본이 되는 무속성까지 합하면 모두 5가지의 마법이 존재하지. 또한 2가지 이상의 속성을 함께 사용할 수도 있으니까 그 종류만도 벌써 10가지 이상이야. 이론적으로는 120종류의 마법이라 할 수 있지."

"우아아! 120종류나?!"

"보통의 마법사들은 2가지만 사용할 줄 알아. 니콜도 2가지만 할 줄 알면 되는 거야. 파이어 에로우와 아이스 에로우만 익히면 돼. 그 외에는 파괴력도 낮고 별로 쓸모가 없거든."

아론은 니콜이 마법을 쉽게 생각하지 않도록 설명했다. 너무도 쉽게 배워서인지 마법을 만만하게 보는 경향이 있었다. 어른들은 그것을 알지만 성인식도 치르지 않은 니콜에겐 마음가짐이 부족하다.

로란드와 주디스도 아론의 마법 교육에 동참하고 있다. 온 가족이 모이는 자리라서 빠질 수 없던 탓이다. 그 덕분에 아론의 가족은 무척 화목한 가정이 되었다. 마법이 그들의 공통 관심사가 되었기 때문이다.

아론의 교육이 끝나면 가족들은 이론에게 배웠던 마법을 실습한다. 가족들을 위해 제작한 연무장에서 마법을 시전해 보는 것이다. 만드라고라의 영향으로 마나 제어가 어렵지 않아 큰 노력 없이 마법 시전이 이루어졌다.

마법 교육이 끝나면 아론의 본격적인 일과가 시작된다. 행정관들에게 지시한 내용의 진행 상황을 보고받고 오늘 할 일을 결정한다. 아론의 계획을 실제로 추진하는 것은 행정관이기 때문에 철저히 통제하려는 것이다.

"현재 매크우드 영지의 인구는 일만여 명입니다. 정착이 가능한 2천여 명을 받아들여 본래 3천여 명의 영지민을 합쳐서 5천여 명이 되었습니다. 나머지 5천여 명은 타 영지민이기 때문에 정착을 받아들일 수 없습니다."

인구 담당을 맡은 워크의 발표가 끝났다. 일거리 때문에 영지가 사람으로 가득 차 활기차게 돌아가고 있었다. 무려 2천여 명이 정착해서 영지민의 수가 배는 늘었다. 그것이 아론을 기쁘게 하였다.

'유입된 사람들을 모두 영지민으로 받아들이면 좋을 텐데.'

아론의 희망사항이다. 정착한 사람들은 떠돌이거나 타 영지민이었지만 전쟁으로 영주가 사망해서 방치되고 있던 영지민들이었다. 혹은 이주가 자유로운 자유 영지민이다.

"워크가 눈치껏 해야 할 거야. 문제가 생기면 데비스에게 요청해서 돈이라도 잔뜩 가져다가 찔러주는 것 잊지 말고. 융통성있게 말이야. 알았어?"

"알겠습니다."

워크의 보고가 끝나자 상수도를 담당한 가르시아의 차례였다. 건설을 담당한 행정관은 보고할 내용이 거의 없다. 작업에 문제만 발생하지 않는다면 진행 상황만 간단히 보고하면 끝이기 때문이다. 하지만 가르시아는 오늘 보고할 내용이 있었다.

"외성벽 위에 대형 물통을 제작해서 모두 올렸습니다. 그리고 마을 곳곳에 물탑을 설치하고 외성벽 위의 대형 물통과 연결시켰습니다. 보름만 작업하면 실제적으로 각 가정에 물을 공급할 수 있는 파이프 설치가 시작됩니다. 보름 이내에 외성벽 위의 대형 물통에 물을 채워야 하는 장치를 설치해야 합니다."

"오늘 마법 길드를 찾아가야겠군."

아론은 상수도가 보름이면 완성된다는 말에 기뻤다. 이제는 힘들게 우물에서 물을 긷지 않아도 될 것이다. 성벽 위에 설치한 거대 물통에서 영지 곳곳에 설치된 물탑으로 물이 내려가 그곳에서 각 가정에 보내지는 것이다.

영지 곳곳에 물탑이 설치된 것은 물의 보유량을 늘리고 파이프의 수압을 조절하기 위해서이다. 성벽 위에서 곧바로 각 가정으로 직접 보낸다면 각 가정에 보내지는 수압이 달라서 문제가 발생할 수 있다. 하지만 중간에 물탑이 있으면 물탑을 중심으로 각 가정에 비슷한 수압으로 물을 공급할 수 있는 것이다.

‘보기에는 좋지 않지만 어쩔 수 없지.’

상수도로 인해 영지의 외형은 엉망으로 변했다. 북부만 아니었다면 이런 상수도를 설계하지도 않았을 것이다. 대부분 산으로 둘러싼 분지에 영지가 생기기 때문에 주변의 골짜기에서 물을 끌어오면 되기 때문이다.

‘이쯤에서 경고를 해야겠군.’

행정관들의 보고가 모두 끝나자 아론은 경고가 필요함을 느꼈다. 두 달이 지나는 동안 몇 명의 행정관이 아론에게 경고를 받았다. 그냥 넘어갔지만 이대로 방치하다가는 확산될 우려가 있다.

“데비스!”

“네, 아론님.”

아론은 영지의 창고를 담당한 데비스를 통해서 경고하기로 결정했다. 그가 행정관들 중 가장 연장자이자 중요한 부분을 담당하기 때문이다. 그를 통해서 영지의 창고에 쌓인 재산이 처리된다.

“지금 머릿속에 숫자 하나를 생각해 봐. 그리고 내 질문에 아무 대답도 하지 말고.”

“네.”

행정관들은 영문을 모른 채 아론과 데비스를 지켜봤다.

“하나? 둘? 셋? 넷? 다섯? 다섯을 생각하고 있군. 맞지?”

“허억! 어떻게?”

"하급한 정신 마법의 일종이지. 상대의 단순한 감정과 거짓말을 구분할 수 있는 정신 마법일 뿐이야. 고위 마법을 사용하면 상대가 무슨 생각을 하고 있는지까지 알 수 있지."

아론은 100명의 행정관들을 죄인 보듯 바라보았다. 엘프의 눈을 통해서 그들이 매우 놀라고 있음을 알 수 있었다.

"모두 알다시피 나는 5서클의 마법사다. 마검사치고는 마법 서클이 높지? 거기다가 약간의 정령술도 사용할 수 있지. 나를 자랑하기 위해서 하는 말이 아니다. 너희들은 배운 놈들이니 잘 알 거야. 5서클의 마법사가 어떤 존재인지를!"

행정관들의 긴장감이 아론에게까지 전해졌다.

"두 달 동안에 너희들 몇 명이 내게 경고를 받았을 거야. 사소한 일에 불과하지만 같은 일이 발생하지 않길 바라. 능력이 부족해서 문제를 야기시킨다면 아무리 큰 사고가 발생해도 이해할 수 있어. 하지만 행정관의 직분을 이용하여 어떤 이득을 취한다면 매크우드 가문을 기만한 것으로 생각해서 처리할 거야. 너희들은 똑똑한 놈들이니까 행정관의 직분을 이용하지 않고서도 넉넉한 생활을 할 수 있잖아. 가족들이 작은 상점이라도 열면 세금 면제를 이용할 수 있을 테니 말이야."

아론이 약속한 다섯 가지의 혜택은 행정관과 병사 개인뿐만 아니라 그 가족에게도 적용된다. 물론 부모와 형제로 제한되지만 말이다. 그렇기 때문에 그들은 약간만 고생하면 부자가 될 수도 있다.

"테이로어, 행정관과 병사 모두에게 각각 2골드씩 지급하도록 해. 그동안 고생했으니 보답을 해야겠지."

"알겠습니다."

고용 비용 지급을 담당한 테이로어가 종이에 아론의 말을 적었다. 행정관과 병사 모두를 합하면 500여 명이기 때문에 무려 일천 골드의 지출이다. 그들은 영지를 이끄는 자들이므로 풍족하게 생활할 자격이 있었다.

'이제는 딴생각을 못하겠지?'

드래곤의 기억으로 업무 기록을 확인할 수 있고, 엘프의 눈으로 그들의 생각을 감시할 수 있겠지만 완벽하지는 않다. 사람의 생각은 시시때때로 변하니까. 그래서 약간의 협박을 주어서 딴생각을 못하도록 한 것이다.

아론이 영지 발전을 위해 바쁜 것처럼 보여도 사실상 아니다. 오전에 가족들에게 마법을 가르치고 그 후 행정관과의 회의가 끝나면 자유시간이다. 물론 오늘은 마법 길드를 방문해야 되겠지만.

우물의 물을 끌어 올릴 아티팩트 제작 하나 때문에 마법 길드을 방문하려는 것이 아니다. 마법 기술을 적용하여 낡고 노후한 영주성을 개보수하고, 영지의 새로운 사업을 위한 가능성을 타진하기 위해서이다.

북부에서 가장 큰 영지는 페리즈 영지이다. 남부의 물건들은 모두 페리즈 영지를 경유해서 북부 전체로 공급된다. 그래서 페리즈 백작 가문이 북부의 네 개 백작가 중 가장 세력이 크다.

페리즈 영지를 방문한 것은 북부의 마법 길드 분점을 모두 책임지는 인물이 이곳에 있기 때문이다. 영지 발전을 위해 마법 길드에 의뢰할 내용이 한 가지만 있는 것이 아니라서 직접 방문한 것이다.

길드의 책임자를 만나기란 그리 어렵지 않았다. 마법 길드에서 지급한 신분증을 내밀자 곧바로 자리가 마련되었다. 아론이 귀족이라서가 아니라 5서클의 고위 마법사이기 때문이다.

"페리즈 영지의 마법 길드 분점을 책임진 5서클의 레이커라고 합니다."

"5서클의 아론 매크우드입니다."

레이커는 아론의 얼굴을 뚫어지게 바라봤다. 여러 번 겪었던 일이라 아론은 레이커에게 해명할 수밖에 없음에 한숨을 쉬었다. 마법사의 호기심을 풀어주지 않고서는 대화가 어려울 것이 자명하기 때문이다.

"정말 5서클입니까?"

"제가 왜 젊은 모습이냐구요? 마법 길드에서 지급한 신분증을 살펴보시지요."

20대 모습을 한 사람이 5서클이라 소개했으니 황당할 것이다. 하지만 아론은 40대를 코앞에 둔 상태이다. 레이커는 신분증의 기록을 살펴보고서야 납득했다. 기사의 마나는 노화를 방지하는 데 탁월하기 때문이다.

레이커는 한동안 아론을 붙잡고 이것저것 질문을 쏟아냈다. 아론은 의뢰를 생각해서 차분하게 설명을 해주었다. 거짓말을 보태야 했지만 최대한 성심성의껏 알려주었다. 아론이 워낙 특이한 경우인지라 레이커의 관심은 당연했다.

"매크우드의 영주성에 황궁 못지않은 마법 기술을 적용하여 개보수하고 싶습니다. 내성과 외성을 감싸는 대단위 결계도 설치하고 말입니다."

"엄청난 비용이 필요할 텐데 가능하시겠습니까?"

레이커는 회의적인 반응이었다. 한두 푼에 가능한 일이 아님을 알기 때문이다. 더구나 대단위 결계는 고위 마법사 한두 명으로 해결될 일도 아니다.

"10만 골드까지 한계를 정하긴 했습니다만 더 필요합니까?"

"푸우!"

레이커가 10만 골드란 말에 마시고 있던 차를 뿜어냈다. 아무리 고위 마법사라도 10만 골드란 결코 작은 돈이 아니다.

"정말로 성의 개보수에 10만 골드까지 지급할 용의가 있으신 겁니까?"

"성의 개보수에 사용되는 마법 기술의 수준이 높으면 10만 골드란 비용을 초과해도 지급할 용의가 있습니다."

"아무래도 해당 전문가들과 함께 성을 방문하여 살펴본 후 결정을 내려야 할 것 같습니다. 당장 이 자리에서 의뢰를 받아들이기에는 너무 커서요."

레이커도 난감했는지 어색한 표정을 지었다. 고위 마법사들의 도움까지 필요한 작업이라 그 혼자서 결정하기 어려운 것이다. 그가 책임자이긴 하나 길드의 다른 마법사에게 함부로 명령을 내릴 수 있는 자리가 아니기 때문이다.

'나 혼자서도 어느 정도 진행할 수 있지만 전문가들만 못하겠지.'

아론도 5서클 마법사이다. 그도 어느 정도 진행할 수 있겠지만 여러 명의 마법사들이 진행하는 것만은 못하다.

"성공 여부는 모르겠지만 석화 마법을 활용한 무기 제작 사업을 진행할 생각입니다. 이 부분도 길드에 의뢰를 하고 싶습니다. 흙을 돌로 만드는 5서클의 석화 마법을 활용하여 화살촉을 흙으로 빚어서 만든 후 마법으로 석화시키는 것이지요. 바네 왕국의 남부 철광산의 대부분이 제국에 넘어가서 쇠의 가격이 높게 형성되어 생각한 사업입니다. 쇠의 화살촉만큼은 아니지만 돌도 강한 편이니까요. 저의 영지에 석화 마법을 자유롭게 사용할 수 있는 작은 탑을 지어주시면 됩니다."

"돌로 된 화살촉은 지금도 자주 애용되니까 석화 마법으로 대량 제작된다면 매우 쓸모가 있겠네요."

과거에 어떤 마법사가 시도한 방법이다. 쇠가 부족하면 쓸 만은 하지만 풍부하다면 굳이 사용할 필요가 없는 무기이다. 쇠는 재활용이라도 하지만 돌은 여러 번 사용하면 부서지기 때문이다.

"석화 마법이 최대한 강하도록 설치해 주세요. 이 의뢰는 가능하겠지요?"

"하하! 물론입니다. 길드의 자료를 찾아보면 어딘가 석화 마법에 관한 많은 실험 자료가 있을 겁니다. 제가 직접 처리하도록 하지요."

"선금을 미리 드리도록 하지요."

아론은 아공간에 미리 준비한 마법 주머니를 꺼냈다. 그리고 마법 주머니에서 100개의 마나석을 꺼내어 레이커 앞에 내려놓았다. 그 순간 레이커는 할 말을 잃고 마나석에 시선을 빼앗겼다.

"이, 이게 도대체 뭡니까?"

"마나석 100개입니다. 의뢰에 대한 선금입니다. 아무래도 선금을 맡겨두어야 의뢰가 거짓이라고 생각하지 않을 것 같아서 말입니다."

"이렇게 많은 마나석이라니……."

레이커가 마나석을 하나씩 살펴보며 확인했다. 마법에 있어서 그 어떤 것보다 값지고 귀한 물건이다. 더구나 전쟁 이후 그 가치가 두 배로 껑충 뛴 상태라 돈을 주고도 구하기 어렵다.

"아참, 한 가지 더 남았습니다. 지금 저희 영지에 상수도를 설치 중입니다. 그런데 우물에서 물을 끌어 올려 성벽 위에 올려놓은 물통을 채워야 합니다. 그런 기능을 가진 아티팩트를 제작해 주십시오. 늦어도 상관은 없지만 되도록이면 보름 이내에 만들어주셨으면 합니다."

"문제없습니다."

"그럼 좋은 결과를 기다리겠습니다."

마법 길드를 나선 후 아론은 시장을 돌아다니며 영지에 필요한 물건을 잔뜩 구매했다. 약간의 귀찮음만 감수하면 페리즈 영지에서 형성한 싼 물품들을 매크우드 영지에 대량 공급할 수 있다.

아론은 페리즈 영지에서 잔뜩 구매한 물품들을 창고에 가득 채웠다. 창고 관리를 맡은 데비스는 아공간 마법을 몇 차례 지켜봐서 이제는 놀라지도 않는다. 그저 영지의 규모가 커져서 더 큰 창고의 필요함을 생각할 뿐이다.

한동안 모습을 보이지 않던 에나미와 아가사가 나타났다. 화이트 영지에서 레슬에게 도움을 주다가 영지가 안전하다고 생각되자 돌아와 아론의 명령에 따라 영지의 어린아이를 대상으로 마나 재능 시험을 진행해 왔다.

'새로운 무력을 준비할 때가 된 것이지.'

아카데미가 완성되면 마나 재능을 가진 아이들을 받아들

여 육성할 계획이다. 그 아이들은 기사나 마법사가 되어 영지의 새로운 무력이 될 것이다.

'마나의 재능을 앞당길 수 있는 방법이 있으니까.'

마나의 재능을 가져도 기사나 마법사는 하루아침에 육성할 수 있는 것이 아니다. 수십 년간 교육을 받아야 기사나 마법사가 되어 도움을 받을 수 있다. 하지만 아론은 그것을 극복할 방법을 가졌다.

마나 재능의 시험은 간단하다. 마나를 뿜어내어 아이의 육체가 반응하는 것을 지켜보는 것이다. 만약 하루 만에 아이가 반응을 보이면 그 아이가 기사나 마법사로 교육받을 경우 이년 이내에 마나를 느낄 수 있다. 즉, 아이가 반응하는 하루의 시간은 실제적인 교육이 이루어질 때 대략적으로 일 년과 비례하는 것이다.

통상적으로 마나 재능 시험은 10일을 넘기지 않는다. 그 시간이 경과된다는 것은 실제적인 교육이 진행되어도 뒤늦게 마나를 느낄 가능성을 보여주기 때문이다. 그것을 극복하는 경우도 있지만 대부분 그렇지 못한다.

아론은 그 시간을 기억전이 마법으로 앞당길 수 있다. 군부에서 죄인을 대상으로 끊임없이 실험을 진행하여 알아낸 결과이다. 30일 정도만 경과하지 않는다면 마나의 깨달음을 주입해 마나를 곧바로 깨달을 수 있도록 하는 것이다.

치명적인 부작용도 있다. 마나의 깨달음은 무려 10년의 기억을 잃도록 만든다. 그래서 최소한 16살 이상이어야 시전할 수 있다. 6살 이전의 기억까지 건드리면 간혹 미치광이가 되는 경우가 있었기 때문이다.

다른 부작용도 있다. 기억이 돌아올 때까지 겪은 일을 기억한다는 것이다. 마나의 깨달음을 주입받고 그 후 기억이 돌아올 때까지 기억을 잃은 채 자신이 누구인지 끊임없이 고민하게 만든다. 그 기억을 지울 수도 있지만 그것이 또 다른 부작용을 야기할 수 있기 때문에 방치하는 것이 좋다.

"에나미와 아가사, 둘 다 4서클의 초입에 들어선 것을 축하해."

"감사합니다, 아론님."

"아론님 덕분입니다."

아론은 그녀들의 마법 실력 향상을 축하했다. 만드라고라를 복용한 결과였지만 그대로 방치했어도 10년 이내에 밟았을 경지였다. 그녀들이 비록 자유 마법사였지만 체계적으로 마법을 배운 천재이기 때문이다.

"에나미와 아가사가 마법 아카데미를 맡아주어야 할 거야. 우리 영지에서는 너희들의 마법 실력이 가장 좋으니까. 내가 가르친 사우스와 마딘은 마검사이기 때문에 예전에 설명한 편법적인 방법으로 배웠거든. 무엇을 말하는지 알지?"

"예, 알고 있습니다."

"각각 10여 명가량을 뽑아서 제자로 두고 가르치도록 해.

16살이 되면 강제적으로 한 달 만에 마나를 느낄 수 있게 만들 수 있으니까. 마나 증가제까지 복용시키면 16살이 된 후 나처럼 6년 만에 3서클이 될 수 있어."

에나미와 아가사는 마나 재능이 뛰어난 아이들 10명을 각각 제자로 삼아서 가르치기 시작했다. 그녀들은 아직 스승이 될 만큼 나이는 아니지만 그만한 실력을 보유하고 있다. 이제는 4서클 유저의 고위 마법사이기 때문이다.

마검사 아카데미는 아론이 직접 운영할 계획이다. 오직 매크우드 가문의 사람만을 받아서 마검사로 육성할 생각이다. 아론이 기억전이 마법을 사용하지 않는다면 최소한 6년의 기간이 필요하기에 직접 맡으려는 것이다.

기사 아카데미는 교관을 초빙할 생각이다. 최소한의 자격은 페르민 검술을 30년 이상을 수련했으며 소드 익스퍼트 초급의 경지이어야 한다. 아론 이상의 경지가 아니라면 교관의 자격도 없는 것이다. 아이들이 아론에게 검술을 주입받게 될 경우를 가정해야 되기 때문이다.

에나미와 아가사가 제자로 삼고 남겨진 아이들은 50명으로 모두 기사 아카데미의 학생으로 지정했다. 그들 중 몇 명은 벌써 16살이다. 당장이라도 기억전이 마법을 통해서 마나 유저로 거듭날 수 있다. 하지만 서두르지 않았다.

기억전이 마법을 감추기 위해서는 외부적으로 보여줄 것이 필요했다. 임시적으로 사우스와 마딘이 아이들에게 페르민 검술을 가르쳤다. 영지에 아이들이 무척 많았음에도 마나 재능을 가진 아이는 고작 50명뿐이다. 그나마도 마나 재능 시험에서 보름을 경과한 경우라서 보통의 경우 재능이 없다고 할 수 있다.

영지의 모습은 하루가 다르게 변화되고 있었다. 그만큼 막대한 자금이 영지에 소모되었고 여러 문제를 야기시켰다. 그렇게 정신이 없을 때 결국 예정된 사고가 터졌다. 매크우드 영지의 변화로 피해를 입은 영주들이 단합하여 북부 귀족 연합에 문제를 제기한 것이다.

한 차례의 무력 충돌도 없었던 이유는 황궁에서 내려진 명령에 기인했다. 전쟁의 피해가 어느 정도 회복되기 전까지 영지전과 같은 무력 충돌을 금지했기 때문이다. 그래서 영주들이 귀족 연합을 통해 문제를 이슈화한 것이다.

그나마 오랜 시간 문제 제기가 없었던 이유는 엄청난 뇌물이 흘러간 탓이다. 자유 영지민이 떠나왔으면 그들도 함부로 항의하지 못하겠지만 이주가 불가능한 영지민도 있고, 영주의 재산이라 할 수 있는 농노도 있었다. 그들이 영지로 흘러들어 온 것이 문제였다.

'이것은 부모님이나 형이 나서서 처리해야 될 문제군.'

매크우드 가문의 주인은 엄연히 아이작이다. 아무리 아론이 영지 발전을 위해 영주의 권한을 위임받아 행사하고 있지만 외부적인 문제는 함부로 할 수 없다.

"세상에!"

"아론아, 도대체 무슨 짓을 벌인 거니?"

로란드와 아이작이 아론의 설명을 듣고 기절초풍했다. 아론이 영지 발전을 위해서 벌여놓은 일들이 상상을 초월한 탓이다. 그들도 영지의 변화를 알고는 있었지만 그것의 기록을 보자 얼마나 큰 일인지 알 수 있었던 것이다.

인력 동원에 소모된 자금이 일만 골드를 넘어섰고, 하루 고용 인력이 무려 5천여 명을 훌쩍 넘겼다. 그들에게 제공되는 고용 비용을 제외하더라도 하루 식비가 곡물 몇십 포대가 넘어가니 어떻게 놀라지 않겠는가.

"아버지와 형이 귀족 연합에 나가서 협상을 벌여봐요. 솔직히 북부 영지 중 상당수의 영주가 죽은 상태잖아. 황궁에서 파견한 행정관이 운영하고 있으니까 도망간 영지민을 찾으려고도 하지 않을 거야. 이럴 때 영지민을 받아들여야 자작 영지다운 면모를 갖출 수 있단 말이야."

로란드와 아이작도 일정 부분 동의했다. 매크우드 가문은 자작가가 되었지만 영지의 상황은 그대로였다. 영지를 옮기지 않는 한 발전의 가능성은 전무하다. 그나마 아론 덕분에 자작가다운 모습으로 바뀐 것이다.

"뭘 가지고 협상을 하냐? 우리가 가진 게 뭐가 있다고?"

아이작이 영지의 부족함을 한탄했다. 지금의 영지 변화도 아론의 개인적인 재물을 이용했기 때문에 가능한 것이었다.

자작가가 네 개의 백작가를 움직이기란 어지간한 재물로도 불가능한 일이다.

"내가 곡물 40만 포대쯤은 내놓을 수 있는데, 가능하겠어?"

"뭐?!"

"곡물 40만 포대?!"

로란드와 아이작이 어이가 없다는 듯 아론을 바라보았다. 아론의 아공간에는 40만 포대의 곡물을 꺼내도 그 절반만큼 더 남아 있다.

"전장에 있을 당시 피렌스 왕국의 여러 군단의 창고에서 훔친 곡물이야. 전리품에 등록하지 않고 몰래 가져왔지. 몇 개 군단을 무장시킬 수 있는 무구도 있어. 모두 내 아공간에 보관 중이야."

"도대체!"

"에휴, 더 이상 놀랄 기운도 없다."

로란드와 아이작은 결국 고개를 절레절레 흔들었다. 아론이 사람 같지 않아서 이해하길 포기한 것이다. 결국 로란드와 아이작은 아론의 주장에 따르기로 했다. 어차피 가문을 위한 길이고 협상에 필요한 무기도 가졌으니 말이다.

북부의 귀족 연합이 탄생된 배경은 서로 뭉치기 위해서이다. 정권을 장악한 남부 귀족과 군부를 장악한 동부 귀족에 밀리지 않으려는 발악인 것이다. 물론 뭉쳐도 상대가 되지 않지만.

귀족 연합의 주도자는 네 개의 백작 가문이다. 페리즈 가문의 세력이 가장 강하고 나머지 세 백작가는 비슷하다. 로란드와 아이작은 귀족 연합에 참석해 매크우드와 관련한 안건이 등장하길 기다렸다.

귀족 연합에 많은 안건이 등장했지만 간단히 결정되었다. 사전에 서로 협의를 거쳐서 결정하고 모임에서는 단순한 확인 절차를 갖는 게 관례이다. 물론 중요한 사항이 아니기에 그런 것이다.

"마지막으로 매크우드 가문과 관련한 안건입니다."

매크우드 가문의 안건은 사전에 어떠한 협의도 없었다. 안건과 관련된 귀족 가문이 너무도 많았기 때문이다. 안건의 발표자가 앉자마자 여러 귀족들이 서로 발언하기 시작했다.

"매크우드 가문에서 영지민을 선동하고 있습니다!"

"타 영지민을 자신의 영지민으로 정착시키고 있습니다!"

"농노를 받아들여 숨기고 있습니다!"

로란드와 아이작은 그들의 주장을 듣기만 했다. 과장된 부분이 있기는 하지만 대부분 사실이기 때문이다. 그들이 여러 가지 문제를 제기하고 있지만 결론은 간단하다. 자신의 영지민이 매크우드 영지로 간다는 것이다.

그들이 매크우드 가문에 불만을 제기하면서도 로란드와 아이작에게 함부로 하지는 않았다. 매크우드 가문은 전쟁 이후 자작가로 승격되었기 때문이다. 더구나 골렘단을 보유하고 있어서 무력도 강한 가문이다.

"굳이 변명하지 않겠습니다. 사실입니다."

로란드가 당당한 모습으로 귀족들이 제기한 주장을 인정했다.

"……!"

"허참!"

"흠흠."

귀족들이 로란드를 멀뚱히 쳐다보며 헛기침을 했다. 얼굴이 벌겋도록 문제를 제기한 귀족들을 힘 빠지게 만들었다.

"저희 가문에서는 영지 발전을 위해 여러 계획을 추진 중입니다. 그 과정에서 영지로 흘러든 사람들을 영지민으로 정착시켰습니다. 많은 사람들을 영지민으로 받다 보니 아까 제기되었던 문제와 같은 사건들이 벌어진 것입니다."

"대책은 있으십니까?"

"피해를 입은 영주들에게는 어떻게 보상을 하시겠습니까?"

귀족들이 로란드에게 보상 문제를 거론했다. 그들에게 있어서 한 명의 영지민은 매우 소중하다. 10만 이상의 영지민을 보유한 백작가와 다르게 그들의 영지민은 일천여 명 내외이기 때문이다.

"대책은 없습니다. 그리고 영지민 확보를 위한 정착 계획은 왕국법이 인정하는 테두리 안에서 계속 추진할 예정입니다."

　로란드의 주장에 귀족들이 할 말을 잃었다. 왕국법에 문제가 되지 않는다고 해도 귀족사회에 있어서 관례란 것이 있다. 그것이 다른 귀족들에게 피해가 간다면 그만두는 것이 정상이다.

　"로란드 자작! 일개 자작 가문이 귀족 연합에 반하겠다는 것인가?"

　더 이상 안 되겠는지 페이즈 백작 가문의 헤르난이 나섰다. 헤르난은 페이즈 백작가의 일원으로 가주의 숙부이다. 북부 귀족 연합에서 가장 영향력이 강한 인물이기도 하다.

　"아닙니다, 헤르난 백작님!"

　"그럼 무슨 뜻으로 그따위 말을 한 건가?"

　로란드는 숨을 고르고 준비했던 말을 떠올렸다. 매크우드 가문의 운명이 걸린 협상이라 신중할 수밖에 없다. 성공 여부에 따라서 아론의 영지 발전 계획에 큰 차질이 생길 수 있기 때문이다.

　"저희 가문이 진행하는 정책을 문제 삼지 않으신다면 그만한 보상을 귀족 연합에 지불하겠습니다."

　"후후! 일개 자작가에서 무엇을 지불할 수 있는데?"

　"곡물 40만 포대를 전쟁 이전의 가격에 내놓겠습니다!"

　로란드가 귀족들 모두가 들을 수 있도록 힘찬 목소리로 외쳤다. 헤르난이 자존심을 짓밟자 로란드가 반항하듯 크게 외쳐 버린 것이다.

‘나도 처음엔 당신들처럼 놀랐지.’

로란드가 놀란 표정의 귀족들을 살펴보며 생각했다. 곡물 40만 포대는 나빠진 북부의 식량 사정을 어느 정도 회복시킬 수 있는 물량이었다. 더구나 전쟁 이전의 가격이라면 공짜나 다름없다.

“세상에!”

“곡물 40만 포대?!”

“일개 자작가에서 어떻게 그만한 식량을…….”

귀족들이 숙덕거렸다. 일개 자작가에서 보유할 수 없는 너무도 엄청난 물량의 식량이었기 때문이다.

“로란드 자작, 자네가 방금 전 꺼냈던 내용 정말인가?”

“물론입니다.”

“자네와 자네 아들의 목숨을 걸어도 대답이 같은가?”

“같습니다.”

헤르난이 같은 질문을 반복하며 확답을 받았다. 그리고 다른 백작가의 가주와 서로 대화를 나누기 시작했다. 로란드는 곡물의 출처에 대한 답변까지 준비했지만 그것에 대해서는 물어보지도 않았다.

귀족들은 로란드가 언급한 곡물 40만 포대에 관해서만 토론을 나눴다. 타 영지에 피해를 주는 매크우드 가문의 정책을 눈감아주자는 것이 대세였다. 사실 그것이 큰 잘못이 아님을 귀족들은 알고 있었다.

귀족들은 많은 영지민들이 매크우드 영지로 향한 속내를 모르지 않는다. 근래 들어 북부에서 일거리가 많은 곳이 매크우드 영지뿐이기 때문이다. 많은 영지민들이 굶어 죽지 않으려고 매크우드 영지로 갔다가 돌아오지 않은 것이다.

"관례에 따르면 타 영지에 피해를 주는 정책이라 용납할 수 없겠지만 로란드가 왕국법의 테두리 안에서 진행한다고 언급했고 또 그만한 보상을 귀족 연합에 지불하기로 약속했으니 더 이상 문제 삼지 않기로 결정했습니다."

"감사합니다."

로란드가 귀족들을 향해서 감사의 뜻을 전했다. 매크우드 가문이 북부 귀족들 전체에게 미움을 받을 수도 있었던 사건이었다. 다행히 좋은 결과로 끝나서 다행이 아닐 수 없다. 모두 엄청난 곡물의 힘이다.

귀족들은 로란드를 회의장에서 내보내고 그들끼리 오랜 동안 토론을 진행했다. 곡물의 분배를 가지고 싸우는 토론이었다. 로란드와 아이작은 토론의 결과로 결정된 곡물 분배에 대한 내용을 통보받았다.

Chapter 17

그레이

그레이

매크우드 영지는 북부에서도 가장 북쪽에 위치한 작은 영지이다. 자작 가문으로 승격이 된 이후 아론의 변화까지 겹쳐서 관심을 받았지만 주변에만 영향을 주었을 뿐이다. 그런데 곡물 사건으로 북부 전체의 관심을 받기 시작했다.

가장 큰 관심은 아론의 존재였다. 그동안 매크우드 가에 관한 중요한 정보는 골렘단이었다. 그런데 곡물 사건 이후로 매크우드 가에 관해 조사를 하면서 지금까지 있었던 변화의 요인이 아론이었음이 알려진 것이다.

곡물의 출처는 물론이고 갑자기 매크우드 가에 등장한 골렘도 모두 아론에 의해서였음이 알려졌다. 마법 길드를 통해 공개된 그의 능력은 더욱 놀라웠다. 검술은 소드 익스퍼트 초급이었고, 마법은 5서클의 고위 마법사인 마검사였던 것이다. 더구나 하급 정령사이기도 했다.

아이작은 아론의 마법 교육이 끝나자 서둘러 행정실로 향했다. 행정관들이 보고를 하기 위해서 기다리고 있을 것이기 때문이다. 본래 아론이 했었지만 곡물 사건 이후로 다시 아이작의 차지가 되었다.

영주는 엄연히 아이작이다. 곡물 사건 이후로 북부의 다른 귀족들이 방문하면서 아이작이 나설 수밖에 없었다. 대외적인 귀족 간 관계는 영주인 아이작의 몫이기 때문이다. 물론 로란드도 나서서 아이작을 도왔다.

'매일 책 한 권씩 만들어지는군.'

아이작이 보고 문건을 정리한 문서의 두께를 바라보며 생각했다. 한쪽 벽면에 하루에 하나씩 채워져서 수십여 권이 비치되어 있었다.

"영지에 유통되는 자금이 많아서 그 돈을 노린 상인들이 대거 들어왔습니다. 영지민을 보호하고 영지의 자금 유출을 억제하기 위해서 물물교환과 같은 소규모 상거래는 세금을 면제하고, 돈으로의 상거래는 10퍼센트의 세금을 부과할 계획입니다."

"계획대로 진행하게."

아이작은 행정관의 계획을 대부분 허가했다. 모든 보고서

에는 빈틈이 없었다. 아론이 행정관들에게 강력히 요구한 사
항이다.

"피에브 담당자 밀러입니다."

"잠깐, 피에브가 뭐지?"

생소한 단어에 아이작이 밀러의 말을 끊고 질문했다.

"아하, 죄송합니다. 그건 저희끼리 부르는 은어입니다. 고
대어로 다섯을 뜻하는 말인데, 저희처럼 다섯 가지의 혜택을
누리고 있는 사람들을 그렇게 부르고 있습니다."

"그렇군. 계속하게."

"네. 피에브의 인원에 두 명을 더 포함시키자는 의견이 나
왔습니다. 그 대상은 각각 대장간과 잡화점을 운영하는 조디
와 토레스입니다. 영지의 안정을 위해서 두 곳은 엄격히 보호
할 필요성이 있습니다."

"조디와 토레스는 그럴 만한 사람들이지."

아이작이 간단한 보고를 받은 후 즉시 결정을 내렸음에도
한 시간이 지나서야 회의가 끝났다. 보고 내용을 최대한 줄였
음에도 그런 것이다. 아론의 계획으로 많은 일들이 영지에서
진행 중이기 때문이다.

회의가 끝나자 아이작은 가족과 즐거운 마법 수련의 시간
을 가졌다. 요즘은 2서클을 배우고 있지만 오직 아이작만이
아론에게 배운 2서클의 마법을 수련한다. 아이작을 제외하면
가족 모두가 1서클에 불과하기 때문이다.

"스트랭스(Strength)!"

"아빠, 최고야!"

니콜이 마법을 시전받고 신나서 외쳤다. 자신의 힘이 강해졌음을 느꼈기 때문이다. 니콜은 자신의 힘을 시험하며 수련장을 뛰어다녔다.

"어라? 벌써 끝났네."

"푸훗!"

"하하하!"

니콜이 울상을 짓자 모두가 웃음을 터뜨렸다. 아이작이 시전한 마법은 2서클의 스트랭스이다. 낮은 서클의 보조 마법이라 시전 기간이 짧은 것이다.

'아론 덕분에 오전은 항상 즐거워.'

마법을 배우면서 오전은 가족과의 시간이 되었다. 요즘은 약간 이론이 앞서 가고 있지만 지금까지는 항상 마법을 배운 당일 실습을 하였다. 마법이 쉽고 재미있었다고 한다면 누구도 믿지 않을 것이다.

오후는 바쁘게 보낸다. 곡물을 가져가기 위한 외부인을 만나는 것만으로도 무척 바쁘다. 그들이 매크우드에서 가져가는 곡물의 물량이 너무도 많기 때문이다. 무려 40만 포대의 곡물을 가져가는 것이라 마차 행렬이 계속해서 밀려온다.

곡물 사건으로 아론의 영주대리 생활은 끝났다. 귀족들의 방문이 이어지자 영주인 아이작이 나설 수밖에 없었던 것이다. 영지 발전을 위한 일차적인 계획이 마무리되는 시점이라 어차피 아론도 영주대리 생활을 끝낼 생각이었다.

영지 발전 계획의 큰 계획 중 하나가 결실을 맺었다. 하수도가 완성되어 영지의 더러운 물들이 외부로 빠져나갈 길이 생긴 것이다. 영지민은 집과 가까운 하수도에 물이 흘러들도록 길만 내주면 되었다.

하수도의 완성이 빛났던 이유는 며칠 후 상수도까지 완성된 탓이다. 마법 길드에 의뢰한 아티팩트가 설치되자 우물의 물이 외성 위의 거대한 물통을 거쳐 물탑으로 이어져 모든 영지민의 주택에 공급되기 시작한 것이다.

상하수도 시설은 영지민의 사랑을 받았다. 사용하는 방법도 무척 쉬웠다. 속이 비워진 나무를 가져다 물탑과 연결하면 사용할 수 있었다. 필요하지 않으면 구멍을 막아두면 되는 것이다.

초반에는 많은 실수가 있었다. 영지민 몇이 물탑과 연결된 부위를 막지 않아서 밤새도록 물이 유실되게 만든 것이다. 그에 대한 해결책은 상수도를 담당한 행정관의 몫이었다. 작은 문제에 불과했다.

아론은 마법 길드가 건설하는 석화탑을 바라보며 감탄했다. 마법으로 땅을 다지더니 집채만 한 바위가 마법사들에 의해 옮겨지는 모습이 장관이었다. 아론도 못하는 건 아니지만 여러 명의 마법사들이 하는 것이라 감명스러운 것이다.

마법 길드는 석화탑의 완성만 끝나면 아론의 의뢰가 끝난다. 영주성의 개보수도 끝났고 내성과 외성에 각각 대단위 결계도 설치했다. 그 때문에 귀족도 만나기 어려운 고위 마법사들이 떼로 나타나기까지 하였다.

'이제 석화탑만 완성되면 끝인가?'

아론은 기대에 찬 눈빛으로 건축되고 있는 석화탑을 바라보았다. 아무것도 생산할 수 없는 영지에 희망을 불어넣어 줄 탑이다.

'벽돌부터 생산해서 영지민에게 나눠 주어 집을 보수하도록 해야겠어.'

석화탑을 이용하면 벽돌을 쉽게 만들 수 있다. 본래 벽돌의 생산은 무척 힘들다. 흙을 빚어서 고온에 구워내야 한다. 하지만 석화탑을 이용하면 너무 간단하다. 구워내지 않고 석화탑에 보관했다가 꺼내오면 그만이기 때문이다.

활용 방법은 무궁무진하다. 그래서 거대한 석화탑을 만들게 된 것이다. 처음에는 화살촉 정도의 물품만 제작할 계획이었다. 완성되면 아이작의 의도에 따라 여러 물품들을 생산하게 될 것이다.

"아론님, 나오셨습니까?"

"아, 네."

석화탑을 지켜본 지 얼마 지나지 않아서 레이커가 모습을 드러냈다. 북부의 마법 길드 분점을 총괄하는 책임자이지만 아론의 의뢰가 간단하지 않아 머무르고 있었다.

'오늘은 또 무엇을 뜯어내려고 그러나?'

아론은 머리가 지끈거렸다. 영주성을 개보수하면서 레이커는 필요 이상의 마법 기술을 적용하여 아론의 마나석을 추가적으로 몇 개 빼앗았다. 설치하면 좋은 것들이라 아론도 차마 거절하지 못했다.

레이커는 아론의 마나석을 뜯어내는 데 혈안이 되었다. 전쟁 당시에 너무도 많은 마나석이 소모되어 부족한 상황이기 때문이었다. 아론이 5서클의 마법사만 아니었어도 강제로 빼앗았을 것이다.

'뭐, 그래서 좋아진 것도 많으니까.'

레이커의 행동으로 좋아진 것이 많다. 영지의 내성이 고위 마법사도 함부로 들어올 수 없을 만큼 안전해진 것이다. 또한 영주성의 각 방마다 다양한 마법 기술이 적용되어 편리함은 이루 말할 수 없다.

레이커는 아론을 영지에 있는 마법 길드의 분점으로 안내했다. 영지민이 일만 내외의 영지에 분점을 설치한 것이다. 아론의 마나석을 빼앗은 보답이기도 하다. 마법 길드의 분점은 정말 대단한 특혜다.

길드를 통해서 바네 왕국 어디로든 소식을 전할 수 있다. 텔레포트 마법진을 이용하면 이동도 가능하다. 물론 엄청난 돈이 들겠지만 아론이 마도사를 앞둔 5서클의 마법사라 무료로도 이용할 수 있다.

"마나 안정에 좋다는 엘프의 차입니다."

"감사합니다."

아론은 레이커가 내주는 차를 마셨다. 레이커가 어떤 제의를 하려는지 아론으로서도 궁금했다. 레이커는 길드를 위해서 마나석을 확보하려는 것이다. 그 때문에 아론도 이득을 보고 있었다.

비록 마나석을 꾸준히 넘기고 있지만 아론에게 그다지 중요한 것이 아니라 초대할 때마다 피하지 않는다. 레이커도 마나석을 얻기 위해서 매크우드 영지에 도움이 될 만한 것들을 가져오기 때문이다.

"흠흠."

"무엇인데 헛기침까지 하세요?"

뻔뻔한 레이커가 헛기침까지 해가며 뜸을 들이자 아론은 의아했다.

"양심에 찔려서 그럽니다. 지금까지야 비록 아론님의 마나석이 필요해서 여러 차례 거래를 제안해 성사시켰지만 이번만은 저도 미안해서요."

"그냥 말씀해 보세요."

"저희 길드에서 보관 중인 최상급 마나석의 심장을 가진 스톤 골렘을 매입해 주셨으면 합니다."

“예?!”

스톤 골렘이야 그리 문제될 것이 아니지만 최상급 마나석을 심장으로 가졌다는 사실에 놀랐다. 최상급 마나석의 마법 물품에는 대부분 에고를 띄도록 제작되기 때문에 그 가치는 이루 말할 수 없다.

“아론님께서 오해하신 것 같군요. 정상적인 스톤 골렘이 아닙니다. 제작할 때 무엇인가 잘못되어서 골렘의 하체가 움직이지 않습니다. 그래서 상체만 움직일 수 있는 스톤 골렘입니다.”

“후우, 정말 아깝네요.”

아론은 최상급 마나석이 너무 아까웠다. 한 번 골렘의 심장으로 쓰이면 마나석을 다른 용도로 활용하기 어렵다. 마나석의 마나가 특정한 속성을 갖게 될뿐더러 마나석의 품질에 따라 에고를 띄기 때문이다.

‘상체만 움직이는 스톤 골렘을 어디다 쓰지?’

인간에 버금가는 사고를 하는 골렘이면 뭐 하나 움직이지도 못하는데. 아론은 스톤 골렘의 가치에 대해 생각했지만 정말 쓸데가 없었다.

“공격용으로야 어렵겠지만 방어용으로 사용할 수 있습니다. 최상급 마나석의 심장을 가져서 힘도 대단합니다. 더구나 에고를 가져서 중요한 장소를 지키도록 시키면 스스로 판단하고 대처해서 잘 지켜냅니다.”

"그게 가당키나 한 말입니까?"

"후우우!"

레이커가 크게 한숨을 쉬더니 결국 포기했다. 레이커의 주장이 잘못된 것은 아니지만 허점투성이였다. 움직이지 못하면 골렘은 아무짝에도 쓸모가 없다. 활용하는 측면에서 엄청난 자금 낭비인 것이다.

"마나석 10개로 안 되겠습니까?"

"지금 장난하십니까?"

레이커의 요구를 단칼에 잘라냈다. 마나석이 아깝다기보다는 정당한 거래가 아니면 절대 할 수 없었다. 결국 밀고 당기는 치열한 협상 과정을 통해서 아론은 3개의 하급 마나석을 넘기고 최상급 마나석의 심장을 가졌지만 하체가 움직이지 않는 스톤 골렘을 구매했다.

하체가 움직이지 않는다고 복귀되지 않는 것은 아니다. 또한 하체가 완전히 안 움직이는 것도 아니었다. 무척 느리긴 하지만 움직일 수 있다. 아론은 레이커가 넘겨준 스톤 골렘을 외성의 입구에 세워두었다.

커다란 성문을 편리하게 열거나 닫기 위해서이다. 또한 갑작스럽게 영지가 커지다 보니 잦은 말썽이 빚어졌다. 그래서 스톤 골렘으로 하여금 겁을 주기 위해서이다. 더구나 에고를 지녔기 때문에 명령을 내리면 확실하게 따른다.

레이커는 그 후에 몇 기의 골렘을 더 넘겼다. 모두 잘못 완성되어 사지가 제대로 움직이지 않는 골렘들이었다. 아론은 최상급 마나석의 심장을 가진 것들만 매입했다. 에고를 지닌 것이라야 외성문에 세워둔 골렘처럼 문지기 노릇이라도 하기 때문이다.

레이커는 골렘에 시전된 속박 마법을 모두 풀어서 건네주었다. 아론이 새롭게 귀속 마법을 시전했기 때문에 그가 죽어서도 명령을 따른다. 골렘들은 외성문과 내성문, 그리고 중요한 장소에 배치되었다. 흙골렘과 다르게 무척 위압적이었다.

골렘의 매입에 대한 보답으로 레이커는 광장처럼 중요한 장소나 큰 도로에 마법등을 설치해 주었다. 영주성에 쓰인 고급 마법등은 아니었지만 평민의 입장에서는 무척 도움이 되었다.

외부에서 곡물을 가져가기 위한 마차 행렬은 계속되었다. 그로 인해 영지에서 벌어지는 사고가 점점 많아졌다. 평민들의 사고야 전혀 문제가 되지 않는다. 자경대를 통해 그들 스스로 해결하기 때문이다. 문제는 귀족이었다.

마차 행렬을 따라온 기사들이 문제였다. 가족들이 나서면 간단히 해결된다. 자작가의 위상으로도 해결되기도 하지만 무력을 직접 사용할 수 있다. 아론의 기억전이 마법으로 실력이 만만치 않기 때문이다.

아론은 3년 계획으로 진행 중이던 마검사 아카데미의 계획을 앞당기기로 결정했다. 영지에 무력단체가 없어서 생기는 문제점이었다. 골렘단이 있기는 하지만 조종하는 병사를 공격하면 간단히 해결된다. 더구나 말썽을 일으킨 자를 죽일 수도 없는 노릇인 것이다.

계획을 앞당기려면 만드라고라의 복용은 필수이다. 그래서 매크우드 가의 사생아를 수소문했다. 이왕에 만드라고라를 복용시킨다면 가문에서 버려진 그들을 설득해서 받아들여 쓰려는 것이다.

어느 귀족가도 마찬가지겠지만 성욕을 참지 못하고 하녀를 건드려 임신시킨 경우가 적지 않다. 몰락하는 처지라서 최대한 자제했음에도 매크우드 가의 사생아가 적지 않다. 로란드와 주디스는 철저한 교육 탓에 문제가 적었지만 방계로 뻗어가면 무척 심각했다.

도둑 길드와 친척들의 도움으로 무려 130명의 사생아들을 찾았다. 사생아들 스스로도 귀족의 피가 흐르고 있음을 알지 못했다. 그들은 철저하게 버려진 존재들이기 때문이다. 하지만 앞으로는 매크우드 가의 마검사단으로 명성을 떨칠 인재들이 될 것이다.

"너희들 대부분은 마나의 재능이 없다. 하지만 내게는 마나의 재능을 가지도록 만들 물건이 있다. 그것을 복용한다면 너희들은 보름 이내에 마나를 느낄 것이다. 무려 100만 골드 이상의 가치를 지닌 물건이다."

130명 모두가 믿기지 않는 듯한 표정이다.

"계획대로 진행된다면 너희들은 6년 이내에 검술은 소드 익스퍼트 초급이고, 마법은 귀족에 준하는 대우를 받는 3서 클이 되어 있을 것이다. 믿어지지 않겠지만 그것을 위해 엄청 난 자금을 쏟아 부을 계획이다. 싫은 사람은 당장이라도 떠나 라!"

동요하긴 했지만 아무도 떠나지 않았다. 비밀리에 교육시 키는 것이 아니라서 그들이 안심하고 받아들이는 것이다.

"엄청난 특혜를 주는 만큼 너희들도 매크우드 가를 위해서 할 일이 있다. 적어도 완전한 마검사가 된 이후에 30년 동안 매크우드 가에 소속된다. 지금부터 36년간을 말이다. 마나를 느끼면 2배의 수명을 가질 테니 삶의 전체에서 그리 긴 시간 은 아니다."

아론은 130명 모두에게 매크우드 가의 마검사단으로 활동 하는 계약서를 작성했다. 주어지는 능력에 비해서 작은 대가 였다. 계약서를 작성한 이후 곧바로 만드라고라를 복용시켜 마나를 느끼도록 하였다.

보름이 지나자 모두 마나를 느꼈고 만드라고라의 효능으 로 머리도 맑아지고 기억력도 좋아졌다. 아론은 기억전이 마 법의 후유증을 설명하고 마검사에 필요한 지식을 주입해서 수련하도록 하였다.

많은 지식을 주입받았지만 소화하며 잃었던 기억을 찾았 다. 하지만 각각 3년의 기억 공간을 차지한 검술과 마법 지식이 문제였다. 검술과 마법에 대한 기초지식이 부족해서 각각 1년 공간에 해당하는 것만큼만 소화한 것이다. 그래서 모두 대략적으로 4년의 기억을 잃었다.

시간이 지날수록 수련을 통해 4년의 기억 중 절반 이상을 찾겠지만 매크우드 가의 무력이 필요한 상태라 서두를 필요가 있었다. 아론은 마법 길드를 통해서 마나 증가제를 잔뜩 구매했다.

반년 만에 마검사단을 드러내기 위해서 핑곗거리가 필요했다. 그래서 마법 길드에 엄청난 물량의 마나 증가제를 구매한 것이다. 아론은 본래 소유하고 있던 마나 증가제와 길드를 통해 얻은 마나 증가제를 마검사단이 될 사람들에게 마구 복용시켰다.

그러는 동안 꾸준히 기사 아카데미와 마법사 아카데미도 돌보았다. 16세 이상의 아이들에게 마나의 깨달음을 주입해서 마나의 재능이 생기도록 만들었다. 그들은 마나를 깨달을 동안 10년의 기억을 잃는 아픔을 겪어야 했다.

기사 아카데미와 마법사 아카데미는 장기적으로 인재를 육성하기 위한 목적이다. 기사 아카데미는 교관을 초빙해서 가르치도록 만들었다. 마나연공법도 교관이 보유한 마나 축적이 빠른 것으로 배울 것이다.

마법사 아카데미는 에나미와 아가사가 잘 가르치고 있다. 그들이 설사 3서클밖에 되지 못한다 해도 마검사의 3서클 마법과 순수한 3서클 마법사는 전혀 다르다. 마검사는 편법으로 배워서 여러모로 반쪽에 불과하기 때문이다.

마검사단의 육성은 아론이 기억전이 마법으로 필요한 지식을 모두 주입한 것으로 끝났다. 이제는 마나 증가제를 꾸준히 복용하며 스스로 수련하는 것만이 남은 것이다. 그것은 이미 그 과정을 경험한 사우스와 마딘에게 맡겼다.

130명의 마검사 육성이 해결되자 아론은 대장간에 드나들기 시작했다. 직접 강철 기술을 터득하기 위해서이다. 매크우드의 영지가 발전하기 위해서는 무엇인가 생산할 것이 필요했다.

아론이 생각한 것은 두 가지이다. 석화 마법을 통해서 돌과 관련된 물품의 생산이다. 그래서 석화탑을 짓도록 마법 길드에 의뢰한 것이다. 두 번째는 강철 기술이다. 기술만 있다면 소량의 강철로 막대한 부가가치를 얻을 수 있다.

기억전이 마법에는 치명적인 문제가 있다. 시전자가 가진 깨달음만을 상대에게 전할 수 있다는 것이다. 그래서 아론은 대장간에서 직접 강철 기술을 터득하기로 한 것이다. 이론적인 측면에서 부족한 실력은 아니었다.

'죄인들이 가지고 있던 기술을 받아들이길 잘했네.'

아론은 전쟁이 끝나고 많은 죄인들에게 기억전이 마법을 실험했다. 그 과정에서 그들이 가진 쓸모있는 기억을 받아들였다. 죄인들 중에 대장장이가 여럿 있어서 뛰어난 강철 기술까지 알고 있는 것이다.

아론은 획기적이고 대단한 강철 기술이 필요하지 않았다. 특별하고 너무 뛰어난 강철 기술은 나라에서 관리하기 때문에 오히려 제재를 받을 수 있다. 그래서 보편적으로 널리 알려진 강철 기술이 필요했다.

일반적으로 강철 기술을 배우기 위해서는 상당한 투자가 필요하다. 선철은 주물로 형틀을 잡고 간단한 담금질과 제련을 통해 물품을 만들 수 있다. 물론 그것만으로도 상당한 기술이 필요하다. 하지만 강철은 그보다 몇 배나 어려운 과정이다.

높은 압력과 높은 온도에서 탄생한 강철을 제련하는 데 최소한 보름 이상의 시일이 필요하다. 더구나 소모되는 강철의 가격은 금이나 보석보다 가격이 높다. 그러니 어지간한 투자를 하지 않고서는 강철 기술을 얻기란 쉽지 않다.

기술을 습득하기 어려워서 그렇지, 터득만 한다면 몇십 배의 이득이 가능하다. 강철로 제련된 검 하나가 최소 100골드에 버금가기 때문이다. 거의 소량의 미스릴이 첨가된 검과 비슷한 가격인 것이다.

아론은 강철 기술의 습득을 위해 대장간에서 생활했다. 대장간의 환경이 강철 제련에 적합하지 않아서 마법 길드의 도움을 받아 여러 부분을 고쳤다. 강철을 녹일 수 있는 작은 용해로까지 설치했다.

마법 길드에 의뢰하여 제작된 용해로로 평범한 쇳물도 고온과 고압으로 강철로 제련할 수 있는 특별한 아티팩트이다. 용해로 주변에 실드를 형성하여 압축하는 원리를 이용한다. 선철을 구매하여 강철을 만들 수 있는 것이다. 물론 편법이라 용광로에서 제련된 강철보다 품질이 떨어진다.

대장간의 환경을 강철의 제련이 편리하도록 바꾸었다. 아론은 매일같이 대장간에서 강철을 제련하며 하루하루를 보냈다. 아무리 영지 발전을 위한다지만 강철 기술의 습득에 오랜 시간을 보낸 이유는 깨달음의 즐거움을 알기 때문이다.

아론의 생활은 규칙적이었다. 오전에는 가족에게 마법을 가르치며 함께 생활하다가 오후에는 대장간에서 강철을 제련한다. 그렇게 시간은 하염없이 흘러갔다. 아론이 기초적인 강철 기술을 터득한 시간은 반년이 지나서였다.

북부는 왕국에서조차 신경 쓰지 않는 곳이다. 소외된 탓에 여러모로 불편한 점이 많지만 나쁜 것만은 아니다. 그 덕분에 타 지역과 비교해 평화로운 곳이니까. 하지만 전쟁 이후로 북부에 새로운 경쟁자가 등장했다.

바로 제국이다. 오랜 세월 유지하던 북부만의 관례가 제국이 관여하며 엉망이 된 것이다. 제국이 나쁘다는 것은 아니다. 오히려 제국에 대한 왕국의 평가는 좋은 편이다. 전쟁도 제국의 도움으로 이길 수 있었으니까.

왕국 내 제국의 영향력이 너무도 강해진 것이 문제이다. 바네 왕국은 전쟁으로 모든 기반 시설을 잃었다. 피해가 적은 북부를 제외하면 왕국의 영토 절반이 황폐하게 변했다. 영토만이 그런 것이 아니다.

왕국의 모든 것이 절반 이하로 줄었다. 기사나 마법사가 전쟁에서 허망하게 죽었으며 징병되었던 왕국민 대부분도 마찬가지였다. 왕국민이야 세월이 지나면 다시 회복되기 마련이다. 하지만 기사나 마법사처럼 특별한 존재들은 쉽게 회복이 어렵다.

그레이는 프레이스 제국의 6서클 마도사로 바네 왕국의 북부에 마법 길드 책임자로 파견되었다. 제국에서 책임자로 세 명의 마도사가 파견되었는데, 그레이는 할 일이 별로 없는 북부로 배정되었다.

먼저 그레이가 한 일은 100만 이상의 영지민이 생활하는 영지에 마법 길드의 분점을 설치하여 운영했다. 그레이는 명령만 내리면 그만이었다. 실제적인 운영은 제국에서 함께 온 마법사들의 몫이었다.

영지민의 수가 100만 이상인 곳은 대부분 백작가이다. 북부의 백작가마다 새롭게 제국의 마법 길드 분점이 활동을 시작했다. 전적으로 상업적인 목적으로 운영되었다. 본래 마법 길드는 상업적인 성향이 없었지만 타국에 진출한 상황이라 그럴 필요가 없었던 것이다.

왕국의 마법 길드는 제국의 마법 길드에게 밀렸다. 전체적으로는 왕국의 길드에 상대가 되지 않는다. 하지만 순수하게 상업적인 목적으로 운영하기 때문에 제국의 길드가 활동하는 지역에선 왕국의 길드가 약세였다.

제국의 마법 길드는 흑자가 발생하지 않는 영지에서 과감히 물러섰다. 그러니 흑자 운영이 될 수밖에 없다. 제국의 마법 길드 분점이 많지는 않았지만 영향력은 컸다. 운영되는 영지의 귀족가가 영향력도 클 테니 말이다.

“내가 직접 나서란 말이냐?”

그레이는 새로운 길드의 분점 운영에 관한 설명을 듣고 반문했다.

“죄송합니다, 그레이 마도사님.”

“도대체 어떤 놈들이기에 길드 운영을 반대하는 거야?”

그레이가 화낼 만도 하다. 마법 길드 분점이 존재하면 영지에 무척 이롭다. 그건 영주에게도 마찬가지이다. 그것을 거부하고 있는 영주가 있다는 보고를 받으니 그레이로서는 황당하게 생각된 것이 당연했다.

“매크우드 자작가입니다. 반년 전에⋯⋯.”

보고를 하던 마법사의 입에서 매크우드 가문이 반년 전부터 벌였던 일들이 하나둘씩 정리되어 토해졌다. 반년 전 북부를 떠들썩하게 했던 매크우드 가의 곡물 사건도 그레이는 지금에서야 알았다.

그레이는 길드 운영의 총책임자이지만 북부의 전반적인 소식에는 전혀 관심이 없었다. 그저 틀어박혀 책임자로서 자리만 차지하고 있었을 뿐이다. 더구나 나이도 110살이나 되다 보니 세상일에 관심도 적었다.

'내가 나설 만도 하군.'

그레이는 인정했다. 상황을 들어보니 그레이가 나설 만한 일이었다. 반년 전부터 북부의 관심은 매크우드 가에 쏟아졌다. 그리고 매크우드 가의 성장에 왕국의 마법 길드가 깊숙이 관여했다.

왕국의 마법 길드는 그 대가로 막대한 자금을 얻었다. 이미 알려진 사실만으로도 그 액수가 엄청났다. 영주성의 개보수와 석화탑의 건축만으로도 엄청난 자금이 길드에 대가로 지급되었다.

곡물을 판매한 40만 골드의 자금 전액이 마검사를 양성하기 위한 마나 증가제 구매로 쓰여졌다. 뿐만 아니라 마법 기술을 적용시켜 대장간의 환경을 좋게 만들었다. 그리고 그 대장간에서 강철 물품이 대량 생산되고 있었다.

그 외에도 마법이 필요하면 물불 가리지 않고 나서서 처리했다. 그 대가로 왕국의 마법 길드가 받는 금액은 레이커와 아론만이 알고 있다. 마나석으로 대가를 지불했기 때문에 내부적으로 비밀리에 처리한 탓이다.

제국의 마법 길드가 활동하던 지역에서 왕국의 길드도 서서히 경쟁력을 갖추기 시작했다. 엄청난 자금력을 매크우드 영지에서 얻었기 때문이다. 그제야 제국의 마법 길드도 매크우드 가에 관심을 가졌지만 이미 늦었다. 그래서 그레이에게 도움을 청한 것이다.

그레이는 현재의 상황을 정확히 인지했다. 늦었지만 매크우드 영지에 진출하여 왕국의 길드가 확보하고 있는 자금을 나눠서 갖거나 끊어버릴 필요성이 있는 것이다. 이대로 방치하면 북부에서 제국의 마법 길드 진출은 실패할지도 모른다.

그레이는 매크우드 가를 방문한 것만으로도 열렬한 환영을 받았다. 계승되지는 않지만 마도사의 대우는 백작에 버금간다. 만나는 것만으로도 영광이 아닐 수 없었다. 하지만 영광은 그리 오래가지 못했다.

"거부합니다."

그레이는 아이작 영주의 단호한 거부에 잠시 놀랐다. 일말의 고민도 없이 바로 결정을 내리고 말했기 때문이다.

"왜지?"

"……."

아이작은 아무런 대답도 할 수 없었다.

"왜냐고?"

"왜?!"

그레이가 마나의 기세를 이용해 아이작에게 따졌다. 소드 익스퍼트 중급의 경지에 오른 아이작이지만 마도사의 기세는 엄청났다.

"제 동생 아론과 말씀을 나누시지요."

"아론?"

자신의 문제를 동생에게 떠넘기는 것 같아 아이작은 기분이 나빴다. 하지만 마법과 관련된 부분은 아론에게 결정권이 있었다. 영지 전부가 아이작의 것이나 마찬가지였지만 지금의 영지 변화는 모두 아론 덕분이기 때문이다.

특히 마법 길드와 거래를 했던 것은 아론뿐이었고 마나석을 대가로 지급한 탓에 아이작도 자세한 사항은 모른다. 혹시라도 왕국의 마법 길드에 영지에서의 독점이라도 약속했을지 몰랐기 때문에 아론이 결정해야 된다고 아이작은 생각한 것이다.

"거부합니다!"

그레이는 아론에게도 아이작과 마찬가지의 대답을 들었다.

"왜지?"

"간단히 말씀드리자면 더 이상 필요없기 때문입니다."

그레이는 아론에게 놀라운 사실을 접했다. 고작 반년 만에 매크우드 가에는 마검사단이 생겨난 것이다. 비록 하위 마법사에 불과하지만 마법병단 못지않은 실력을 갖춘 마검사단의 탄생이었다.

더군다나 자체적으로 세 개의 아카데미가 존재하는데 그

중 하나가 마법사를 양성하기 위한 마법 아카데미였다. 짧은 시간에 마법사를 양성한 사실이 놀라웠지만 그 비밀은 무척 간단했다. 과거에 콘라드 제국에서 시행했던 마법사 양성 계획이었다.

매크우드 가의 마법 전력은 마검사단을 제외해도 상당했다. 아론이 5서클이고, 3서클을 마스터하고 4서클을 앞두고 있는 두 명의 마법사가 있으며 그들에게 마법을 배우는 아이들이 무려 스무 명이 넘는다.

그레이는 마검사 아카데미에서 마검사들을 바라보며 할 말을 잃었다. 비록 수련 마법사 실력에 불과하지만 분명히 마법을 수련하고 있었다. 모두 수십만 골드를 투자하여 마나 증가제를 복용한 효과였다. 물론 오크 학파의 마나 증가제까지 복용한 사실을 그레이가 알 리 없었다.

"정말 안 되겠나?"

"죄송합니다, 마도사님."

그레이는 마나의 기세로 아론을 압박했다. 하지만 아론은 아무리 강력한 압박을 받아도 같은 대답만 할 뿐이었다.

'미안하군.'

결국 포기하고 마음을 돌렸다. 매크우드 영지에 제국의 마법 길드가 설자리는 이미 없었다. 고작 10만여 명의 영지민이 살아가는 곳이지만 상업 도시 못지않게 발전하고 있었다. 막대한 이권을 창출할 것이다.

그레이는 결국 포기할 수밖에 없었다. 아론이 매크우드 영지에 제국의 마법 길드 진출을 바라지 않고 있었다. 아론을 압박하기도 했지만 성과가 없었다. 그것이 아론에게 어떠한 생각을 가지게 만든지도 모른 채 말이다.

Chapter 18

매크우드 가문

매크우드 가문

　　바네 왕국은 프레이스 제국에 대해 호의적이다. 전쟁을 도와준 것 때문에 그러한 것이 아니다. 프레이스 제국과는 오랜 세월 교류가 있어왔기 때문이다. 하지만 전쟁 이후 왕국의 수도가 제국화되어 가는 모습에 아론의 생각은 달라졌다.

　　제국의 물품이 넘쳐 나고 문화적으로 왕국의 색깔이 옅어지고 있었다. 제국이 잘못을 저지른 것은 아니다. 하지만 결과적으로 속국화되어 가는 모습에 분노하지 않을 수 없었다. 그렇다고 왕국의 형편상 그들이 떠나도 문제이다.

　　전쟁으로 많은 것을 잃었다. 이권을 위해서이긴 하지만 제국에서 진출한 여러 길드들이 활동한 덕분에 왕국의 어려운 사정이 빠르게 회복되고 있었다. 물론 부작용도 많지만 당장은 도움이 되고 있었다.

'이제는 북부도 제국의 물결이 밀려오는군.'

아론은 그레이 마도사의 생각이 머리 속에서 떠나지 않았다. 그레이가 길드의 진출을 위해서 마나의 기세를 뿜어낸 것이 원인이었다.

'그것이 마도사의 힘인가?'

마도사가 뿜어낸 마나의 기세를 잊지 못하는 것은 영력으로 인한 능력 탓이다. 아론은 진실을 바라볼 수 있는 엘프의 눈을 가졌다. 그래서 그레이가 뿜어낸 마나의 기세에 담겨진 강력한 힘을 느낀 것이다.

마도사가 뿜어낸 마나의 기세는 그 수준이 다를 수밖에 없다. 인간의 범주를 뛰어넘는 강력한 의지가 담겨져 있다. 아론이 그것을 보고 놀란 것이다.

그레이는 아무런 생각 없이 상대를 압박하기 위해서 한 일이지만 아론은 마나의 기세에 담긴 마도사의 의지를 읽었다. 평범한 사람이었다면 그런 위협을 쉽게 잊었을 것이다. 하지만 아론은 그렇지가 못했다.

드래곤의 기억이 아론을 괴롭혔다. 아론에게 있어서 망각이란 존재하지 않는다. 한 번 경험했던 공포나 감정을 평생 가지게 된다. 그레이의 단순한 위협이 아론에게는 잊혀질 수 없는 기억이다.

'언젠가 극복할 때가 있겠지.'

영력으로 무한한 수명을 얻었다. 영력에 대해 기록된 고대의 마법서가 거짓일지라도 아론에게 남은 시간은 많다. 만드라고라의 효과만 고려해도 앞으로 100년 이상의 시간이 있다. 그러니 마도사가 될 가능성도 있다.

근래 들어 아론의 생활은 주로 아이작과 함께한다. 로란드까지 나서서 아이작과 함께하고 있다. 북부의 여러 귀족가에서 사람을 보내 위협하고 있기 때문이다. 그들이 본색을 드러낸 것이다.

무려 40만 포대의 곡물이 매크우드 가에서 공짜나 다름없는 가격에 반출되었다. 반출된 기간이 무려 반년이었다. 그 대가로 매크우드 영지는 10만여 명의 영지민을 확보할 수 있었다. 북부를 떠들썩하게 만든 거래였다.

거래는 그것으로 끝나야 정상이다. 하지만 귀족 연합은 매크우드 가에서 탐나는 먹잇감을 발견했다. 아론이 매크우드 가의 자립을 위해 추진한 두 가지 계획 때문이다. 바로 강철 기술과 석화탑이 그것이다.

아론은 반년간 꾸준하게 강철 기술을 익혔다. 비록 기초적인 강철 기술에 불과하지만 다른 대장장이였다면 수십 년이 필요했을 것이다. 드래곤의 기억으로 수많은 이론을 알고 있었기 때문에 가능했다.

반년간 조디의 대장간은 많이 달라졌다. 강철 기술 습득을 위해 아론이 레이커에게 의뢰하여 대장간을 영주성 개보수하듯 완전히 다시 건축한 것이다. 가장 큰 성과는 마나로 운영되는 용해로를 얻게 된 것이다.

본래 대장간은 화덕을 위해 건축된다. 화덕에서 뿜어지는 강력한 열로 쇠를 녹여 가공하는 것이다. 하지만 레이커가 설치한 용해로는 마나만 공급하면 어떠한 금속도 녹일 수 있다. 물론 제약도 있었다.

당연히 마나가 공급되어야 움직였다. 대장간의 지붕을 마탑처럼 사각뿔 모양으로 만들어 마나를 축적하여 용해로에 공급하도록 만들었지만 효율이 지극히 나빴다. 지붕의 내부에 마나석까지 설치했지만 하루 종일 마나를 축적해도 한 시간만 용해로를 사용할 수 있었다.

한 시간에 불과하지만 화덕과 비교하면 감히 상대가 되지 않았다. 단시간에 쇠를 녹이기 때문에 무한정 가공할 수 있으니까 말이다. 물론 이러한 제약도 아론에게는 상관이 없었다. 자신의 무한한 마나를 공급하면 그만이니까.

대장간의 변화에 맞물려 대장간을 책임진 조디를 비롯해 기존에 있던 50여 명의 대장장이와 외부에서 데려온 50여 명을 끌어들여 반년간 꾸준하게 강철 기술을 주입했다. 매크우드 가의 대장장이가 무려 50명이었던 것은 골렘단의 무구 때문이다.

조디는 몇 해 전 영지에 골렘단이 생기자 골렘의 무구를 생산해야만 했다. 그 자신과 바쁠 때 보조를 두고 일해왔었다. 그런데 골렘의 무구는 그 규모가 장난이 아니다. 집채만 한 쇠를 사용해도 서너 개의 골렘용 무구를 완성할 뿐이다.

골렘단 구성할 당시 아이작은 골렘의 무구 생산에 돈을 아끼지 않았다. 그래서 조잡한 실력을 가진 대장장이를 고용했다. 그 수가 지금까지 이어져서 50여 명이나 되었던 것이다. 물론 영지 발전으로 지금은 더 필요한 상황이다.

아론은 강철 기술을 100여 명의 대장장이들에게 주입함에 있어서 상당한 주의를 기울였다. 마검사 양성할 때와 전혀 달랐다. 가족에게 마법을 가르치듯이 대장장이들이 주입된 기억으로 괴리감을 느끼지 않도록 많이 신경 썼다.

아론이 대장장이들에게 많은 신경을 쓴 것은 그들이 특별하지 않은 탓이다. 마검사 아카데미에 생활을 시작한 자들은 만드라고라와 오크 학파의 마나 증가제를 비롯해 빠른 성장의 핑곗거리로 마법 길드에서 엄청난 물량의 마나 증가제까지 구매하여 복용시켰다.

마검사들은 자신들의 빠른 성장에 합당한 핑곗거리가 있다. 하지만 대장장이들에게는 그럴 핑계가 없었다. 갑자기 머리 속에 강철 기술이 떠오르면 얼마나 놀라겠는가. 그래서 신중을 기할 수밖에 없었던 것이다.

아론은 보름에 한 번씩 조디를 포함해 대장장이들을 전부모이게 만들고 강철 기술을 전수하며 그들 스스로가 자각하지 못하도록 기억을 주입했다. 강철 기술은 많은 기억을 차지하지 않아 무리가 아니었다.

현재 매크우드 가의 대장간에서는 100여 명의 대장장이들이 강철 물품을 생산하고 있다. 대장장이들 스스로도 약간 이상함을 알지만 그것에 대해 의문을 품지는 않았다. 그저 강철 기술의 습득에 기뻐할 뿐이다.

대장간에서 100여 명의 대장장이만이 강철 물품을 생산하지만 실제로 생산을 위한 인원은 천 명이 넘는다. 대장장이 한 명당 10명이 보조하기 때문이다. 보조 인원이 많지만 그들은 그만한 대우를 받을 만한 기술을 가졌다.

아론은 강철 물품을 생산하기 시작한 대장장이 전원을 피에브로 등록했다. 영주인 아이작도 당연하다며 추진했다. 그에 반해서 석화탑은 운영이 간단했다. 석화탑을 관리할 수련 마법사 한 명만 있으면 그만이었다.

석화탑에 필요한 인원은 제한이 없었다. 흙을 빚어서 모양을 만드는 조형의 감각만 타고났다면 되었다. 설사 조형의 실력이 없어도 틀을 만들어 벽돌을 찍어내는 일을 할 수도 있었다.

석화탑의 운영에는 아론이 관여할 필요도 없었다. 석화탑이 완성된 이후 아이작은 석화시키는 가격을 책정했고 행정관들은 그것을 실행할 뿐이다. 석화탑에 고용된 영지민은 무려 일만을 넘었다.

아론이 생각한 목적은 화살촉과 같이 일회성 무구를 제작하여 저렴하게 판매하는 것이었다. 하지만 레이커가 아론의 마나석을 탐내어 석화탑을 무척이나 크게 만들었다. 그래서 본래의 용도와는 다르게 사용되었다.

거대한 규모답게 생산성도 무지 커졌다. 가장 대표적인 생산물품은 벽돌이었다. 본래 벽돌은 집을 튼튼히 짓기 위해서 사용하지만 불에 구워내기 때문에 무척 가격이 높다. 하지만 석화탑을 이용하면 그럴 필요가 없었다. 그래서 벽돌을 대규모로 생산하여 저렴한 가격으로 판매하고 있었다.

본래의 목적이었던 화살촉과 같은 쇠의 대용품을 생산하기도 했다. 그 외에도 많은 조형기술을 가진 예술인들을 초대하여 석상을 주문받아 납품했다. 귀족들은 저렴한 가격의 석상에 너도나도 주문했다.

아이작이 책정한 석화 가격은 판매 금액의 절반이었다. 석화탑을 이용하는 사람이 많아서 액수를 속인 경우가 많았다. 하지만 그 정도가 심하면 영지에서 추방하기 때문에 심한 문제에 속하지 않았다.

아론은 아이작과 함께 상대방의 눈을 똑바로 바라보며 다른 말이 나왔으면 하고 바랐다. 어떻게 된 모양인지 찾아온 사람마다 협박의 빌미로 생각한 것이 똑같았다. 마땅히 협박

할 것이 없으니까 당연한 것인지도 모른다.

"반년간 반출한 곡물의 출처를 밝히시오!"

"……."

아론은 아무런 대답도 하지 않았다. 처음에는 상당히 위협이 되었다. 곡물의 출처가 밝혀지면 황궁에서 엄청난 대가를 치르도록 종용하지 않을까 걱정했다. 더구나 이번은 매크우드 가문 전체의 일이었다.

'레이커와 거래하길 잘했군.'

다행히 마법 길드에서 보호막이 되어주었다. 아론이 제공한 마나석으로 마법 길드는 엄청난 이득을 보았다. 그 덕분에 매크우드 가의 보호막을 자처하고 나섰다. 그래서 영지전도 벌어지지 않고 있는 것이다.

전쟁 이후에 황궁에서 영지전을 철저히 통제했다. 하지만 그런다고 영지전이 벌어지지 않는 것은 아니다. 단지 공개적으로 영지전이 벌어지지 않을 뿐이다. 그런데 마법 길드의 도움으로 매크우드 가는 영지전의 위협에서 안전했다.

'이제는 영지전에도 자신있으니까.'

반년에 불과하지만 그동안 육성시킨 마검사단을 공개했다. 비록 대부분이 사생아들이지만 혈족으로 구성되어 배신의 염려도 적었다. 그들 스스로도 매크우드 가에서 자신들에게 투자한 자금을 알고 있기 때문에 도덕적으로도 도울 수밖에 없다.

마검사 단원들의 실력은 아직은 많이 부족했다. 하지만 북부의 여타 기사단을 생각하면 엄청난 실력을 가진 것이다. 마법은 1서클을 마스터하고 2서클을 겨우 사용할 정도이고 검술도 30년을 매진한 마나 유저의 기사 수준이었다.

마검사의 매력은 역시 마법이었다. 비록 마검사의 양성 방법이 레이커를 통해 마법 길드에 알려졌지만 크게 상관은 없다. 부작용으로 말미암아 역사적으로 잊혀진 마법사 양성 방법이기 때문이다. 빨리 강해지려고 고위 마법사의 길을 포기할 마법사가 과연 있겠는가 말이다. 그러나 파울이 알려준 방법이 너무 체계적이라 레이커는 크게 만족했다. 현재 바네 왕국의 마법사 부족 현상을 메우기 위한 대책으로 적당하다고 생각한 것이다.

"당신의 가문에서 가져간 곡물이 1만 포대인 것으로 알고 있는데 말이오. 만약 출처를 밝혔을 때 그것으로 인해 매크우드 가문이 피해를 입는다면 그동안 당신 가문에서 가져간 곡물을 돌려준다는 각서에 서명한다면 떳떳하게 밝히겠소. 당신 생각은 어떻소?"

"우… 우… 리가 돈을 주고 구매한 것을 왜 돌려준단 말이오?"

아이작의 과감한 결단에 상대는 더듬거리며 반문했다. 아이작에게 자신감이 생긴 이유는 바로 마검사단의 존재 덕분이다. 그들이 모두 아이작에게 충성을 맹세하고 영지에서 활동 중이기 때문이다.

마검사 단원의 수는 무려 130명이다. 그들의 무력이면 같이 죽자고 덤빌 경우 백작가도 성하지 못할 정도의 전력이다. 곡물의 효과가 떨어질 즈음에 마검사단이 활동을 시작하여 외부의 압력에 대처하고 있었다.

"그걸 말이라고 하시오? 지금 시세로 계산해도 곡물 1포대에 3골드요. 그때는 5골드 이상이었음을 어린아이도 알고 있는데, 그걸 나보고 구매했다고 말하는 것이오? 당신은 귀족 연합에 있었던 거래를 잊기라도 하셨소?"

"그건. 흠."

아이작의 강한 주장에 상대는 주눅이 들었다. 아이작을 위협하러 찾아왔건만 오히려 반대의 입장이 된 것이다. 하지만 상대가 가진 위협용 빌미는 곡물의 출처 하나만이 아니었다. 영지민 유입에 관한 문제도 들먹였다.

여러 문제를 들먹이던 상대가 결국 마지막으로 한 말은 강철 물품과 석화 물품의 구매 의사였다. 지금까지 위협을 한 것은 매크우드 가에서 생산하는 강철 물품과 석화 물품을 매입하기 위해서였다.

"석화 물품은 약간의 편의를 봐줄 수 있지만 강철 물품은 불가능하오!"

"흠흠. 고맙소."

아이작이 처음과 마찬가지로 단호하게 나가서 상대는 석

화 물품의 매입만으로 만족했다. 이러한 손님이 자주 찾아와 매크우드 가를 귀찮게 했다. 아이작이 석화 물품이라도 배려한 것은 상대가 가진 작위 때문이다.

그나마 이렇게라도 상대할 수 있는 귀족들만 방문하고 있는 것을 다행으로 생각해야 한다. 백작가에서 사람을 보낸다면 방법이 없었다. 다행히 그 부분은 곡물 사건처럼 미리 백작 이상의 가문을 배려했기 때문이다.

매크우드 가에서 생산된 강철 물품과 석화 물품 중 절반은 귀족 연합에서 지정한 상단에 판매된다. 그리고 귀족 연합이 지정한 상단은 대부분 백작가에서 운영하고 있다. 손해는 아니지만 저렴한 가격으로 반출되고 있다.

아론은 영지가 받는 외압이 신경 쓰여 도둑 길드에게 많은 정보를 구매했다. 행정관 영입을 시작으로 꾸준히 이용한 것이다. 최근에는 아이작이 직접 도둑 길드를 영지에 불러들여 이용하고 있었다.

도둑 길드에서는 매크우드 영지에 진출하고 싶었지만 차마 그러지 못했다. 여타 영지와 다르게 매크우드는 보안이 철저하다. 외성에는 몰래 빠져 다닐 만한 개구멍조차도 없다. 더구나 마법이 적용된 지역이 상당수라 은밀한 도둑 길드의 활동이 어려운 장소였다.

중요한 건물에는 대단위 결계로 보호되며 마법 길드를 통해 구매한 불완전한 골렘이 지키고 있다. 가끔씩 영지 전체가 결계로 씌어질 때도 있었다. 또한 내성문과 외성문처럼 중요한 곳에는 골렘 이외에 마검사까지 항시 대기하고 있다.

매크우드 영지에서 도둑 길드는 오직 정보활동만을 한다. 매크우드 가를 위해 활동하는 것이나 진배없다. 아이작으로서도 따로 정보 기관을 운영할 필요가 없어서 이득이었다. 어차피 자금력은 충분하니.

아이작이 접견하는 손님과 항상 싸우는 것은 아니다. 근래에 와서는 주변을 통치하는 왕처럼 대우를 받기도 한다. 바로 매크우드 영지와 가까운 거리에 위치한 영지에서 방문하는 손님 때문이다.

곡물 사건이 벌어진 원인은 매크우드의 주변 영지에서의 항의가 원인이 되었다. 하지만 이제는 상황이 정반대로 바뀌었다. 매크우드 가의 발전으로 주변 영지가 상당한 피해를 입었지만 이제는 그 덕분에 함께 발전하고 있었다.

반년간 이어진 곡물의 이동과 늘어난 영지민에게 필요한 물량이 오가면서 주변의 영지에도 영향을 준 것이다. 물류의 이동에는 항시 상인이 함께 움직인다. 그로 인해 생겨난 이득이 주변의 영지를 풍족하게 만들었다.

더구나 곡물의 효과가 떨어지자 강한 견제로 인해 영지민을 적극적으로 유입할 수 없게 되었다. 그래서 유입되지 않은 영지민이 주변 영지로 흩어진 것이다. 그곳에도 일자리가 많아서 북부 사정이 어려움에도 굶어 죽는 일이 없었다.

‘프레이스 제국이 고단수야.’

북부에 진출한 제국의 마법 길드, 용병 길드, 그리고 상단 길드의 활동은 저조하지만 상당히 감탄스러웠다. 아마도 남부와 동부는 제국의 속국처럼 변했을 것이다. 괜히 제국으로 불려지는 것이 아니다.

무력으로 적을 제압하기가 쉬울지는 몰라도 프레이스 제국처럼 주변의 나라들에게 도움을 주어 속국으로 전락하게 만드는 것은 아무나 할 수 있는 것이 아니다. 오랜 세월이 지나야 성과가 나타나기 때문이다. 성공만 한다면 스스로 속국을 자청하게 만드는 것이다. 바네 왕국이 그러한 전철을 밟아 가고 있었다. 제국의 도움이 없으면 멸망에 버금가는 위기에 처할 가능성이 높았다.

‘북부만의 경쟁력이 있어야 돼!’

아론은 매크우드 가를 넘어 북부 전체의 안위를 생각했다. 더 이상 매크우드 가를 위협할 존재는 없다고 해도 과언이 아니다. 북부의 백작 가문도 이제는 매크우드 가를 위협할 입장이 아니다.

매크우드 가는 영지를 중심으로 주변 영지가 함께 부흥하고 있다. 백작 가문에 충성을 맹세하고 영지가 백작령으로 귀속되어 보호받으며 함께 발전하듯 매크우드 가도 비슷한 전철을 밟고 있었다.

지금은 아이작의 동생 레슬의 화이트 영지만이 공개적으

로 자작령을 자처한 상태이다. 하지만 자작령이 되길 원한다
고 넌지시 언급한 영주도 몇 명 있었다. 그렇게 해서라도 영
지를 발전시키고 싶어하는 것이다.

북부에서 쉽게 찾아오지 않는 기회이다. 다른 가문의 휘하
로 고개 숙여 들어가는 일이라 부끄러울 수 있겠지만 현실적
인 이득을 생각한다면 감내하지 못할 이유도 없다. 더구나 자
작의 작위는 북부에서 꽤 알아주는 편이다.

'북부 전체에 영향을 주어서 제국화를 막아낼 수 있는 방
법이 없을까?'

북부는 남부의 영향을 받기 때문에 제국화를 막기란 어렵
다. 북부 스스로 자급자족의 능력을 가지고 있지도 않아 더욱
문제다.

"맞아! 교역을 하면 되겠구나!"

아론이 북부 전체에 제국화에 맞설 수 있는 방안을 생각하
다 교역을 떠올렸다. 제국화를 막기 어렵다면 다른 나라와 교
역해서 해결하면 된다. 물론 프레이스 제국처럼 왕국에 영향
을 줄 만한 나라는 절대 안 된다.

'아주 적당한 나라가 있지. 후후!'

헤이렌 왕국이면 아무리 교역을 하더라도 왕국에 영향을
줄 리 만무하다. 문화적으로 왕국의 수준이 우수하니 말이다.
더구나 부족이 연합한 것이라 문화가 통일되지도 않아 자국
에 영향을 줄 수가 없다.

가장 큰 장점은 헤이렌 왕국의 새로운 실세가 바로 후슘 부족이란 사실이다. 만드라고라의 독성을 정제하여 서로 상부상조하는 관계라 교역을 허가받기도 어렵지 않다. 그 외에도 헤이렌 왕국은 발전 가능성이 높았다.

지금이야 부족이 연합한 상태지만 점점 변화되고 있었다. 후슘 부족이 남부를 모두 장악하여 북부와 대립하고 있었다. 그것이 가능한 것은 후슘 부족의 전사들 모두가 위대한 전사이기 때문이다.

만드라고라를 복용하여 부족민 대부분이 마나 유저이다. 그래서 부족의 강함은 이루 말할 수 없다. 후세에도 그것은 이어질 것이다. 마나 유저의 자손은 마나의 재능을 선천적으로 타고난 경우가 많다. 물론 만드라고라를 섭취한 경우보다는 못하겠지만.

아론이 교역을 위한 물품을 준비할 필요는 없었다. 헤이렌 왕국은 바네 왕국처럼 모든 물자가 부족하다. 문화적으로 미개하여 기술의 수준이 낮다. 하다못해 나라 전체에 강철 기술을 가진 대장장이도 없을 정도였다.

아론은 아이작에게 앞으로 헤이렌 왕국이 어떻게 변화될 것인지 밝혔다. 그리고 지금부터 꾸준히 교역을 한다면 세월이 지나 매크우드 가에 커다란 힘이 될 것임을 알렸다. 그러자 아이작은 에이워드 제국과의 교역도 함께 추진하기로 결정했다.

　매크우드 가에서 교역을 모두 차지하여 독점하자는 계획이다. 에이워드 제국과의 교역은 해상교역이라 이윤을 남기기 어렵다. 과거에 프레이스 제국과 사이가 좋지 않으면 에이워드 제국과 교역을 했지만 서쪽에 국경을 마주한 미카엘 왕국을 통해 언제라도 다른 여러 왕국과 교역할 수 있게 되면서 잊혀진 교역 방법이다.

　교역의 추진은 성공 여부를 떠나 어렵지 않았다. 행정관을 책임자로 선임하여 상단을 꾸리도록 명령을 내리고 마검사 몇 명에게 상단의 호위를 맡기면 그들 스스로 알아서 추진하기 때문이다. 굳이 아론이 나설 필요도 없었다.

　'약간의 도움을 줘야겠지.'

　아론은 교역물품 한 가지 정도는 마련해 주기로 결정했다. 매크우드 가의 자랑거리인 강철 물품만 가져가도 교역은 성공할 수 있겠지만 좀 더 특별한 것이 필요했다. 매크우드 가에서만 공급할 수 있는 물품으로 말이다.

　'오크포션이면 최고의 상품이 될 거야.'

　헤이렌 왕국에는 마법사가 없다. 그래서 가끔 왕국에서 파견한 하위 마법사로 구성된 마법병단의 파견만으로도 무척 감격한다. 아론이 마법병단의 일원으로 파견되어 경험해 봤기 때문에 자세히 알고 있는 사실이다.

　오크포션의 제작을 위해서는 오크의 심장이 대량으로 필요하다. 전쟁 때 스승이 보내준 엄청난 물량이 있지만 장기적으로 고려한다면 꾸준히 공급받아야 한다. 지난번 전쟁 당시에 오크의 심장만 있었다면 굳이 스승에게 도움을 요청할 필요도 없었다.

"아론님의 일이라면 열일 제쳐 두고 도와야 하는데, 이 문제는 길드에서 적극적으로 추진하는 사업이라 저도 도움을 드릴 수가 없네요."

"그러면 어쩔 수 없지요."

아론은 레이커의 거절을 이해했다. 콘라드 제국에서 왔을 때만 하더라도 바네 왕국은 오크의 심장에 관심을 갖지 않았다. 콘라드 제국의 오크포션이 대륙에 알려지면서도 그리 큰 주목을 받지 못했다.

오크포션은 바로 전쟁을 통해 유명세를 탔다. 그래서 포션의 재료가 오크의 심장으로 만들었음이 알려졌다. 그리고 상단에서 취급하더니 결국에는 몬스터 사냥꾼들조차도 전문적으로 나서고 있었다.

'내가 포션으로 제작해서 사용하려고 그럽니다.'

솔직한 심정으로는 레이커에게 진실을 알리고 싶다. 하지만 진실이 알려진 순간 아론의 자유는 영원히 저당잡히고 말 것이다. 바로 파울처럼 말이다. 그나마 파울은 마도사가 되어서 어느 정도 자유를 만끽할 수 있지만 아론에겐 꿈같은 이야기이다.

용병 길드나 상단을 방문해도 꾸준히 오크포션을 매입할

곳은 없었다. 오크의 심장은 모두 콘라드 제국으로 보내진다. 초창기 콘라드 제국은 자국에서 오크의 심장을 자급했지만 지금에서는 그것이 어려운 처지이다.

콘라드 제국에서는 오크포션만 유명세를 탄 것이 아니다. 특수 처리된 오크 가죽이 오크포션과 함께 유명하다. 오우거 와 와이번 가죽에 버금갈 정도로 뛰어나다. 그 때문에 콘라드 제국의 오크들이 수난을 당해 결국에 지금은 공급이 부족하 여 타국에서 사들이는 것이다.

교역은 나라 간의 거래를 뜻한다. 그래서 누구나 할 수 있 는 것이 아니다. 하지만 헤이렌 왕국과의 교역은 전혀 그렇지 가 않다. 왕국에서 나라로 인정하고는 있지만 부족이 연합한 것이라 정치적으로 거래할 상대가 없다.

왕국에서는 헤이렌 왕국과의 교역을 오래전부터 자율에 맡겼다. 그래서 단순한 통보만으로 마음대로 교역을 추진할 수 있다. 하지만 교역은 거의 이루어지지 않는다. 너무나 위 험하기 때문이다.

교역로도 제대로 갖추고 있지 않으며 피렌스 왕국의 국경 지역를 약간이나마 거쳐 가야 한다. 더구나 안전을 위해서 대 규모의 호위 병력을 고려한다면 도저히 타산이 맞지 않는다. 그래서 교역을 위한 복잡한 절차가 필요하지 않다.

그에 반해 에이워드 제국과의 교역은 단순하지가 않다. 복잡한 절차를 거쳐서 교역을 허가받아야 한다. 교역할 물품 하나하나에 허가가 필요하다. 이러한 절차는 모두 왕국을 보호하기 위한 것이다.

교역의 허가 절차를 밟는 기간이 일 년 이상이 걸릴 가능성도 적지 않다. 아이작은 교역의 허가 여부를 떠나 퍼머낸시 항구에 지원을 시작했다. 허가가 떨어지면 항구 도시의 도움을 받아야 하기 때문이다.

퍼머낸시 항구는 과거 에이워드 제국과의 해상교역 도시로 이름을 드높였다. 에이워드 제국의 물품에 열광한 왕국민 덕분에 빠르게 발전했다. 하지만 프레이스 제국과의 교역 이후에 버려졌다. 지금은 5천여 명이 살고 있을 뿐이다.

영지를 기준으로 생각하면 꽤 많은 인원이다. 하지만 도시로 생각한다면 어림없는 인원이다. 도시로서의 생명을 겨우 이어가고 있는 것이다. 과거 교역에 참가했던 사람들은 어부가 되었고, 어부가 싫은 자들은 소금쟁이로 생활한다. 이것이 몰락하는 항구 도시의 현실이다.

세금이 거의 없으며 굶어 죽을 일은 없어서 버려진 곳임에도 떠나지 않은 인원으로 도시가 생명을 이어가고 있다. 하지만 올해에는 소금의 구매자가 너무 적어서 어려움을 겪는 중이다.

게다가 곡물 가격까지 폭등하여 생선의 섭취를 늘릴 수밖에 없는 형편이다. 최대한 곡물을 아끼며 바다에서 잡은 생선으로 연명하려고 하지만 그것도 한계가 있다. 전쟁으로 어려워진 상황이 도시의 생명까지 위협하고 있는 것이다.

넬슨은 과거 퍼머낸시 항구 도시의 관리를 맡았던 행정관이었지만 지금은 촌장이나 다름없는 지위이다. 도시가 버려지자 떠나지 않았던 사람에게는 그들의 대표자가 필요했다. 그래서 남겨진 넬슨이 그 자리를 맡았다.

"정말로 소금을 구매하기 위해서 오셨단 말입니까?"

넬슨은 믿을 수 없는 상황이라 재차 질문을 던졌다. 몇 번을 질문해도 들려오는 대답은 한결같았다.

"물론입니다. 매크우드 가에서 여유분 전부를 매입하겠습니다."

"감사합니다, 감사합니다. 정말 감사합니다."

넬슨의 인사는 끝을 모르고 이어졌다. 넬슨이 마음을 진정시키자 구즈는 마법 배낭에서 일천 골드를 꺼내어 내려놓았다.

'소금이 정말 비싸구나.'

구즈는 자신이 꺼내어놓았으면서도 감탄했다. 마검사의 단원으로 발탁되기 전까지 구즈는 평범한 영지민으로 살아가고 있었다. 32살이나 되었지만 형편이 나빠서 결혼도 못하는 못난 청년이었다. 그러던 구즈에게 행운이 찾아왔다.

구즈와 평생 일면식도 없었던 친척 어른 중 하나가 귀족의 사생아였다는 이유 하나로 그 가문에서 운영하는 마검사 아카데미의 학생으로 발탁되었다. 당연하게도 구즈는 거부하고 싶었지만 귀족가에서 추진하는 일에 감히 나설 수 없었다.

구즈는 그들이 스스로 자신을 쫓아내리라 생각했다. 그나마 위안이 된 것은 같은 처지의 사람들이 무려 130명이었다는 사실이다. 그들도 구즈의 생각과 비슷했다. 하지만 구즈는 아카데미의 교육에 적응했다.

무엇인가를 먹고서 마나의 재능을 얻었다. 그리고 어릴 적 고통스러웠던 기억을 몇 차례 잃은 대가로 귀족이 아니면 감히 배움의 기회조차 없는 기사와 마법사가 되기 위한 지식을 얻었다.

반년의 시간이 지나면서 학생들은 자신의 능력이 얼마나 대단한지 자각했다. 그리고 그 과정에서 매크우드 가문이 얼마나 많은 노력을 기울였는지 알았다. 반년간 매일같이 먹었던 약물 하나가 그들이 평생 일해서 모은 재산으로도 얻을 수 없음을 깨달았다.

그들의 교육을 담당한 사우스와 마딘은 본래 몇 년을 더 교육시킬 예정이었지만 영지의 사정상 영주를 위해 활동할 수밖에 없는 상황을 알려주었다. 그리고 그 이후부터 그들은 모두의 부러움을 사는 마검사단의 일원이 되었다.

'비록 매크우드 가의 노예가 되었지만.'

구즈는 불만이 없지만 모두가 그런 것은 아니다. 몇 명이 매크우드 가의 노예로 있기 싫다고 거부한 것이다. 하지만 그

중 하나가 자유를 찾은 대가를 지켜보고 노예로서의 삶에 만족했다.

그들의 교육을 전적으로 책임진 영주의 동생 아론이 그중 하나에게서 모든 능력을 빼앗았다. 반년간 교육시킨 능력을 파괴시킨 것이다. 강제로 마나 폭주를 유도하여 다시는 마나를 사용할 수 없도록 만들었다.

한순간에 그는 반년간 힘들게 얻었던 것을 잃었다. 그래도 전부 잃지는 않았다. 마나를 사용하지는 못하지만 뛰어난 검술 실력을 가졌고 마법사로서의 지식도 있었다. 반년 전과 비교하자면 그것만으로도 대단한 것이다.

아론의 주장은 간단했다. 단원들이 익힌 마나연공법은 매크우드 가의 재산이다. 허락을 받지 않으면 알고 있는 것만으로 죄가 된다. 안타깝지만 아론의 주장은 당연했다. 그것은 귀족이 아니라도 누구나 알고 있는 사실이다.

본보기를 당한 동료는 죽임을 당하지 않은 것만으로도 다행이라 할 수 있다. 그런데 매크우드 가에서는 그에게 반년간 강제로 교육시킨 대가도 지급했다. 피에브로 등록시켜 일하지 않고도 살 수 있도록 배려한 것이다. 물론 영지를 떠날 수 없다는 제약도 있다. 영지를 떠나기 위해서는 정신 마법으로 반년간 받았던 기억을 회수해야 된다는 것이다.

"선수금 일천 골드입니다. 확인해 보시지요."

"허억!"

넬슨은 주머니를 열고 밝은 빛의 노란색 동전을 확인했다. 설마 배낭에서 일천 골드가 나올 줄은 꿈에도 몰랐다.

'저것은 푼돈에 불과해. 언젠가는 귀족이 되어 영주가 될 테니까.'

구즈가 일천 골드의 거금에 욕심내지 않는 것은 아이작의 약속 때문이다. 최소한 30년 이상의 기간을 매크우드 가에 봉사한다면 그 대가로 귀족의 작위와 영지를 내려준다고 약속한 것이다.

마검사 단원들 대부분은 회의적인 반응이었다. 하지만 설명을 듣고 모두 인정했다. 그들은 노력 여하에 따라 10년 이내에 마법사가 노력으로 이룰 수 있는 3서클의 한계에 도달한다. 그리고 3서클의 마법사가 귀족이 되길 원한다면 절차를 밟아 작위를 받게 된다.

어이없게도 마검사 단원들 전부가 매크우드 가에서 준 능력으로 귀족이 될 수 있다는 사실이다. 비록 세습이야 어렵겠지만 매크우드 가를 통해 정식으로 절차를 밟는다면 세습도 가능할 수 있다.

'나중을 생각한다면 매크우드 가의 신뢰를 쌓아야지.'

현실에 안주하는 경우도 있지만 마검사 단원 대부분이 30년 이후를 생각해 맡겨진 일에 최선을 다한다. 오히려 권력을 즐기는 단원까지 생길 정도였다. 절반은 매크우드 영지의 발전을 고려하여 떠날 생각조차 않는 경우까지 있다.

자식에게도 같은 교육을 제공한다는 조건으로 매크우드 가에 평생 충성하겠다고 자청한 경우도 있다. 그것은 그때 가 봐서 거래를 하자고 비공식적으로 답변까지 들은 단원도 있 다. 그들은 매크우드 가 덕분에 엄청난 기회를 잡은 것이다.

구즈는 넬슨을 진정시키고 아이작의 공식적인 서신을 전 했다. 선수금은 넬슨이 소금의 매입 여부를 믿지 않을까 보낸 것에 불과하다. 소금은 곡물보다도 훨씬 비싸다. 비록 일천 골드가 거금이지만 퍼머낸시에 보관 중인 소금 중 일부만 구 매할 수 있는 금액이다.

넬슨은 사람들을 불러모아 아이작의 서신을 보여주며 소 금 판매를 위해 여행을 준비했다. 퍼머낸시 항구 도시는 매크 우드 가와 짧으면 보름, 길게는 한 달 정도를 걸어야 도착할 수 있는 거리이다.

넬슨은 도시의 마차를 모두 동원하여 소금을 가득 싣고서 매크우드 영지로 향했다. 엄청난 물량의 소금이었건만 고작 열흘 만에 도착했다. 그만큼 항구 도시의 사람들은 소금을 판 매하지 못해 고난을 겪고 있었다.

사람은 굶지만 않는다고 행복한 것은 아니다. 그들은 풍족 한 항구 도시에서 생활했던 사람들이다. 생선만 먹는 것만으 로 행복함을 유지하지 못한다. 그래서 몸을 혹사시켜서라도 빠르게 이동한 것이다.

"저것이 도대체 무엇입니까?"

“아하, 스톤 골렘입니다. 외성문을 지키는 가디언이지요.”

구즈는 거대한 스톤 골렘의 모습에 겁먹은 항구 도시 사람들에게 설명을 하였다. 마법 길드에서 영주의 동생에게 준 선물이라고 말이다. 물론 그것은 구즈가 잘못 아는 것이다. 아론이 차마 거금을 주고 걷지도 못하는 골렘을 구매한 사실을 밝힐 수 없었기 때문이다.

‘어이?!’

스톤 골렘이 구즈를 발견하고 아는 척을 했다. 그 소리는 구즈를 비롯해 주변의 모든 사람들에게 들려왔다. 소리가 아닌 생각을 전달하는 방식이지만 매크우드 영지의 외성을 통과한 자들에게는 익숙한 소리이다.

“으아악!”

“허억!”

항구 도시 사람들은 기절하듯 놀랐다. 거대한 스톤 골렘이 움직이기까지 했기 때문에 모두가 말한 대상이 누군지 안 것이다.

“이봐! 이 사람들이 놀라잖아!”

‘아차, 미안해.’

약간의 시간이 지나고서야 항구 도시 사람들이 진정을 했다. 놀란 사람은 항구 도시 외에도 몇 명 있었다. 처음 매크우드 영지에 도착하는 사람들의 공통적인 모습이다. 물론 스톤 골렘이 항상 움직이거나 말하는 것은 아니다.

스톤 골렘은 적어도 마나 유저가 되어야 말을 건넨다. 스톤 골렘의 기세를 정면으로 이겨낼 수 있는 인물은 마나 유저뿐이기 때문이다. 그것 덕분에 매크우드에서 마검사는 더욱 특별한 존재로 비춰진다.

넬슨은 구즈의 안내를 따라 거대한 창고에 도달했다. 매크우드 가에는 거대한 창고가 수도 없이 많았다. 모두 교역을 위해 건축된 창고였다. 그중 하나의 창고에 소금을 채웠다. 창고가 커서 일부만 차지할 뿐이다.

넬슨이 가져온 소금은 무척 많지만 항구 도시에 쌓인 소금의 일부에 불과하다. 넬슨은 창고를 관리하는 행정관에게서 증명서를 받고 자금을 담당하는 행정관에게 향했다. 구즈가 안내한 탓에 어렵지 않았다.

"절차를 잘 기억해 두세요. 다음에 올 때는 혼자 하셔야 될 거예요. 영지에 행정관의 수가 모자라 직접 처리하지 않으면 장시간 기다려야 하거든요."

"네, 그렇군요."

넬슨도 영지의 복잡한 사정을 눈으로 목격했다. 잠시 후 자금을 담당한 행정관에게 증명서를 보여주고 돈을 받았다. 단순히 증명서를 주고받는 것이지만 의외로 기록에 대해서는 매우 철저했다.

넬슨은 구즈에게서 그것이 영주의 동생인 아론이 결정한 체제라고 설명했다. 철저한 기록 때문에 작은 부정도 있을 수 없다고 밝혔다. 적발되면 정도에 따라 다섯 가지의 혜택을 받던 피에브의 자격이 박탈된다는 것까지 알려주었다.

피에브는 매크우드 가의 사람이라는 신분처럼 되었다. 더구나 대단한 마검사까지 동일하게 피에브의 혜택만을 받기 때문에 그 자격을 신봉하기까지 한다. 마검사도 자신과 같은 대우를 받는다는 사실에 취해서 말이다.

거래가 끝나자 넬슨은 아이작 영주와의 만남을 가졌다. 넬슨은 아이작의 교역에 관한 이야기를 듣고 깜짝 놀랐다. 교역권을 얻지도 않은 영주가 성공이 불투명한 해상교역에 뛰어든다니 황당했다.

아이작은 자신의 생각을 솔직히 밝혔다. 항구 도시에 지원을 하는 만큼 해상교역을 시작하면 도움을 주겠다는 약속이다. 넬슨의 입장에서는 약속을 오히려 환영하는 입장이다. 항구 도시 사람들 상당수가 과거에 부흥했던 해상교역을 잊지 못하고 있기 때문이다.

넬슨은 아이작의 호의로 저렴한 가격으로 생필품을 가득 얻었다. 정말로 항구 도시의 소금을 모두 매입한다는 사실에 넬슨은 기쁨을 주체하지 못했다. 비록 성공 여부는 불확실하지만 해상교역을 추진하는 영주가 존재하는 것만으로도 항구 도시 사람들에게는 삶의 새로운 희망을 줄 것이다.

아론의 영지 발전 계획은 모두 끝났다. 영지의 재정도 흑자로 돌아섰다. 강철 물품 혹은 석화 물품 두 가지 중 하나만 유지되어도 흑자 운영이 가능했다. 그 외에 부가적인 수익도 만만치 않았다.

영지민이 무려 10만여 명이다. 결정적으로 영지의 경제활동이 무척이나 활발해서 조금씩 모여진 세금이 상상을 초월한다. 그 수익만으로 영지운영에 필요한 자금을 충당할 정도였다.

'내가 할 일은 모두 끝났군.'

아론은 자신의 계획을 모두 완료하자 약간의 허탈감에 빠졌다. 좀 더 큰 고난이 있으리라 생각했지만 다행히 넘어갔다.

'이제는 무력까지 갖추었으니 겁낼 필요도 없으니까.'

마검사단이 창설되고 활동을 시작하자 무력적인 위협이 사라졌다. 그들의 존재는 여타 귀족가에게 두려움을 주었다. 더구나 그 수가 무려 130명이라 기사단을 보유한 가문에 비할 바가 아니었다.

마검사단의 창설 덕분에 매크우드 가의 아카데미가 알려졌다. 자작가에서 독립적으로 사립 아카데미를 세 개나 운영한다는 사실에 북부 전체가 놀랐다. 기사, 마검사, 그리고 마법사를 양성하고 있는 것이다.

마검사 아카데미를 제외하면 비밀이랄 것도 없어서 상세히 알려졌다. 아론에게 마나의 깨달음을 주입받고 10년의 기억을 잃었다가 기억과 함께 마나의 재능까지 선물받은 아이들이 정식으로 기사와 마법사로 육성되고 있었다. 물론 16세 이상의 아이들에 한해서이다.

기사와 마법사 아카데미에서 가르침을 받고 있는 아이들은 정통적인 방법으로 교육을 받고 있다. 기사 아카데미는 페르민 검술을 30년 이상 수련한 몇 명의 기사를 초빙하여 운영하고 있다. 그들이 배우는 마나연공법은 타 가문에서 배움을 허락한 것이다. 물론 관례에 따라 적당한 대가를 지불했다.

마법사 아카데미는 만드라고라를 복용하고 이제 갓 4서클의 문턱을 밟은 에나미와 아가사가 운영한다. 아론의 도움으로 마나 유저가 된 16세 이상의 아이들은 1서클의 마법을 수련 중이다. 마검사처럼 빠르진 않겠지만 장기적으로 매크우드의 커다란 전력이 될 인재들인 것이다.

아카데미가 알려지면서 매크우드 가에 가해지던 북부 귀족가의 견제는 없어졌다. 공식적인 견제는 사라진 것이다. 오히려 드러난 것 이외에도 엄청난 무력이 있다고 착각하는 경우도 있었다.

'헤이렌 왕국과의 교육에 도움을 주는 것으로 영지의 일에 손을 떼야지.'

교역의 추진은 북부에 제국의 진출을 방해하기 위해 생각한 것이지만 왕국이나 가문을 위해서도 아주 괜찮은 생각이다. 그냥 추진해도 되지만 아론에게 막강한 연줄이 있으니까 도움을 주기로 결정했다.

'그동안 후슘 부족은 어떻게 변했을까?'

일 년에 두 번씩 방문하여 만드라고라를 정제해 주기로 약속한 후슘 부족을 떠올렸다. 후슘 부족에게 있어서 아론은 매우 중요한 인물이다. 만드라고라를 정제해야 위대한 전사의 수를 계속 늘릴 수 있기 때문이다.

아론은 후슘 부족의 만드라고라가 자라고 있는 동굴의 좌표로 텔레포트했다. 4서클에 불과할 때는 며칠을 고생해 마법진을 그려야만 했다. 하지만 5서클이 된 이후로는 그리 어렵지 않았다. 물론 예전과 비교해서 쉽다는 것일 뿐이다.

헤이렌 왕국으로 떠나며 아무에게도 그 사실을 알리지 않았다. 만드라고라와 관련된 사항은 그 혼자만의 비밀이다. 그것이 밝혀진다면 삼왕자와 엮인 음모 사건은 비교조차 안 되는 커다란 문제를 야기시킬 것이다.

아론이 도착한 사실은 족장이었던 시암에게 곧바로 알려졌다. 후슘 부족은 헤이렌 왕국의 남부를 모두 장악한 상태이다. 시암은 족장의 직위를 손자인 쉬르에게 주었다. 비록 손자이지만 쉬르의 나이는 40대이다.

위대한 전사는 단순한 마나 유저가 아니다. 만드라고라의 효과로 최소한 150살까지 거뜬하게 살아간다. 120살의 시암에게는 야망을 불태울 마음이 없었다. 그래서 터전에 남기로 결정한 부족민과 만드라고라를 지키며 함께 살아가고 있다.

‘대부분의 부족민들이 떠났군.’

아론은 시암과 함께 걸으며 비워진 집들을 바라보았다. 예전에는 사람들로 북적였건만 지금은 작은 부족으로 전락한 모습이다.

“난 자네가 반가우면서도 반갑지가 않네.”

“예?”

시암은 전혀 알 수 없는 말을 꺼냈다.

“자네 덕분에 부족민 전부가 전사의 의식을 통과했네. 그때는 세상을 모두 얻은 것만 같았지. 위대한 전사로 이루어진 부족민! 얼마나 멋진가? 하지만 시간이 지나자 부족에서의 생활에 답답함을 느낀 부족민들이 하나둘 외부로 진출해 결국 그들은 남부의 모든 부족을 아우르게 되었고, 떠나지 않던 부족민마저 회유시켜 이곳을 떠난 것이야.”

후슘 부족이 남부를 장악한 것은 시암의 뜻이 아니었다. 시암의 손자 쉬르가 이끄는 부족민의 뜻이었다.

“쉬르도 어쩔 수 없었을 거야. 쉬르가 비록 족장이지만 부족민 모두가 위대한 전사가 된 이후로는 족장의 권위가 많이 약해졌거든. 더구나 오래전부터 외부에서 우리 부족의 위대한 전사들을 숭배했으니 그 대우를 받으며 생활하고 싶었겠지. 이곳에서는 평범한 부족민에 불과하지만 외부에는 외부의 족장과 같은 대우를 받으니까.”

시암의 한탄이 계속되었다. 자신의 부족이 발전하여 왕국

의 새로운 지배자가 되어가는 것이 즐겁긴 하지만 그로 인해
그들의 터전이 몰락하는 모습에 씁쓸한 것이다.

　'고향을 떠날 수 없었겠지.'

　터전에 남은 부족민 대부분이 상당한 고령이다. 그들은 아
무리 좋다지만 어려서부터 자라온 고향을 떠날 수 없었던 것
이다.

　'일단 내 형부터 그러니까.'

　아론은 북부에 미련이 없지만 아이작은 다르다. 부모가 어
려서부터 영주가 되기 위한 세뇌를 시켜왔기 때문이다. 북부
에서 성공하기 위한 교육을 말이다. 그래서 북부에 어떤 애착
을 가지고 있다.

　아론이 영지 발전을 위해 계획을 세울 때 아이작에게 건넨
말이 있었다. 아이작이 원하기만 한다면 남부나 동부의 커다
란 영지를 선물하겠다고 말이다. 하지만 아이작은 단번에 거
절했다. 비록 몰락하는 처지지만 영지에 애착이 강했던 것이
다.

　"내가 쉬르를 부르도록 하겠네."

　"굳이 그럴 필요까지 있겠습니까?"

　방문한 이유를 말하자 시암이 쉬르를 부르겠다고 하였다.
아론으로서는 부담스러웠다. 쉬르는 시암에게 있어서 손자
에 불과하지만 이제는 일국의 왕이나 다름이 없다. 그런 존재
를 부르겠다니.

"아니야. 쉬르가 아무리 왕이 되었어도 우리 부족의 족장이 할 일을 남에게 넘겨줄 순 없는 노릇이야. 그것이 아니었으면 쉬르가 감히 왕의 자리에까지 오를 수 있었겠어?"

"……."

아론은 대답을 하지 못했다. 시암이 말한 그것은 만드라고라이다. 지난번에 부족민 모두가 만드라고라를 복용하느라 대부분을 캐냈다. 성장하지 못한 작은 것들만 남겨져 더 이상 만드라고라를 얻지 못하리라 생각했다.

도착해서 확인하니 다행스럽게도 작은 것들이 성장해서 나름대로 번식을 했다. 성장한 만드라고라를 정제한 결과 100여 명이 섭취할 분량이 나왔다. 절반은 정제의 대가이기 때문에 아론의 몫이다.

'이 정도는 양보해야겠지?

아론은 자신의 몫에 해당하는 만드라고라를 양보하고 교역에 대해 제안할 생각이다. 지난번에 가져간 만드라고라가 그대로 아공간에 보관 중인 상태이다. 그래서 양보한다는 생각을 한 것이다.

충분한 물량이 있는데다 앞으로도 계속 얻을 수 있으니까 아깝지만 양보할 수 있다. 아마도 아론이 아니었다면 감히 양보할 생각조차 하지 않을 것이다. 만드라고라는 꿈에서나 볼 수 있는 전설의 식물이니까.

며칠 후 쉬르가 고향에 돌아왔다. 쉬르는 자신의 부족민이 아닌 전사들을 이끌고 고향을 방문했다. 쉬르는 돌아온 즉시 아론에게 정제한 만드라고라의 물량부터 확인했다. 알고 보니 자신에 데려온 전사들을 위대한 전사로 만들려는 것이다.

'후슘 부족민이 아니군.'

아론은 어느 정도 상황을 예상했다. 후슘 부족민 이외에 자신만을 따르는 위대한 전사가 필요한 것이다. 물론 그 이유까지 알 수는 없지만.

'관여할 바는 아니지만 내게는 오히려 잘된 일이지.'

아론에게는 환영받을 일이다. 쉬르에게 필요한 것은 자신만의 강력한 심복들이다. 그런데 아론에게는 만드라고라를 복용 후 바로 강한 전사로 탈바꿈할 수 있는 기억전이 마법이 있으니까.

"정말 보름이면 가능하겠는가?"

"나중에 결과를 보고 딴소리만 안 하시면 됩니다."

쉬르가 믿을 수 없는지 재차 물었다. 아론은 교역 허가 대가로 쉬르의 심복들을 보름 만에 마나 운용이 가능한 마나 유저로 만들겠다고 약속했다. 물론 마나연공법을 가르칠 생각은 추호도 없다.

아론은 만드라고라를 복용한 쉬르의 심복들에게 아주 기초적인 마나운용법을 기억전이 마법으로 주입했다. 본래 몇 년이 지나면 스스로 터득하는 능력이지만 체계적인 운용법이라 장기적으로 다른 전사보다 실력이 빠르게 늘 것이다.

쉬르는 보름 만에 다시 고향에 찾아와 자신의 심복들의 실력을 확인했다. 매크우드 가의 교역은 아주 강력한 배경을 얻은 것이다. 아론은 서로에게 이득이 될 만한 일을 한 가지 더 제안했다.

'너무 쉽게 해결될 일을.'

아론은 쉬르를 통해 오크의 심장을 대량으로 구매할 수 있게 되었다. 그 대가로 포션을 공급하기로 약속했다. 쉬르도 고민없이 즉시 허락했다. 포션에 대해 자세히 알고 있기 때문이다.

이제는 왕이나 다름없는 쉬르가 이렇게 긍정적으로 거래에 응한 이유는 간단하다. 왕이 되었지만 실권을 많은 후슘 부족민이 행사하는 탓이다. 그것이 약간 불만이었던 쉬르는 그들을 달랠 무엇인가 필요했고, 그것을 아론이 제공한 것이다.

매크우드 영지로 돌아온 아론은 더 이상 할 일이 없었다. 가족과 함께 평화로운 나날을 보낼 뿐이다. 영지에서는 사건 사고가 끊이지 않았지만 그건 영지가 발전하기 위한 자연스러운 일들이다.

'와우, 정말 빠르게 변하는군.'

아론은 오랜만에 내성을 나와 거리를 돌아다니며 구경했다. 가끔씩 자신이 추진한 일이 어떠한 결과를 초래하는지 목격하고 싶은 것이다.

"현자님이시다!"

"아론님!"

아론의 산책은 인사하는 영지민 때문에 많은 방해를 받았다. 현자란 말은 아론의 가족이 가끔씩 놀리는 별명이다. 그것이 영지민에까지 전해진 것이다. 영지민들도 영지의 변화를 추구한 것이 아론임을 알기 때문에 그 별명을 진실로 믿는다.

'아이작 형의 대단함을 영지민들은 과연 알기나 할까?'

아이작의 능력이 아론 때문에 전혀 알려지지 않았다. 더구나 무려 130명의 마검사들까지 영지에서 활동하자 더욱 심해졌다. 아이작은 기사라면 누구나 꿈꾸는 소드 익스퍼트 중급의 경지에 도달했다.

아론은 영지민이 자신의 영주가 얼마나 대단한 존재인지 알아주길 바란다. 영지민의 인사를 계속 받을수록 그 생각은 변함이 없다. 아론은 계속해서 영지를 돌아다니다 행정관에게 보고를 받는 아이작을 만났다.

"아론님!"

"아론님께서 오셨습니다!"

아이작에게 보고를 하던 행정관들이 아론에게 정중히 인사를 했다. 그 모습에서 아론은 커다란 모순을 발견했다.

'어떻게 저럴 수가 있지?'

매크우드 영지는 바로 아이작의 것이다. 그런데 행정관들의 모습은 아론을 영주로 생각하는 듯한 모습이다.

'모두 나 때문이구나. 나는 정말 바보였어.'

아론은 모순의 이유를 알 수 있었다. 바로 그 자신이 모순을 만든 인물이었던 것이다. 최고의 권위를 가져야 할 영주가 뛰어난 아론 때문에 최고의 대우를 받지 못하고 있었다. 그렇다고 아이작이 무시당한다는 뜻이 아니다.

영주는 자신이 다스리는 지역에 있어서 최고의 대우를 받아야 한다. 그런데 아론 때문에 최고가 아닌 최고 다음의 대우를 받고 있는 것이다. 이런 경우가 흔하긴 하지만 아론의 경우에는 그 정도가 심했다.

'내가 너무 나댔구나.'

완벽한 것이 좋겠지만 그것이 독이 될 때가 있다. 영지와 가족, 그리고 형을 위해서 아론이 너무 나섰던 것이다.

'내가 어리석었구나.'

아론은 곧장 부모인 로란드와 주디스에게 찾아가 자신의 마음을 털어놓았다. 그리고 영지에서의 활동도 자제하기로 결정했다. 아이작에게도 찾아가 마음을 전하고 자신의 실수를 인정했다.

아이작을 비롯해 가족 모두가 심각하게 생각하지 않았다. 아론 덕분에 가족은 특별한 존재가 되었기 때문이다. 기사와 마법사가 모두 될 수 있는 마검사의 길을 열어주었다. 그것은 무엇과도 바꿀 수 없는 대단한 능력이다.

그것이 전부가 아니다. 아론은 마법 이외에도 많은 것들을 가르쳤다. 가족을 위해 아론은 기억을 잃는 부작용이 발생하지 않는 범위 내에서 많은 지식을 가족에게 선물했다. 그것이 현자라 불리게 된 계기이다.

'내가 모습을 드러내지만 않으면 되겠지?'

아론은 내성에만 지내며 최대한 타인과의 만남을 줄였다. 그리고 5서클의 폴리모프 마법에 관심을 기울였다. 마법 길드를 통해 얻은 여러 종류의 폴리모프 마법을 모두 습득하고 연구했다.

본래 폴리모프는 드래곤의 유희를 위한 드래곤 마법이다. 단순히 외형만 변하는 것이 아니라 변하게 된 종족의 특성을 모두 갖는다. 그래서 인간은 9서클의 마법사 정도는 되어야 가능한 마법이다.

5서클의 폴리모프 마법은 일루전 학파가 드래곤의 폴리모프 마법을 흉내 내어 만든 것에 불과하다. 일루전 학파의 특성이랄 수 있는 환상을 이용해 상대로 하여금 엉뚱한 모습이 보여지도록 한 것이다.

고위 마법답게 단순한 환상이 아니다. 직접 만져도 알아채지 못할 정도로 정교한 마법이다. 물론 기사나 마법사라면 어느 정도 이질감을 눈치 채게 된다. 그래서 아론은 좀 더 완벽한 폴리모프 마법을 위해 연구하는 것이다.

'폴리모프를 한다면 예전과 같은 일도 피할 수 있을 거야.'

황궁에서 아론이 보낸 삼왕자의 음모를 밝힌 서신에서 신관과 마법사를 통해 추적한 사건을 떠올렸다. 폴리모프한 상태라면 그러한 추적도 피할 수 있다.

'너무 불편하니까.'

과도한 관심이 싫다기보다는 불편해서 폴리모프 마법에 더욱 집중했다. 권위를 누리기 좋아하는 귀족이라면 관심이 좋을 수 있다. 하지만 아론은 콘라드 제국에서 돌아오기 전까지 비참하지만 자유롭게 지냈었다. 그래서 과도한 관심이 불편한 것이다.

귀족의 생활도 어려서부터 즐기며 자랐어야 누릴 수 있다. 매크우드 가에서는 오직 아이작만이 그러한 특권과 관심을 누렸고, 차남인 레슬과 막내인 아론은 귀족과 평민 그 중간의 생활이었다.

마법의 연구는 의외로 빠른 성과를 보였다. 폴리모프 마법은 자신의 모습을 완벽히 감출 수 있는 방법임에도 거의 사장된 마법이다. 그 이유는 마법에 필요한 마나가 막대한 탓이다.

결정적으로 마나를 지속적으로 소모시키는 결정적인 단점이 있다. 그 소모되는 마나량이 너무 커서 마도사도 사용하기 곤란할 정도이다. 더구나 하나의 마법을 시전한 상태에서는 다른 마법을 중첩해서 사용하기 곤란하다. 불가능한 것은 아니지만 그것으로 인해 위험한 순간에 죽을 수도 있는 노릇이다. 그러니 어떤 마법사가 사용하겠는가.

폴리모프 마법은 마법사로서는 목숨을 내놓고 시전하는 것이나 진배없다. 하지만 그러한 단점이 아론에게는 그다지 문제되지 않는다. 마법 이외에도 기사로서의 능력도 갖추고 있기 때문이다.

단점만 있는 것은 아니다. 폴리모프 상태를 유지함으로 인해 마나의 운용 능력을 상승시키는 수련이 된다. 또한 마법의 중첩 시전도 같은 효과를 나타낸다. 물론 두 가지 모두 무식한 수련 방법이라 잘 이용되지 않는 수련 방법이지만 말이다.

'앞으로 나는 무엇을 하고 지내야 할까?'

아론은 삶의 회의를 가졌다. 여러 종류의 폴리모프 마법을 모두 익히고 그 각각에서 장점만을 취하여 자신만의 폴리모프 마법이 조금씩 완성되어 가자 막상 할 일이 없음을 깨달은 것이다.

콘라드 제국에서 3서클을 달성하여 마법 아카데미를 졸업했을 때도 비슷한 경험을 했지만 그때와는 차원이 다른 고민이다. 적어도 그때에는 영주가 되어 하고 싶은 일들이 많았다. 하지만 그것이 얼마나 허망한지 알고 있는 지금 자신이 무엇을 하고 싶은지 고민이다.

'더 이상 내가 성취할 것이 남아 있나?'

어떠한 목적을 정하더라도 지금의 아론이면 불가능할 것이 거의 존재하지 않는다. 더구나 아론의 삶은 이제 시작이나 마찬가지이다. 30대 후반의 적은 나이가 아니지만 영력으로 인해 추측이 불가능한 수명을 가졌다. 무엇이 불가능하겠는가.

'마음만 먹으면 왕이 될 수도 있겠지? 물론 오랜 세월이 필요하겠지만.'

황당하고 웃긴 이야기이지만 아론에게는 진실이 될 수도 있다. 아론의 고민은 계속되었고 자신이 원하는 것이 무엇일까 고민했다. 그래서 결국 자신이 마음속 깊이 원하는 두 가지를 찾아낼 수 있었다. 그리고 그것을 삶의 목표로 정했다.

그것은 지식에 대한 탐욕과 왕국이 제국에 의지하지 않는 모습이다. 반년간 대장간을 매일 출입하며 강철 기술을 터득하기 위해 노력했다. 그리고 그 결과를 얻었을 때 정말로 기뻤다.

'나는 그런 기분이 계속되길 바라.'

드래곤의 기억 덕분에 학자가 가져야 할 즐거움을 알았다. 폴리모프 마법을 연구하면서도 약간의 즐거움을 얻었다. 그것은 무척이나 어려운 목표를 정하고 그것을 성취한 자가 아니면 모르는 즐거움이다.

아론은 왕국에 대한 애국심이 강하지 않다. 어려서부터 성인이 될 때까지 자신만의 자리를 찾기 위해 바빠서 그런 감정조차 누리지 못했다. 그런데 전쟁 직후 왕국의 수도가 제국화되어 가는 모습을 떠올릴 때마다 감정을 자극한다.

아론은 내성 지하에 마련한 던전에서 일 년을 보냈다. 그곳은 가족도 출입할 수 없는 아론만의 공간이다. 마나석, 오크 포션 등을 제조하기 위해 영지 발전을 추진할 때 비밀스럽게 건축했다.

마법 실험을 위한 장소이지만 가족에게 절대 보여줄 수 없다. 아론은 모두 꺼리는 네크로맨서이다. 매크우드 가에서 헤이렌 왕국과 교역을 시작한 이후 꾸준히 가져온 오크의 삼장을 가공한 장소이기도 하다. 그 끔찍한 모습을 어떻게 보여주겠는가.

가족만이 아론의 개인적인 공간으로 연락을 할 수 있다. 일 년의 시간 동안 가족과는 꾸준히 만나왔지만 가족 이외의 인물은 거의 만나지 않았다. 그동안 아론만의 폴리모프 마법은 완성되었다.

여러 폴리모프의 장점만을 모아서 완성했다. 아론에게는 창조적인 부분에 있어서는 많이 부족했다. 그래서 다른 마법사의 뛰어난 생각을 훔쳐다 자신의 것으로 만든 것이다. 그나마 그 부분에 있어서는 충분한 능력이 된다. 물론 만드라고라와 영력으로 얻은 후천적인 능력 덕분이지만 말이다.

아론이 일 년간 폴리모프 마법에만 매달린 것은 아니다. 자신이 아니더라도 오크의 심장으로 포션을 만들기 위한 방법을 연구한 것이다. 솔직히 말하자면 헤이렌 왕국에서 보내온 오크의 심장을 포션으로 제조하는 것이 귀찮았기 때문이다.

“이게 오크포션을 제작할 수 있는 아티팩트란 말이니?”

“네, 형.”

아론은 처음으로 자신 이외의 인물을 실험실에 출입시켰다. 아이작이 아론의 부모보다도 더 많은 것을 알고 있기 때문이다.

“정말 대단하구나.”

아이작이 감탄하는 것은 당연했다. 아론이 제작한 오크포션 제조용 아티팩트는 하나를 가리키는 것이 아니다. 수백여 개의 실험기구들이 서로 결합하여 포션을 계속해서 제조하는 복잡한 장치이다.

실험기구 하나하나를 아론이 직접 만들었다. 포션의 제조 사실이 드러날 수 있기 때문에 마법 길드의 도움도 받을 수 없었다. 이것을 아이작에게 공개한 것은 아이작에게 쉬르와의 약속을 떠넘기기 위해서이다.

“형만 동작시킬 수 있도록 해놨어. 앞으로 헤이렌 왕국에서 가져오는 오크의 심장 일부는 형이 직접 포션으로 제조해야 될 거야. 나머지는 보존 마법이 걸린 다른 방에 쌓아두도록 해. 나중에 내가 다른 용도로 써야 되니까.”

“알았어.”

“그리고 이 던전은 형 이외에 출입하면 함정이 발동되니까 주의해야돼.”

아론은 던전에서 주의할 사항을 알려주었다. 던전의 규모는 상당히 크다. 통로는 크지 않지만 그러한 통로가 미로처럼 지하에 얽혀져 있다. 그리고 일정한 거리마다 방이 하나씩 만들어져 있다. 그런 공간이 무려 100여 개에 이른다.

'정말 힘들게 만들었지.'

아이작에게 던전을 안내하면서 예전에 고생한 생각이 난다. 사람들에게 하수도처럼 흙을 파내도록 시키고 5서클의 월 오브 스톤 마법을 시전하여 흙벽을 돌벽으로 바꾸었다. 그때는 5서클 마법이 익숙지 않아서 고생했다. 물론 그 덕분에 월 오브 스톤 마법만큼은 완벽하게 마스터했다.

아론은 가족에게 자신의 삶의 새로운 목표를 떳떳하게 밝혔다. 새로운 삶을 위해서 매크우드 영지를 떠나게 된 것이다. 그렇다고 어디론가 멀리 떠나려는 것은 아니었다. 단지 남녀가 결혼하듯 독립하려는 것이다.

일 년 사이에 매크우드 영지는 또다시 큰 발전을 했다. 헤이렌 왕국과의 교역으로 강철 물품과 석화 물품 이외의 수입원이 생겼다. 그 규모도 대단히 컸다. 왕국의 물품 대부분이 헤이렌 왕국에는 없는 것들이라 거래가 쉽게 이루어졌다.

헤이렌 왕국의 남부를 장악하여 왕이 된 쉬르의 도움도 한몫했다. 일개 자작가에 불과한 영지에서 백작가에 버금가는 무력과 재정 수입이 생겼다. 그 방법도 다른 가문에서 감히 따라 할 수 없어서 독점을 유지하고 있었다.

물론 나쁜 일도 있었다. 대장장이 몇 명이 회유당하여 빠져나간 것이다. 회유당하여 떠나간 대장장이 일부가 다시 돌아왔지만 받아주지 않았다. 그 어떤 곳도 매크우드 가의 대장간 환경을 따라가지 못하기 때문이다.

마검사 단원들 일부는 귀족 여인과 결혼도 하였다. 30년 이후를 내다본 귀족가에서 과감히 평민에게 투자한 것이다. 매크우드 가의 피가 조금이라도 섞인 것이 결혼을 결심하게 된 배경도 되었다.

석화탑에는 별반 문제가 없었다. 마법 길드를 통해 고위 마법사들을 여럿 초빙해서 건축한 것이라 감히 장난을 치려는 위인이 없다. 잘못되기라도 한다면 마법 길드의 미움을 살 수 있기 때문이다.

보름 정도를 가족과 즐겁게 보낸 아론은 어려서부터 자라온 집을 떠났다. 이제는 자신만의 집을 마련하기 위한 길이다. 또한 자신이 목표한 두 가지를 실천하기 위한 길이기도 하다.

Chapter 19

속국(屬國)

속국 屬國

　　바네 왕국의 삼왕자라는 엄청난 신분에 비해 우드의
생활은 비참하기 이를 데 없었다. 월레스에게 납치된 초반에
는 인질로서의 가치 때문에 나름 신분에 걸맞는 대우를 받았
지만 전쟁 이후로는 죄인보다 못한 처지가 되었다.

　'월레스 이놈!'

　우드는 월레스에 대한 분노를 잠재우지 못했다.

　'그놈만 아니었어도 돌아갈 수 있었을 텐데. 망할 자식!'

　왕자의 신분 정도가 되면 아무리 적대국에 납치되어도 협
상을 통해 돌아가기 마련이다. 하지만 우드의 경우에는 바네
왕국으로부터 버려졌다. 왕자가 아무리 못나도 그런 경우는

흔치 않다.

이것은 월레스로 인한 결과이다. 피렌스 왕국의 침략 당시에 바네 왕국의 국경 지역 병력을 엉뚱한 곳에 배치하는데, 가우타 총사령관과 우드 삼왕자의 이름으로 명령서를 하달한 탓이다. 결국 책임소재를 물어야 할 사람은 우드밖에 없는 것이다.

사실 가우타와 우드에게 직접적인 책임이 있다고 보기에는 어렵다. 모두 월레스가 꾸미고 지시한 일이다. 하지만 지금에야 진실이 알려졌지만 전쟁 초기에는 그 사실을 알지 못했다. 그래서 우드가 버림받은 것이다.

'악마와 계약을 해서라도 둘 다 가만두지 않겠어!'

우드는 자신을 버린 자신의 조국과 자신을 비참하게 만든 월레스와 그의 나라 모두를 저주했다. 감정이 격해진 이유는 비참해진 환경요인이 크다. 피렌스 왕국에서 인질로서의 가치가 사라졌다고 생각하자 죄인으로 취급했기 때문이다.

처음에는 인질로서 지내도 충분히 감내했다. 우드 자신도 얼마나 큰 잘못을 했는지 충분히 안다. 진실을 알렸다면 전쟁이 발발하지도 않았을 수 있다고 생각했기 때문이다. 하지만 버림을 당하자 그동안의 생각이 바뀌었다.

우드의 신분은 왕자이다. 자신의 나라로부터 버림받은 것은 부모도 같은 뜻임을 상징하는 것이다. 바네 왕국의 황제가 바로 부자관계이니 말이다. 그래서 우드의 분노는 상상을 초월했다.

쾅아아앙!

꽈아앙!

우드는 밖에서 들려오는 폭발 소리에 정신을 차렸다. 굉장히 큰 폭발이라 땅이 울리고 벽이 흔들렸다.

‘설마 무너지거나 하지는 않겠지?’

상황이 더 나빠지진 않으리라 생각했건만 그것도 아닌가 보다. 우드가 갇힌 곳은 탈출이 거의 불가능한 던전 형태의 감옥이다. 전쟁 직후에 돌아가지 못한 바네 왕국의 포로들이 갇힌 곳이다. 물론 대부분이 귀족이다.

평민의 경우 노예로 전락하거나 아니면 강제로 일을 시킨다. 그들이 돌아가지 못하는 것은 서로 너무도 적대하는 관계라 포로에 대한 협상도 아직 진행시키지 못했기 때문이다. 전쟁이 끝난 지가 이 년이 넘었음에도 말이다.

“언데드다!”

“악마의 군대가 쳐들어왔다!”

폭발음에 이어서 병사들이 외치는 소리가 들려왔다. 감옥에 갇힌 포로들로서는 여간 불안한 게 아니다.

“크아악!”

“커억!”

병사가 죽어가며 지르는 비명이 점점 가까워졌다. 잠시 후 병사들이 우르르 뒤로 후퇴하는 모습이 보였다.

‘더 이상 갈 데도 없는데.’

칼부림 소리와 비명이 결국 코앞에까지 다가왔다. 더 이상 후퇴할 곳이 없었던 병사들의 선택은 최후의 저항이다.

‘허억! 정말로 언데드다.’

공포에 젖어 감히 숨조차 쉬지 못하고 병사들이 죽어가는 모습을 지켜봤다. 갇혀 있어서 언데드로부터 안전하지만 장담하지 못한다. 내부로 뚫고 들어올 수 있기 때문이다. 우드를 포함해 감옥에 갇혀 있던 자들의 생각은 그저 언데드가 떠나길 바랄 뿐이었다.

“우드님!”

“삼왕자님!”

언데드의 뒤에서 누군가 우드를 불렀다. 순간적으로 우드는 대답을 해야 되는지 말아야 되는지 고민했다. 언데드 뒤에서 부르는 소리가 들려왔기 때문이다.

‘익숙한 목소리인데.’

또다시 들려오는 소리에 우드는 익숙하다 생각했다.

“자이넬?”

밖에서 언데드 사이를 오가며 감옥의 내부를 살피던 자의 정체를 알아채고 우드는 깜짝 놀랐다. 월레스에게 하나의 팔을 내주고 도주한 자이넬이 앞에 나타난 것이다. 어디선가 죽었으리라 생각했건만 아닌 모양이다.

“우드님!”

“자네가 어떻게 이곳을?”

무척이나 반가운 만남이지만 환경이 그렇지 못했다. 바닥에는 참혹하게 죽은 병사들의 시체가 널브러져 있으며, 그들을 죽인 언데드가 살벌한 분위기를 연출하고 있다. 그 중심에 자이넬이 있는 것이다.

“그리고 그 팔은 어떻게 된 거지? 또…….”

우드는 언데드에 관해서도 질문하고 싶었지만 말을 꺼내지 못했다. 그저 잘려진 왼팔이 멀쩡하게 붙어 있는 사실을 뒤늦게 발견하고 말을 한 것이다.

“그보단 일단 이곳을 빠져나가야 합니다.”

“나를 구하러 왔단 말이야?”

“물론입니다. 제가 아니면 누가 우드님을 구하겠습니까?”

우드는 자이넬이 너무도 고마웠다. 솔직히 순수한 마음으로 자신을 구하러 온 것이 아님도 어느 정도 알고 있다. 하지만 그것은 중요치 않다. 지긋지긋한 이곳을 빠져나가게 된 것이 중요하다.

‘너희들이 나를 무시했겠다?’

우드가 비참했던 요인 중 하나가 함께 갇혀 있는 바네 왕국의 귀족들 때문이다. 그들도 우드가 전쟁에 어떠한 영향을 끼쳤는지 알기 때문에 왕자로서 대우조차 하지 않은 것이다. 그것이 우드를 더욱더 비참하게 만든 요인이다.

‘둘 다 대가를 치르게 될 거야!’

우드가 가리키는 둘은 바네 왕국과 피렌스 왕국이다.

'일단은 너희들부터 대가를 치르고.'

구하러 온 자이넬이 서두르는 기세가 없자 우드도 여유를 가졌다. 그리고 자신이 어떠한 행동을 취해야 하는지 결정했다. 우드의 상황 판단은 매우 빨랐다. 왕자로서 받은 교육의 효과이기도 하다.

"이놈들을 모두 죽여야 해. 그리고 이곳을 무너뜨리기까지 하면 더 좋고."

"알겠습니다, 우드 왕자님!"

우드는 눈 하나 깜짝하지 않고 자이넬에게 다른 포로들을 죽이라 지시했다. 두 왕국에게서 자신의 흔적을 지우기 위해서이다.

"으아악!"

"살려줘, 살려줘!"

언데드가 감옥에 갇혀 있던 포로들을 죽이기 시작했다. 창살이 가로막고 있어서 약간 버티는 포로도 있었지만 그리 오래가지 못했다. 그들에게는 도망갈 작은 구멍조차 없어서 조금의 희망도 없었다.

감옥을 빠져나오자 우드의 눈앞에 더 끔찍한 모습이 펼쳐졌다. 병사들이 죽어가며 악마의 군대라 외친 이유가 있었다. 다양한 형태의 언데드가 주변에 가득한 것이다. 좀비 하나만 하더라도 그 종류가 다양했다.

인간형 좀비부터 각종 하급 몬스터의 좀비가 수두룩했다. 우드는 자이넬과 언데드 군단이 어떠한 관계인지 궁금했다. 그 어디를 둘러봐도 자이넬 이외의 사람은 없었다. 오직 자이넬뿐이다.

"월레스에게 왼팔을 잃었을 때 저는 죽었습니다. 마법사가 마법을 사용하지 못하게 되었으니까요. 그래서 팔을 복구하기 위해서 혐오하던 흑마법사가 되었습니다. 처음에는 조용히 지내려고 했으나 도저히……."

자이넬은 언데드 군단과 함께 천천히 움직이며 우드에게 그동안 자신에게 있었던 일들을 밝혔다. 팔 때문에 흑마법사가 되었고 조용히 지내기가 어려워 우드를 찾아온 것이다. 우드의 그늘 아래에서 지내기 위해서 말이다.

흑마법사의 말로는 비참하다. 인정을 받은 순수한 흑마법사의 경우 활동이 가능하지만 그 외에는 대륙의 적으로 취급된다. 순수한 흑마법사란 마족과 계약을 맺지 않았거나 맺었어도 대가없이 소환하여 대결을 통해 마족을 완전히 지배할 수 있는 흑마법사를 말한다. 물론 그러한 경우는 거의 없다.

"프레이스 제국으로 간다!"

"왕국으로 돌아가시지 않습니까?"

"왕국에서 내가 설자리는 없다. 다행히 마도사 못지않은 네가 있으니까 프레이스 제국에서 처음부터 다시 시작해야지."

우드는 바네 왕국에 가장 영향력이 큰 나라인 프레이스 제국으로 향했다. 왕국으로 돌아가 봐야 평생 황궁에 갇혀 지내야 할 것이다. 차라리 프레이스 제국의 힘을 이용해 자신만의 세력을 만들 생각이다.

자이넬은 우드에게 용기를 주었다. 자이넬은 본래 5서클의 고위 마법사였다. 그런데 마족과 계약을 해서 이제는 6서클의 경지에 이르렀다. 물론 강제적인 것이라 완전한 6서클은 아니지만 그것이 얼마나 대단한지는 아이도 아는 사실이다.

프레이스 제국의 바네 왕국에 대한 대외적인 관계는 좋은 편이다. 바네 왕국을 향한 속국화가 진행되고 있지만 그건 제국의 탓이 아니다. 타국에 의지한 바네 왕국이 스스로 자초한 일이다.

공식적으로 프레이스 제국은 왕국의 이권에는 관심이 있을지 몰라도 속국화를 진행시키지 않는다. 제국의 귀족들이 개인적으로 진행시키는 것뿐이다. 물론 제국에서는 그 사실을 알지만 방치하고 있다.

전쟁 이후로 바네 왕국의 정치에 제국이 관여를 하기 시작했다. 타국의 내정 간섭은 제국이라도 함부로 할 수 없다. 하지만 왕국은 제국의 도움이 없으면 여러모로 불편하기 때문에 항의조차 하지 못했다.

바네 왕국에 진출한 제국의 세력이 직접적으로 정치에 관여할 필요도 없었다. 왕국의 제국파 귀족들이 세력을 형성하여 스스로 따랐기 때문이다. 그들이 그럴 수밖에 없었던 요인에는 왕국의 어려운 사정 탓도 있었다.

바네 왕국에 진출한 프레이스 제국의 세력들이 한자리에 모였다. 남부의 철광산 대부분을 차지한 바트리아 백작가에서 추진하는 바네 왕국의 속국화 전략을 서로 협력하여 추진하기 위해서이다.

"그럼 지난 일 년간 속국화 전략의 결과 보고를 시작하겠습니다."

왕국에 진출한 세력의 대표 10여 명이 자리했다. 너무도 대단한 인물들이라 냉랭한 분위기로 진행되었다.

"모두 알다시피 저희 바트리아 가문에서는 남부의 철광산 대부분을 소유하고 있습니다. 광산에서 생산된 철의 절반을 제국으로 반출하여 왕국 내 철의 부족 현상을 고의로 발생시켰습니다. 그 덕분에 동부에도 진출할 수 있게 되었습니다. 앞으로 일 년만 더 지난다면 왕국의 철광산업 절반을 좌지우지할 수 있으리라 생각합니다."

정말 대단한 영향력이었다. 제국의 백작 가문 혼자의 힘으로 한 나라의 중요한 산업 하나를 차지한 것이다.

"역시 바네 왕국의 속국화 전략을 추진한 가문답게 결과도 화끈하구만."

"와우, 대단한 세력이야."

철광산업의 중요성을 알고 있는 대표들이 바트리아 가문의 결과에 감탄했다. 바트리아 가문에서 생산된 철의 전량을 제국으로 반출이라도 한다면 왕국에서는 철 부족으로 엄청난 곤란을 겪을 것임을 모르지 않기 때문이다.

"임시로 상단 길드의 대표를 맡은 할리입니다. 전쟁으로 바네 왕국은 중요한 생산 기반 시설을 대부분 잃었습니다. 그래서 공산품조차도 생산하지 못해 대부분의 생필품이 부족했습니다. 그래서 지난 일 년간 진출한 상단들 대부분이 제국에서 들여온 물품으로 막대한 이득을 취했으며 현재는 왕국의 상업 절반을 차지했습니다. 하지만 근래 들어 왕국에서 중요한 기반 시설을 점차적으로 복구하여 경쟁이 치열해지려는 양상입니다. 그래서 앞으로는 현재 상태를 유지하는 데 전력을 기울일 계획입니다."

"허어, 상업은 절반을 이미 차지한 상황이라."

"대단하구만."

또다시 대표들의 감탄이 이어졌다. 각 가문에서 바네 왕국의 어려운 사정을 이용하여 막대한 이득을 취하여 벌어진 결과였다.

"용병 길드의 대표를……."

용병 길드에 관한 보고가 시작되었다. 위에 보고된 두 가지 내용에 비교해 상당히 처지는 결과였다. 실력이 좋은 용병의 경우 대우가 좋은 제국의 용병 길드에서 활동하는 경우가 많지만 그 수가 많지 않았다.

전체적인 전력 면에서 왕국의 용병 길드가 우세한 것은 당연하지만 실제적으로 유명한 용병이나 용병대는 모두 제국의 용병 길드가 차지하고 있었다. 질적인 측면에서만 우세한 입장이지만 점차 발전하고 있었다.

"동부의 마법 길드를 책임지고 있는 6서클 마도사 모리스요. 동부에서 영지민 수가 10만 이상인 영지는 모두 길드의 분점을 운영하고 있소. 물론 전략적으로 중요한 곳은 영지민이 적은 곳이라도 운영하고 있으니 걱정할 것 없소."

"남부의 마법 길드를 책임지고 있는 6서클 마도사 베일이오. 동부와 마찬가지요."

바네 왕국에 파견한 세 명의 마도사 중 두 명이 간단히 보고를 끝마쳤다. 너무도 간략한 보고였지만 누구 한 사람 불만을 가지지 않았다. 마도사의 위대함을 그들이 잘 알기 때문이다.

'망할 북부 놈들!'

앞서 발표한 두 마도사와 함께 파견된 6서클 마도사 그레이는 창피했다. 그는 북부에서 마법 길드를 제대로 운영하지 못했기 때문이다. 북부에 자리 잡은 왕국의 마법 길드가 적극적으로 활동한 탓이다.

"북부의 마법 길드를 책임진 6서클 마도사 그레이요. 북부에 진출한 제국의 마법 길드는 제대로 자리를 잡지 못했고,

앞으로도 성과가 없을 거요. 정말 미안하게 됐소이다.”

“…….”

대표자들의 시선이 그레이에게 향했다. 왕국 내 진출한 단체 중 유일하게 실패한 결과가 나온 것이다. 왕국 내 사정이 극도로 나빠서 어떤 분야로 진출하든 승승장구하는 상황에서 특이한 경우가 아닐 수 없었다.

“그레이님, 그게 무슨 말씀이십니까?”

“아니, 북부는 왕국에서도 버려질 정도로 척박한 지역인데, 자리조차 잡지 못하셨다고요?”

두 마도사가 그레이에게 영문을 알 수 없어 의아한 표정으로 질문했다. 진출이 실패하여 창피하긴 하지만 그레이로서도 핑계가 있었다. 북부의 마법 길드에서 막대한 자금력을 쏟아 부어 적극적으로 대처했기 때문이다.

“왕국의 북부 마법 길드에서 막강한 자금력을 바탕으로 적극적으로 대처하니까 우리의 활동이 위축될 수밖에 없었소.”

그레이의 핑계는 간결했다. 상세한 내용은 그레이가 제출한 보고서에 모두 기록되어 있어서 질문할 필요도 없었다. 기록을 살펴본 대표자들은 혀를 차면서 어이없어하였다. 대부분의 왕국 단체들은 자금 부족 현상을 겪고 있다. 하지만 북부의 마법 길드는 전혀 그렇지가 않았던 것이다.

“일개 자작가에서 엄청난 자금이 마법 길드로 유입되었을 가능성이 크다고?”

"매크우드 자작가?"

대표자들이 북부의 마법 길드 자금력에 대한 출처를 조사한 비밀문서까지 살펴봤다. 자금의 규모가 상상 이상으로 컸다. 그레이가 진출을 실패한 이유가 아주 명확했다. 자금력에서 뒤지니 진출이 어려울 수밖에 없다.

철광산업에 관해 발표한 바트리아 가문의 대표와 상단 길드 대표가 익숙한 매크우드 가문의 이름을 발견하고 무척 놀랐다. 그들은 바네 왕국에 진출하여 승승장구하고 있는 상황이라 떳떳이 밝혔지만 한곳만은 그렇지 않았기 때문이다.

매크우드 가에서 생산하는 석화 물품으로 인해 북부에서의 철광산업은 거의 진출을 하지 못했다. 더구나 매크우드 가에서는 석화 물품 이외에도 강철 물품을 생산하여 저렴한 값으로 북부의 귀족 연합에 넘겨져 경쟁에서 이길 수 없었던 것이다.

북부에 진출한 상단도 마찬가지였다. 상단의 입장에서 가장 이윤이 많은 것은 바로 식량과 무구이다. 그런데 척박한 북부에서 유통하는 곡물이 오히려 남부와 동부보다 저렴하기까지 했다. 매크우드 가에서 반출한 곡물 때문이다.

"저기 죄송하지만 제가 누락한 사실이 있습니다. 중요하다고 생각되지 않아 그냥 무시했지만 그레이 마도사님의 말씀을 듣고 나니 말을 해야 되겠네요. 저희 바트리아 가문에서도 북부로의 진출에 실패했습니다. 북부의 매크우드 자작 가문에서 대량으로 강철 물품과 석화 물품을 생산하여 판매하고 있어서 활동의 기회조차 얻지 못하고 있습니다.”

“상단 길드도 마찬가지입니다. 같은 이유로 북부 진출에 실패했습니다.”

그레이로 시작된 진출 실패 요인이 점점 확대되어 걷잡을 수 없는 사태를 만들었다. 그 원인의 중심에는 북부의 매크우드 자작 가문이 있지만 그것만으로 설명하기 어려웠다. 마법 길드의 경우 사용한 자금력이 상상을 초월한 탓이다.

대표자들은 북부에 그들이 알지 못하는 세력이 활동한다고 생각했다. 그래서 제국의 진출이 모두 막힌다고 추측했다. 그들은 북부 진출을 어떻게 해야 할지 토론을 거듭했다. 북부를 장악하기 위해서는 막대한 지원이 필요했다.

“북부는 포기합시다! 차라리 그 전력을 남부와 동부에 투입시켜 속국화 전략을 앞당기도록 합시다. 어차피 북부야 왕국에서도 거의 관심을 가지지 않으니까 속국화에 어떠한 영향도 주지 않으리라 생각하오.”

“그럽시다!”

“좋은 생각이오. 왕국내 세 개의 세력 중 가장 약한 곳을 포기하니까 별반 달라질 것은 없을 거요.”

대표들 모두의 동의 아래 북부 진출을 포기하기로 결정했다. 하지만 이대로 물러설 그들이 아니었다. 제국의 모든 단체가 북부에서 손을 뗀 것이다. 그것으로 인해 북부는 고립이 된 것이나 마찬가지였다.

북부는 척박한 곳이라 여러모로 필요한 물품이 많았다. 그런데 제국의 상단이 북부에서만큼은 활동하지 않자 공급에 차질이 빚어진 것이다. 왕국의 상단이 제대로 활동하지 못하여 생긴 문제였다.

고립으로 인해 북부는 상업활동이 위축되었다. 매크우드 가에서 생산한 물품으로 인해 외부로의 반출은 쉽지만 반입이 어려웠다. 자금이 있음에도 제국의 상단에서 물품을 판매하지 않으니 물품을 구하기가 어려운 것이다.

북부만의 문제는 아니지만 바네 왕국 전체적으로 볼 때 많은 물품이 부족했다. 특히 북부는 수도와 멀리 떨어진 지역이라 더 극심했다. 그러한 상황에서 매크우드 가의 영향으로 상업활동이 많아졌다.

엄청난 곡물에 이어서 강철 물품과 석화 물품은 북부에 많은 자금을 유통시키게 만들었다. 생산된 물품 절반이 저렴한 가격으로 귀족 연합의 수중으로 넘어갔기 때문이다. 그것은 매크우드 가를 압박하지 않는 대가이기도 했다.

매크우드 가에서 생산된 물품은 외부로 반출되어 북부 귀족 연합에게 많은 자금을 선사했다. 그리고 그 덕분에 북부의 사정은 많이 좋아졌다. 하지만 자금이 있음에도 필요한 물품을 구하지 못하자 불만이 높아졌다.

남부와 동부에서는 북부에 물품을 반출하지 않았다. 특히 제국과 관련이 있는 곳이라면 아무리 높은 가격을 제시해도 물품을 판매하지 않은 것이다. 왕국의 상단에서 구매하기도 했지만 그들도 제국의 상단에게 눈치를 받는 입장이라 한계가 있었다.

북부 귀족 연합에서는 고립에 대한 해결책으로 매크우드 가의 해상교역을 적극 지원했다. 매크우드 가문이 일 년 전부터 적극적으로 교역을 추진한 일은 북부에서 모르는 사람이 없을 정도라 새삼스러울 것도 아니었다.

헤이렌 왕국과의 교역은 일 년 전부터 시작해서 북부 귀족 연합도 매크우드 가를 통해 간접적으로 참여해 이득을 보았다. 하지만 에이워드 제국과의 교역은 황궁에서 허가하지 않아 항구 도시 지원만 계속해 왔을 뿐이다.

북부 귀족 연합에서 적극적으로 나서자 황궁에서 마지못해 에이워드 제국과의 해상교역을 허가했다. 교역권을 얻은 가문은 북부의 네 개 백작가와 퍼머낸시 항구 도시를 지원한 매크우드 가뿐이었다.

매크우드 가문이 비록 자작가에 불과하지만 북부에서만큼은 백작가 못지않은 대우를 받기 시작했다. 그러한 때에 아론은 매크우드 영지를 떠났다. 자신이 원하던 것을 얻기 위해서.

'지식의 욕구를 충족하기 위해서는 책이 가장 무난하겠지?

아론은 지식을 얻기 위한 방법을 떠올렸다. 가장 먼저 생각난 것이 책이지만 아론에게는 그것보다 쉬운 방법이 있었다.

'기억전이 마법으로 상대의 지식을 얻으면 더 쉬울 거야.'

굳이 책을 읽지 않고서도 기억전이 마법으로 많은 지식을 얻을 수 있다. 깨달음과 같은 것들은 어렵겠지만 이론적인 지식은 가능했다. 더군다나 그 사람이 가진 주관까지 얻을 수 있는 장점도 있다.

책은 도서관을 찾아가면 볼 수 있다. 하지만 왕립도서관처럼 대규모가 아닌 이상에야 아론이 원하는 지식을 얻기란 불가능하다. 결론적으로 북부에서는 아론의 지식 욕구를 충족할 도서관이 없다는 것이다.

지식이 뛰어난 상대에게 기억을 읽는 방법도 까다롭다. 지식이 뛰어난 사람이라면 당연히 학자이다. 하지만 같은 분야의 학자가 아니면 대부분 한자리에 모여서 생활하지 않는 문제가 있다. 결국 이 방법도 북부를 떠나야 된다.

'아직은 떠날 때가 아니야.'

아론은 가족이 걱정되어 북부를 떠날 수 없었다. 매크우드가의 전력이 백작가 못지않지만 귀족사회가 그리 만만치가 않다. 어쌔신을 보내 마음에 들지 않는 귀족을 암살하는 경우도 종종 있으니 말이다.

'거처도 필요한데.'

매크우드 영지를 떠나자 막상 갈 곳이 없었다. 매크우드의 주변 영지 중 하나를 구매하면 가족도 좋아하겠지만 그러면 아이작에게 피해가 간다. 그래서 매크우드 가에서 어느 정도 떨어진 곳이어야 한다.

'북부에 왕립도서관처럼 큰 도서관이 있으면 좋을 텐데.'

아론은 왕립도서관을 생각하다 좋은 계획이 떠올랐다. 영지 발전을 위해 추진하면서 돈이면 무엇이든 가능함을 지켜보았다. 그래서 북부에도 왕립도서관에 버금가는, 아니, 그보다 큰 도서관의 건립이 가능함을 깨달았다.

굳이 책을 보려고 찾아갈 필요가 없다. 자신만의 도서관을 건립하고 책을 모으면 되는 것이다. 그러면 뛰어난 지식을 가진 학자도 초빙할 수 있고 그렇게 찾아오는 학자의 지식을 기억전이 마법으로 얻을 수 있을 것이다.

집을 나와서 그러한 결정을 내리고 곧바로 북부의 페리즈 백작가를 방문했다. 페리즈 백작 가문은 북부에서는 가장 남쪽에 위치해 있다. 북부로 들어오기 위해서는 반드시 거쳐야 하는 곳이라 북부에서 가장 영향력이 강한 가문이다.

"아론 매크우드입니다."

"반갑습니다. 에드 페리즈 백작입니다."

아론의 방문에 영주인 백작이 직접 맞아주었다. 북부에서 아론의 유명세는 매우 높다. 매크우드 가를 단기간에 발전시킨 사람으로 유명해졌다. 의외의 방문이지만 정말 만나보고 싶었던 인물이라 만남이 쉽게 이루어진 것이다.

"북부의 중심 부근에 도서관을 건립하고 싶습니다!"

"예?"

에드가 뜬끔없는 말에 고개를 갸우뚱했다. 그러자 아론은 개인적인 도서관이 필요함을 역설하고 그 규모가 왕립도서관보다 클 것이라 밝혔다. 그리고 페리즈 백작가에서 하나의 도서관을 위탁 관리해 달라고 요구했다.

"하나의 도서관을 저희가 관리해 달라고요?"

"그렇습니다."

"도서관을 하나만 건립하려는 것이 아닙니까?"

아론이 생각하는 도서관은 단순히 규모가 큰 정도가 아니다. 대륙에서 제일 커다란 규모의 도서관을 건립하려는 계획이다. 물론 몇 년 추진해서 완성하려는 것이 아니다. 수십 년간 꾸준히 추진할 계획인 것이다.

"각 나라별 도서관을 건립하고, 전문 학자들을 초빙하여 분야별 도서관도 건립할 예정입니다. 그에 필요한 자금은 모두 제가 제공할 예정이며 페리즈 백작가에서 하나의 제국을 맡아주길 부탁드립니다."

"북부의 중심에 도서관 건립이 가능하리라 생각하십니까?"

"물론입니다. 무엇을 걱정하는지 알고 있습니다. 북부의 중심 지역에 위치한 귀족가들이 반대하리라 생각하시는 것이지요? 하지만 그건 걱정할 필요가 없습니다. 도서관을 짓는 데 영지가 필요하지는 않으니까요. 어느 영지에도 속하지 않은 지역에 도서관을 건립할 예정입니다. 더군다나 도서관의 관리를 북부의 귀족가에게 골고루 위탁 관리할 생각이라 그다지 큰 불만은 없으리라 생각합니다.”

“도서관을 영지에 짓는 것이 아니라고요?”

“도서관을 이용하려면 누구나 출입할 수 있는 곳이라야 하지요. 도서관을 영지에 건립한다면 그러한 문제가 있습니다. 그래서 누구나 출입할 수 있는 지역에 도서관을 건립하여 운영할 계획입니다. 물론 저는 자금만 제공하고 관리는 북부의 여러 귀족가에게 부탁할 생각입니다.”

에드는 아론의 계획이 황당하다 느껴졌다. 그래서 위탁 관리에 대한 사항을 대답하지 못했다. 아론은 페리즈 백작가 이외에 웨이슨, 스테워트, 그리고 라미레즈 백작가까지 방문하여 같은 제의를 했다.

북부에는 네 개의 백작가가 가장 영향력이 크다. 그래서 특별히 네 개의 제국 도서관을 위탁 관리할 수 있는 제의를 한 것이다. 백작가의 도움이 없고서는 도서관을 운영할 수 없다.

아론의 도서관 건립은 북부에 커다란 이슈가 되었다. 북부 귀족 연합은 아론의 도서관 건립을 허락하고 적극 도움을 주기로 하였다. 영지가 아닌 허허벌판에 도서관을 건립하는 것이라 문제 삼지 않은 것이다.

아론은 마법 길드를 동원하여 도서관 건립을 빠르게 추진
했다. 마법사들의 도움이 있으면 어려운 건축도 쉬워진다. 처
음에는 네 개의 도서관을 짓기 시작했다. 매크우드 가의 석화
탑에서 엄청난 벽돌이 제작되어 사용되었다.

북부의 중심에 영주성 크기에 버금가는 도서관 다섯 개가
한 달 만에 완성됐다. 네 개의 도서관에는 해당 제국의 서적
만 관리될 것이다. 나머지 하나는 왕국을 위한 도서관이다.
마법 길드의 도움으로 한 달 만에 완성되었지만 무척 견고하
고 웅장한 도서관이었다.

위탁 관리를 맡은 백작가에서 해당 제국의 서적을 구하기
시작했다. 먼저 귀족가를 방문하며 서적을 필사했다. 엄청난
자금이 소요되었지만 모두 마법 길드에서 대신 처리했다. 아
론에게 해당 금액만큼의 마나석을 제공받고 있기 때문이다.

허허벌판에 위치한 도서관의 외형은 무척 흉물스러울 지
경이다. 하지만 점차적으로 사람들의 왕래가 많아지며 좋아
지고 있었다. 특히 사서를 지원하는 사람의 수가 기하급수적
으로 늘어났다.

아론은 사서가 되길 원하는 사람들을 끊임없이 받아들였
다. 그리고 또 다른 도서관 건물을 짓도록 하였다. 바로 대륙
의 10여 개 왕국이나 소국을 위한 도서관이다. 현재 네 개의
도서관만 건립하였지만 그것으로 부족했다. 그래서 추진하
는 것이다. 그 덕분에 북부의 자작가 중 몇 개 가문이 위탁 관

리를 맡았다.

각 나라별 도서관이 건립되고 각 가문이 맡아 관리하면서 운영되기 시작했다. 분야별 도서관 건립은 아직 추진하지 못했다. 막대한 자금이 소모된 만큼 많은 서적들이 유입되어 도서관을 채우기 시작했다.

도서관에 하나둘 책들이 채워지기 시작하면서 아론은 독서의 즐거움에 빠져들었다. 그동안 아론이 읽었던 서적은 대부분 마법과 관련있거나 무척 오래된 고대의 서적이었다. 오크 학파에서 모은 책이다.

그에 반해 도서관을 채우는 서적은 최근의 서적으로 아론이 읽어보지 못했던 것들이라 독서의 즐거움을 안겨주었다. 도서관의 건물은 계속해서 지어지고 있었다. 각 분야별로 나뉘진 작은 도서관을 위한 건물이다. 아론은 도서관의 운영에 특별히 관여할 필요가 없었다.

각 도서관 건물마다 귀족가에서 위탁 관리하는 탓에 손가락 하나 까딱할 필요가 없었다. 더구나 그들 스스로도 많은 서적을 매입하며 알게 모르게 아론의 자금을 조금씩 훔치고 있었다. 물론 아론도 그걸 모르지 않지만 심각하지 않으면 그냥 방치할 뿐이다.

위탁 관리하는 귀족가에서 좀 심각하게 자금을 남용하면 마법 길드에서 제재를 하기 때문에 아론이 직접 나설 필요까지는 없었다. 더구나 도서관의 관리를 위탁한 처지라 어느 정도 부정을 방치하였다.

마법 길드 입장에서는 위탁 관리를 맡은 귀족가의 자금 남용을 굳이 막을 필요까지는 없다. 그 자금이 소모될수록 아론이 마법 길드에 제공하는 마나석의 수가 늘어나기 때문이다. 물론 그것은 북부의 마법 길드를 책임진 레이커만의 비밀이기도 하다.

돈의 힘은 매우 강력했다. 수많은 책들이 도서관에 하나둘 들어차기 시작하더니 그 물량이 기하급수적으로 늘어났다. 많은 사서들이 그러한 책을 분류하고 정리하느라 매우 혼잡했다.

아론은 도서관에 유입되는 책을 읽으며 하루하루를 보냈다. 의외로 그가 전혀 알지 못하던 내용이 적힌 책이 많았다. 비록 고대의 서적만을 주로 읽었다지만 많은 지식을 쌓은 아론에게도 생소한 내용이라 놀라지 않을 수 없다.

도서관의 규모는 시간이 지날수록 커져 갔다. 그동안 북부에서 도서관 건립으로 많은 소문이 만들어지고 퍼져 갔다. 매크우드 가에 아론이 계획하고 추진한 일들을 북부의 귀족들이 모를 리 없다. 그래서 많은 관심을 받은 것이다.

도서관 건립은 어떠한 위협이나 외압이 없었다. 북부의 중심인데다 영지가 아닌 곳에 건립된 것이라 아론이 엉뚱한 행동을 한다면 귀족 연합에서 충분히 제어할 수 있다고 생각한 것이다. 더구나 아론은 도서관 운영을 직접 하지 않고 엉뚱하게도 도서관의 관리를 세력이 강한 순서대로 위탁한 것이다.

도서관의 주인은 아론이지만 도서관 관리를 맡은 것은 북부의 유명한 귀족가이다. 그러니 누가 함부로 도서관 운영에 딴지를 걸겠는가. 아론이 새로 건립된 도서관을 계속 출입하며 독서를 즐기자 그의 특이한 독서가 알려졌다.

유명한 학자는 아니지만 이미 북부에서만큼은 존경받았던 학자들이 하나둘 들어서는 도서관으로 찾아와 자리를 잡았다. 그들도 아론만큼이나 지식에 대한 탐욕이 높은 자들이다. 특히 자신이 자신있어하는 분야에서는 자존심이 하늘을 찔렀다.

기사가 결투나 대련을 하듯 학자도 나름대로 자신의 지식을 가지고 상대방과 비교하여 우월감을 즐긴다. 그런데 아론의 독서량이 알려지면서 학자들이 호기심에 찾아온 것이다. 아론으로서는 굳이 학자의 방문을 거부할 이유가 없었다.

도서관 건립은 책을 통해 지식의 욕구를 채우려는 일차적인 목적도 있지만 부가적으로 지식이 뛰어난 학자에게서 기억을 읽기 위해서이다. 아론은 자신을 찾아온 학자와 심도있는 토론을 하고 그가 가진 기억을 읽어냈다.

아론은 그 방법으로 다양하고 폭넓은 지식을 쌓을 수 있었다. 지식을 읽힌 학자에게도 아론 못지않은 도움이 있었다. 아론은 드래곤의 기억력을 가졌다. 그래서 학자가 미처 알지 못했던 지식을 알려준 것이다.

아론과 학자의 만남은 계속되었고 서로에서 이득이 되었다. 하지만 얼마 가지 않아 북부에서 유명한 학자는 모두 만나게 되었고 그다음부터 아론은 독서에만 집중했다. 그렇게 도서관 건립을 추진한 지 일 년의 시간을 또다시 흘려보냈다.

일 년 사이에 북부의 중심에는 바네 왕국의 왕립도서관보다도 큰 도서관이 생겨났다. 바네 왕국의 학자들이라면 이미 알고 있는 사실이지만 그 규모가 너무 크다 보니 왕국민에게까지 알려지기 시작했다.

북부 귀족 연합에서 도서관 건립에 많은 의심의 눈길이 있었지만 일 년 사이에 정말로 엄청난 규모의 도서관이 생기고 운영되자 놀라움을 감추지 못했다. 도서관이 북부의 새로운 명물이 되어가자 귀족 연합은 철저하게 그 지역을 보호했다.

도서관이 건립된 지역은 북부의 중심인데다 어느 영지에도 속하지 않았다. 그래서 누구나 출입이 가능하지만 도서관의 규모가 커지자 보호할 필요성이 있었다. 더구나 독립된 도서관 여러 개를 귀족가들이 하나씩 맡아 위탁 운영하고 있어서 그들 스스로 보호받길 원했다. 왜냐하면 도서관의 운영을 맡은 가문에서 부가적인 이득이 생겼기 때문이다.

책은 귀중한 자산이다. 그것을 보기 위해서 귀족들이 끊임없이 방문했다. 아론이 도서관을 개방하고 있어서 누구라도 독서하는 데 지장은 없지만 적어도 예의를 아는 귀족이라면 관리를 맡은 가문에게 소정의 선물을 주는 경우가 많았다.

도서관의 운영 자금은 모두 아론에게서 나오는 것이지만 부가적으로 창출된 이득은 관리를 위탁받은 귀족가의 몫이었다. 아론은 그 부분에 있어서는 그대로 방치했다. 도서관 관리를 맡은 가문에서 어느 정도 희생한 부분도 있기 때문이다.

아론의 도서관은 하나를 가리키는 것이 아니다. 그러한 도서관을 서로 대립하여야 할 귀족가가 가까운 곳에서 지낸다. 그로 인해 도서관 지역은 상업 도시나 자유 도시처럼 서로 암묵적으로 인정하는 중립적인 지역이 되었다.

도서관은 아론이 의도하지는 않았지만 귀족 연합이 발전하는 계기를 주었다. 서로의 이득을 위해 북부를 발전시키자는 목적으로 협력의 횟수가 많아졌다. 그러는 와중에 남부나 동부에서 유명한 학자들이 아론을 찾아오기 시작했다.

북부 학자들의 입을 통해서 아론에 대해 소문이 퍼지고 그것이 과장되어 알려졌다. 그래서 유명한 학자라면 찾아오지 않을 수 없었다. 더구나 북부에 새롭게 건립된 도서관의 규모가 왕국에서 가장 큰 규모란 사실이 호기심을 일으킨 것이다.

아론에게 있어서 학자와의 토론은 그저 상대를 배려하는 단순한 행동이었다. 더구나 허락도 없이 기억을 읽어가는 것이 미안한 마음에 학자가 원하는 것을 정성스레 가르쳐 주었다. 또한 감히 구경조차 못했던 희귀 서적을 필사해 선물까지 하니까 학자들의 방문이 줄줄이 이어지는 것이 당연했다.

결정적으로 아론은 기억을 읽기 위해 학자 우대정책을 실시했다. 숙식이 가능한 건물을 지어 학자로 인정받으면 가족과 함께 생활하는 데 필요한 모든 것을 지원했다. 매크우드가의 피에브처럼 말이다.

아론에겐 별거 아닐지 몰라도 학자들 사이에서는 인기가 치솟았다. 사실 학자는 뛰어난 지식을 가졌음에도 대부분 교수가 되거나 귀족가에 빌붙어 살아야 하는 처지이다. 마법사처럼 세상 물정 모르는 경우가 많다. 그러한 상황에서 아론이 실시한 학자 우대정책은 열렬한 환영을 받았다.

아론의 도서관에서 학자로 인정받아 머무는 사람이 많아지며 숙식에 필요한 건물을 많이 지어야 했다. 또한 학자의 초빙으로 각 분야별 도서관 건립도 꾸준히 추진되어 그 규모가 자꾸만 넓어졌다.

좋은 점만 있지는 않았다. 아론의 자금을 불필요하게 낭비하는 학자들도 꽤 있었다. 하지만 아론에게 있어서 그것은 충분히 감수할 수 있는 부분이다. 그로 인해 도서관 관리는 체계적으로 자리를 잡아가고 있었다.

각 나라별 도서관은 북부의 귀족 연합이 장악하여 관리되고 있으며, 각 분야별 도서관은 작은 규모이지만 학자들 스스로가 맡아 운영하고 있었다. 사실 전쟁 이후로 학자들은 상당히 외면을 받았다. 그러한 상황에서 북부의 도서관은 그들에게 새로운 안식처가 된 것이다.

학자는 뛰어난 인재이다. 북부 귀족 연합에서는 그들을 모두 수용하는 아론의 정책을 적극 지지했다. 아론의 도서관은 영지가 아닌 개인적인 건물이나 다름없지만 북부에서 중립지역이 되었으며 점점 그것을 인정받고 있었다.

북부에서 아론의 도서관만이 이슈가 된 것은 아니다. 매크우드 가와 함께 적극적으로 추진한 에이워드 제국과의 해상교역이 성과를 내기 시작했다. 에이워드 제국의 저렴한 물품들이 대거 유입된 것이다.

매크우드의 석화 물품이 교역의 절반을 차지하였다. 왕국의 전력과 크게 관여될 만한 물품은 타국으로의 반출이 불가능하다. 당연히 교역물품에 제약을 받았다. 더구나 척박한 북부에서 교역할 만한 물품이 없다 보니 석화 물품이 주력 상품으로 된 것이다.

사실 제국의 물품은 절대 저렴하지가 않다. 하지만 왕국의 사정이 너무 나빠져 모든 물품의 가격이 너무 폭등한 것이다. 에이워드 제국으로서도 왕국의 나쁜 사정을 모르지 않지만 함부로 거래 가격을 높이지 않았다.

바네 왕국의 북부가 해상교역을 실시한 것은 크나큰 모험이다. 그로 인해 어렵게 성사된 해상교역이 어려워지면 에이워드 제국으로서도 손실이 아닐 수 없다. 더구나 에이워드 제국에서도 왕국과 해상교역을 하던 세력이 자신들의 부흥을 위해서 적극적으로 나서서 그런 문제가 발생하지 않도록 노력하고 있었다.

에이워드 제국에서 해상교역을 담당한 세력이 장기간의 이득을 위해서 여러 가지를 양보했다. 해상교역이 활발히 진행되자 그동안 버려졌던 퍼머낸시 항구 도시도 급속도로 예전의 모습을 회복하기 시작했다.

매크우드 가에서 퍼머낸시 항구 도시를 지원한 기간은 무려 일 년이다. 길지는 않지만 지원한 자금과 물품이 상상을 초월했다. 그래서 교역의 허가가 나자마자 곧바로 해상교역이 진행되고 무려 일 년간 차질없이 진행될 수 있었다.

매크우드 가는 북부의 새로운 강자로 인정을 받기 시작했다. 북부 귀족 연합에서 매크우드 가의 작위를 상승시키지는 이야기가 논의될 정도였다. 처음에는 대부분의 북부 귀족가에게 미움을 받았지만 이제는 그렇지도 않았다.

현재의 상황에서 매크우드 가의 몰락이 초래되면 그것은 단순한 일로 끝나지 않는다. 북부 전체에 커다란 불행을 안겨 준다. 매크우드 가의 도움이 없다면 교역이 제대로 이루어지지 않기 때문이다.

아론은 도서관 건립으로 즐거운 시간을 보냈지만 왕국은 점점 헤어나올 수 없는 속국화 현상이 진행되고 있었다. 아론도 그것을 모르지 않기에 더 이상 방치할 수 없어 자신이 직접 나서야 할 시기가 왔음을 깨달았다.

아론이 집을 나왔던 것은 자신이 원하던 두 가지를 이루기 위해서이다. 하나는 지식에 대한 탐욕으로 도서관 건립과 방문한 학자들을 통해 조금씩 성과를 보이기 시작했다. 그동안 아론이 쌓은 지식의 방대함을 이루 말할 수 없다. 하지만 나머지 하나의 목적은 손도 대지 못했다.

바네 왕국의 속국화를 막기 위한 방안을 떠올렸다. 현재 왕국은 제국의 도움 없이는 더 나쁜 상황이 초래된다. 당장 제국의 상단이 빠져나가면 왕국민에게 필요한 물품을 어떻게 구하겠는가. 비록 비싸지만 제국의 상단이 활동하지 않으면 큰일인 것이다.

제국의 상단뿐만이 아니다. 제국이 차지한 비중이 왕국의 절반 가까이 된 상황이다. 그 어떤 분야에서도 제국이 빠져나간다면 치명적인 결과를 초래할 것이다. 아론은 머리를 쥐어짜며 자신이 할 수 있는 것이 무엇인가 고민했다.

왕국의 사정은 돈으로도 극복할 수 없다. 아론이 가진 일만여 개의 마나석을 모두 투입해도 불가능하다. 작은 북부에서는 어느 정도 영향을 줄 수 있겠지만 남부나 동부에서는 어림도 없는 일이다.

'몬스터 토벌부터 시작하자.'

아론은 왕국의 무력부터 도움이 필요함을 알아챘다. 현재 왕국은 전체적으로 치안이 제대로 유지되고 있지 못했다. 몬스터 토벌을 제대로 시행하지 않아 영지 밖으로는 감히 나서기도 어려운 처지이다.

치안이 불안하자 상단의 활동도 저조하다. 그래서 제대로 발전하지 못하고 갈수록 상황이 어려워지는 것이다. 전쟁이 끝난 지도 무려 2년이 지났다. 하지만 왕국의 사정은 점점 나빠지고 있었다.

'내가 생각한 계획이 어느 정도 효과를 나타낼까?'

아론이 생각한 계획은 단순한 몬스터 토벌이 아니다. 그 혼자서 용병 길드에 몬스터 토벌을 의뢰해서 얼마나 해결이 되겠는가. 그가 생각한 방법은 용병들에게 페르민 검술을 전수하겠다는 계획이다.

기억전이 마법으로 검술을 주입하며 용병들의 실력을 향상시켜 왕국의 무력을 상승시키려는 계획이다. 그로 인해 몬스터 토벌이나 제국의 용병 길드가 질적으로 우세할 수 있도록 말이다.

그렇다고 마검사를 양성하듯 무턱대고 페르민 검술을 주입하려는 것이 아니다. 용병들의 실력과 그 됨됨이를 따져서 검술을 차등 전수하려는 것이다. 진실의 눈을 통하면 상대의 됨됨이를 파악이 쉬워서 어렵지가 않다.

세상은 공평하지 않지만 되도록 그러한 길로 가야만 한다. 그래서 아론은 노력하지 않거나 됨됨이가 나쁜 사람에게는 절대로 검술을 전수할 생각이 없다. 계획은 세워졌지만 부가적으로 생각할 문제도 있었다.

아론이 검술을 전수하자면 상대의 동의를 받아야 한다. 한

둘이면 모를까 수많은 용병에게 전수할 예정이라 방법이 필요했다. 신분을 속이는 것이야 집을 떠나기 전부터 생각한 방법이 있다.

폴리모프 마법이 그것이다. 신분을 감추기 위해 아론만의 폴리모프 마법을 완성시켰다. 막대한 마나 소모가 발생하겠지만 충분히 감내할 수준이다. 물론 자신을 지키는 가디언에게도 폴리모프 마법을 시전해 주어야 한다.

아론이 고민 끝에 생각한 방법은 존재하지 않는 유령단체의 활약이다. 각 나라에는 나라를 지키는 단체가 비밀리에 존재한다. 바네 왕국에도 나라의 위험이 닥치면 활동한다는 비밀 결사단이 존재한다는 소문이 있다. 하지만 그 실체를 본 사람은 아무도 없다.

'재미있겠는데. 후후후.'

비밀 결사단의 소문이 퍼진다면 왕국민에게 희망을 줄지도 모른다. 아론은 비밀 결사단의 일원 행세를 해가며 용병 길드를 통해 몬스터 토벌을 의뢰하고 함께 도와주며 스스로의 판단 아래 용병들에게 기억전이 마법으로 페르민 검술을 주입할 계획이다.

방법이 그것 하나만은 아니다. 봉인을 이용한다면 페르민 검술의 기억을 주입하고 나중에 그것이 해제되도록 만들 수도 있는 것이다. 최대한 아론을 추적할 수 없도록 하기 위해서는 봉인하는 방법을 이용할 생각이다.

일단의 학자들이 북부를 방문했다. 그들은 북부의 도서관
에 관한 실체를 알기 위해서 파견된 학자들이다. 제일 먼저
한 일은 학자들 사이에서 현자로까지 불리고 있는 아론을 만
나는 것이었다.

하지만 그들은 아론을 만날 수 없었다. 그때 아론은 왕국의
속국화를 막아내기 위해 도서관을 떠났기 때문이다. 아론이
없다 해서 학자들이 도서관에 관한 조사를 하지 못하는 것은
아니다.

도서관은 학자에게는 개방되어 있었고 어디든 출입할 수
있었다. 물론 귀중한 서적은 통제를 하고 있지만 방대한 규모
로 인해 굳이 희귀 서적을 찾아야 할 필요가 없다. 그만큼 도
서관의 규모가 컸다.

짧은 기간에 건립한 도서관이라 조잡하고 문제도 많았다.
중구난방으로 도서관이 난립한 환경이지만 그것이 중요하지
는 않았다. 비록 멋진 건물은 아니지만 도서관 건물이 무려
수십여 개나 존재하고 있어서 바네 왕국에서 가장 큰 규모인
것은 분명했다.

조사를 위해 파견된 학자들은 모두 수도에서 활동하고 있
는 아카데미 교수들이다. 그들은 아카데미의 도서관이나 왕
립도서관을 이용해 왔기 때문에 소문을 믿지 못하고 조사를
핑계로 찾아온 것이다.

"이곳은 프레이스 제국의 서적만 있군."

"저 건물에는 에이워드 제국의 서적만 있더니만 말이야."

아카데미 교수들은 각각의 도서관을 방문하여 비치된 책을 확인하며 그 방대한 규모에 감탄하지 않을 수 없었다.

"교수님께서 여기는 어쩐 일로?"

"아니, 자네는?"

뜻하지 않던 만남을 곳곳에서 가져야만 했다. 유명한 학자들은 서로 구면인 경우가 무척 많다. 걷다 보면은 익숙한 학자를 만날 수밖에 없는 것이다. 더구나 아카데미에서 많은 학생들을 가르쳤기 때문에 더욱 그렇다.

"이리로 오시지요. 제가 운영하는 도서관입니다."

"뭐? 자네가 도서관을 운영한다고?"

"제가 교수님에게 배울 때 고대의 행정학에 관심이 많았지 않습니까. 그래서 고대의 행정학과 관련된 서적만을 취급하는 도서관을 운영하고 있습니다. 뭐, 제가 운영한다기보다는 아론님의 지원을 받아 관리하는 것이 맞지요."

교수들은 제자에게 이끌려 이층의 작은 건물로 안내를 받았다. 그들은 큰 도서관 건물 사이에 위치한 작은 건물들에 관심을 보이지 않았었다. 하지만 제자의 안내를 받고서야 그것이 또 다른 도서관임을 깨달았다.

'이것도 도서관이란 말인가? 그렇다면 도대체 얼마나 큰 규모란 말인가?'

교수들은 과거 제자였던 학자가 운영하는 작은 도서관을 둘러보았다. 고대 행정학에 관한 책으로 가득했다. 바네 왕국의 고대 행정학은 물론 수십 골드를 주고도 감히 구하기 어려운 타국의 고대 행정학 서적으로 가득 채워져 있었다.

세 명의 사서가 끊임없이 서적을 분류하고 있었다. 한쪽에는 제자와 함께 뜻을 같이한 학자가 교수들을 반갑게 마주했다. 교수들은 제자를 통해 각 나라별 도서관 이외에도 작게 운영되고 있는 분야별 도서관에 대해 들을 수 있었다.

"저기 큰 수십여 개의 도서관은 나라별로 북부의 귀족가에서 위탁 관리하고 있습니다. 하지만 작은 도서관은 나라별이 아닌 분야별로 학자들이 맡아 운영하고 있습니다. 저희가 하는 일이야 큰 도서관에서 필요한 서적을 필사해 오고 그것을 연구하고 관리하는 것입니다. 도서관의 실제 주인이라고 할 수 있는 아론 매크우드님께서 적극적으로 지원하고 있어서 가능한 일입니다. 돈을 받는 것은 아니지만 학자라고 인정만 받으면, 생활에 필요한 모든 것을 지원하기 때문에 학자로서는 이곳이 천국이나 다름없습니다."

교수들은 도서관의 운영에 대해 듣고 매우 놀랐다. 그들은 그곳에서 과거 제자였지만 지금은 고대 행정학에 관한 만큼은 그를 따르지 못했다. 반년 만에 고대 행정학의 전문가가 되어버린 학자가 된 것이다.

"이곳에서는 대륙의 모든 책들을 볼 수 있군."

"나도 이곳에서 지내고 싶군."

교수들은 더 이상의 조사를 포기하고 그들끼리 여담을 나누며 지냈다. 그들은 평소 보지 못했던 귀중한 서적을 마음껏 볼 수 있었다. 특히나 자국의 책보다는 희귀한 타국의 책이 넘쳐 나는 곳이었다.

교수들은 그 책을 구하기 위해 아론의 자금이 얼마나 많이 북부 귀족가에게 넘겨졌는지 알지 못했다. 도서관이 그렇게까지 운영되기 위해서 소모된 자금은 상상을 초월했다. 그 액수를 정확히 아는 것은 레이커가 유일했다.

레이커가 아론의 마나석에 대해 끝까지 숨기고 있는 것은 어느 정도 실체를 알기 때문이다. 레이커도 바보가 아닌 이상에야 그렇게나 많은 마나석이 일개 고위 마법사에게 나올 리 없음을 알고 있다.

조사 끝에 레이커는 아론이 황궁과 관련되어 있으며 콘라드 제국의 유명한 마도사와의 관련성도 찾아냈다. 자세한 기록이 없어서 확신하지는 못하지만 어느 정도 예상은 하고 있었다. 특히 황궁에 갇혔던 아론이 풀려나며 콘라드 제국의 오크포션이 왕국에 제공된 사실은 공공연한 비밀이다. 그렇다고 감히 그걸 떠벌리고 다닐 위인은 없다. 황궁의 치부와 관련된 사항이기 때문이다.

그 외에도 레이커는 아론을 통해 마법사를 짧은 시간에 대량으로 양산하는 방법도 알게 되었다. 그것이 큰 부작용이 있지만 재능이 부족한 마법사에게는 커다란 선물이 아닐 수 없다.

레이커는 북부 마법 길드 책임자이지만 독자적으로 길드를 운영하고 있는 처지이다. 전쟁 이후로 북부에 전혀 지원을 해주지 않아 마나석을 얻은 사실도 비밀로 부치고 북부의 마법 길드만 발전시키고 있는 것이다.

레이커는 아론에게 받은 자금 중 일부를 마나 재능이 부족하여 쫓겨난 수련 마법사들을 대거 받아들여 속성으로 3서클을 달성할 수 있다는 점을 알려주어 교육시키고 있다. 치명적인 부작용이 있다는 사실을 주지시키는 것도 잊지 않았다. 또한 그것이 매크우드 가의 마검사를 위한 마법서임도 밝혔다. 그래서 레이커는 현재 대량으로 양성 중인 마법사 때문에라도 아론을 나름대로 보호하고 있는 것이다.

도서관이 제대로 운영되고 있는 것도 레이커의 적극적인 도움이 있었기에 가능했다. 위탁 관리를 맡은 귀족가에서 도서관을 이용하여 막대한 자금을 거저먹으려 하는 경우가 적지 않았다. 레이커는 그것을 적당한 수준에서 합의를 보며 도서관이 제대로 관리되도록 노력했다.

보름간 머물렀던 교수들은 도서관을 떠나며 아쉬움에 젖었다. 남부에 도착한 그들의 입을 통해서 북부 도서관이 가진 장점이 알려졌다. 타국의 서적을 마음껏 볼 수 있으며 학자로 인정받으면 그곳에서 계속 생활할 수 있도록 해준다는 소식이 알려지며 큰 반향을 일으켰다.

특히 뛰어난 학자임에도 정치적으로 고난의 생활을 하던 학자들이 아론의 도서관을 향했다. 도서관으로 인해 막대한 이득이 창출되자 도서관의 위탁 관리를 맡은 귀족가에서 신경을 쓰기 시작했다.

아론이 위탁 관리를 다른 가문에 맡기기라도 한다면 그런 낭패가 없었다. 그래서 그들은 최소한 타국의 서적을 구매함에 있어서 중간에 돈을 착복하는 정도를 낮추었다. 그로 인해 서적의 구매량도 늘어나고 도서관은 더욱더 유명해졌다.

북부의 귀족가에 회유되어 그곳에 자리 잡은 학자들까지 생겨났다. 그것이 하나의 유행을 타기도 했다. 북부는 매크우드 가에서 추진하는 교역으로 상업도 무척 활발한 편이라 점차적으로 피렌스 왕국의 후유증에서 벗어나고 있었다.

『오크마법사』 4권에 계속…

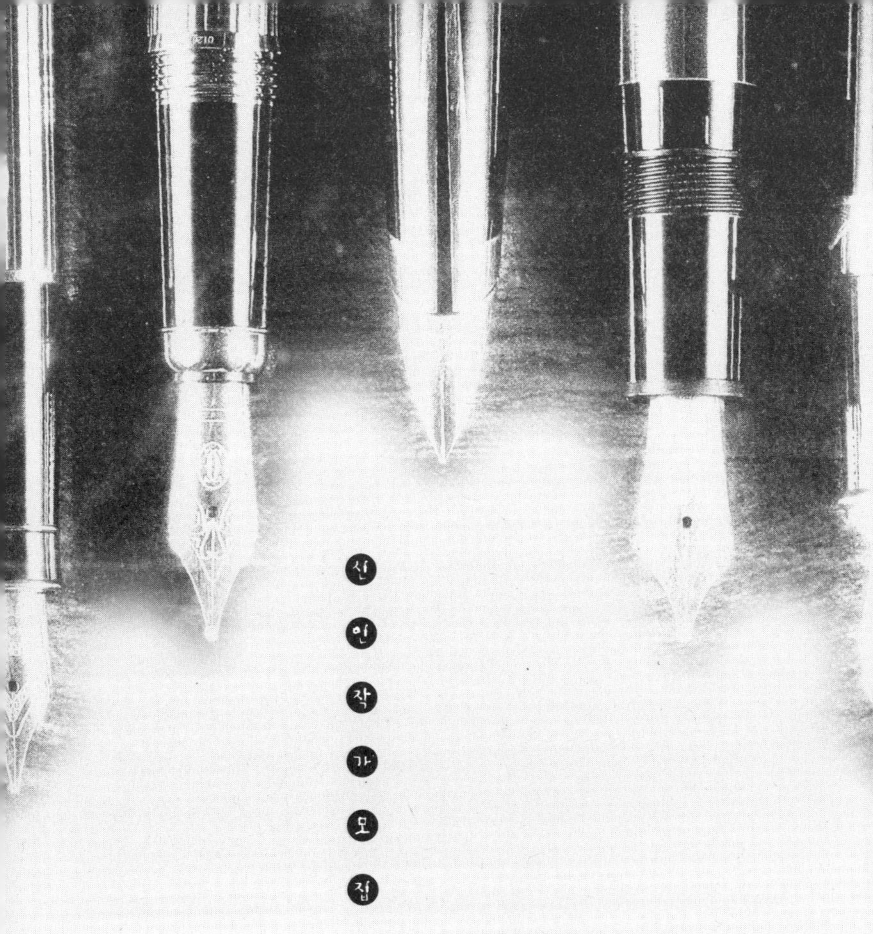
신
인
작
가
모
집

시작이 반이라고 했습니다.
작가의 길에 대한 보이지 않는 벽을 과감히 깨뜨리십시오!
청어람은 작가 지망생 여러분들의
멋진 방향타가 되어드리겠습니다.

저희 도서출판 청어람에서는
소설 신인 작가분들을 모집합니다.
판타지와 무협을 사랑하시는 분들의 많은 참여를 바랍니다.
소정의 원고(A4용지 150매)를 메일이나 우편으로 보내주시면
검토 후 출판 여부를 알려드리겠습니다.

주소:경기도 부천시 원미구 심곡1동 350-1 남성B/D 3F 우편번호420-011
TEL:032-656-4452 · FAX:032-656-4453
http://www.chungeoram.com
e-mail:chungeoram@chungeoram.com

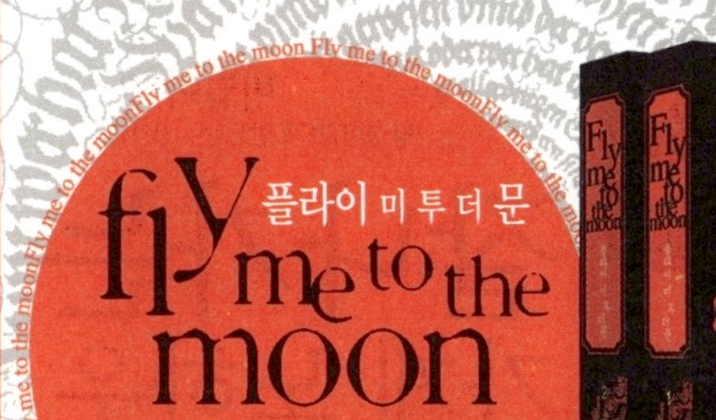

플라이 미 투 더 문 | 이수영 지음

판타지의 대가, 이수영. 그녀가 선보이는 첫 번째 사랑이야기.
사랑, 질투, 음모, 욕망……
상상한 것 이상의 절애(切愛), 그 잔혹한 사랑이 시작된다.

온전히, 그의 손에 떨어진 꽃. 잡았다.
짐승의 왕은 즐거웠다.

인간, 그리고 인간이 아닌 자.
절대로 이어질 수 없는 두 운명이 만났다!
사랑 혹은 숙명.
너일 수밖에 없는 愛.

1998년 〈귀환병 이야기〉
2000년 〈암흑 제국의 패리어드〉
2002년 〈쿠베린〉
2005년 〈사나운 새벽〉

그리고 2007년,
『FLY ME TO THE MOON』

유행이 아닌 자유추구 ―
WWW. chungeoram.com
BOOK Publishing CHUNGEORAM

초등학생이 반드시 읽어야 할 좋은 책 49권

각 학년별로 초등학생이 반드시 읽어야할 좋은 책을
선정하여 통합논술의 기본이 되는 '올바른 독서법'을
일깨워 줍니다.

교과서와 함께하는 초등학교 통합논술

초등1학년 | 값 12,000원 | 초등2학년 | 값 9,500원 | 초등3학년 | 값 11,000원 | 초등4학년 | 값 9,500원 | 초등5학년 | 값 9,500원 | 초등6학년 | 값 11,000원

♣ 혼자 할 수 있어요.

엄마가 책 읽는 방법을 가르쳐 주어도 좋아요.
독서지도하는 선생님이 가르쳐 주어도 좋답니다.
"초등 교과서와 함께하는 **통합논술 시리즈**"는
아이 스스로 독서할 수 있도록 꾸며진 책이에요.
엄마와 선생님은 요령만 가르쳐 주시면 된답니다.

♣ 교과서의 중요한 내용이 총정리되어 있어요.

각 학년별로 중요한 교과 내용이 함께 수록되어 있어요.
초등학생은 교과서 내용을 충실하게 공부해야 합니다.
아울러 그와 병행한 독서가 대단히 중요하지요.
"초등 교과서와 함께하는 **통합논술 시리즈**"는
두가지 방법 모두 알려준답니다.

♣ 이 책은 훌륭하신 선생님들이 함께 쓰신 책이랍니다.

동화작가 선생님들이 쓰셨어요. 소설가 선생님도 쓰셨답니다.
국어 논술독서지도 선생님들도 함께 쓰셨지요.
"초등 교과서와 함께하는 **통합논술 시리즈**"는
엄마의 마음으로 모든 선생님들이 함께 꾸민 책이랍니다.

입소문을 통해 아는 분은 다 알고 계십니다!
올 한해 공인중개사 최고의 화제작!

수험생 기본 필독서
만화 공인중개사

제목 : 만화공인중개사 쓰신 분에게 감사드립니다.

학원을 두 달 다녔어요. 근데 과연 그 숫자 외우기 그런 게 몇 문제나 나올까 생각을 했어요.
아니라는 생각이 드네요. 학원강의를 뒤로하고 서점을 갔어요. 내 머리에가장 이해될수있는
책이 없나 하구요. 거기서 만화를 발견했어요. 무조건 세 번 봤어요. 3개월 걸렸어요. 문제집을 보라고
했는데 그건 시행을 못했어요. 근데 합격을 했네요.
어떻게 감사의 말을 해야 될지…….
도서관에서 만화책 들고 다니니까 사람들이 비웃더라구요. 만화책으로 공인중개사를 공부한다고
미친 사람처럼 보더라구요. 근데 그거 다 감수하고 했던 내가 자랑스럽습니다.
어떻게 감사의 말을 해야 할지… 정말 감사합니다.
부디 행복하세요. 제 나이 41살에 좋은 스승을 만난 것 같습니다.
엎드려 감사드립니다.

－본사 홈페이지에 독자분이 올린 메일 中 에서 발췌－